Il faut toujours envisager la débâcle

Du même auteur

Poisson-Chien, La Volte, 2007
Albert et l'Argent du beurre, Les Éditions du Sonneur, 2020

Laurent
Rivelaygue

Il faut toujours envisager la débâcle

roman

CALMANN-LÉVY

Couverture
Maquette : olo éditions
Illustration : © Jean-François Martin / costume3pieces.com

ISBN 978-2-7021-8902-3

Première partie

Décembre

C'était un mois de décembre comme un mois de décembre, la fin d'une chose avant le commencement d'une autre, impossible de se souvenir s'il avait neigé ou si quelques rayons de soleil transperçaient parfois les nuages, le froid mordait probablement, le ciel était blanc, ou noir, et les silhouettes épaissies de vêtements pesants encombraient les trottoirs et les vitrines entre les arbres nus, sous les vilaines lumières des décorations de Noël. On était au début de l'hiver et je venais de me faire licencier.

Tout s'était alors mis à converger, les contrariétés, le sentiment que la vie est un manège, que ce jour ressemble à hier et aussi à demain. Et puis la lassitude, ce n'est pas rien, si on commence à y consentir, ça vous transforme d'une chiquenaude une petite existence en naufrage.

Plus jeune, dévoré d'ambitions, je m'imaginais devenir reporter. L'intransigeance en étendard, chevalier blanc, la plume au clair, j'allais traquer l'injustice, débusquer les loups et ouvrir les yeux d'un monde anesthésié : la morgue du futur diplômé au plan de carrière éclatant, empilant auréoles et distinctions, direction Pulitzer. On est un peu con à vingt ans, quand l'avenir ressemble à une ligne d'horizon à 360 degrés sur une plaine de possibles. Peu à peu, cette ligne se met à danser, elle se tord, se contracte, se ramasse sur elle-même et rétrécit pour ne plus former qu'un long corridor obligatoire.

Quelques années plus tard, devenu rédacteur en chef adjoint de *Logistique Info*, je vivais dans un pavillon de banlieue avec femme et enfant, tout rêve de prestige évaporé. Au début, j'avais retranscrit mes reportages patiemment, avec application et abnégation. J'étais même capable, à quelques occasions, de faire montre d'un enthousiasme exagéré pour un transpalette à commande vocale ou le nouveau siège ergonomique d'un chariot élévateur révolutionnaire. J'imaginais présomptueusement que je gâchais mon talent et qu'il ne s'agissait que d'un passage forcé avant de bifurquer sur le sentier de la gloire journalistique. Et puis les années s'étaient accumulées et tout avait continué, je partais en reportage les pieds traînants, dans des ateliers fraîchement dépoussiérés, personnel interchangeable aux salopette bleue et casque rutilant, le ballet des machines bien ordonné. Le journaliste était dans la place, il fallait faire bonne impression. Je rentrais ensuite au chaud torchonner des articles à la chaîne avec l'entrain d'un caillou, tout en rêvassant de plages de sable blanc, de femmes plus jeunes que moi, de soldes bancaires à six chiffres, et de l'écriture cent fois repoussée du roman qui allait, délicieuse revanche, me propulser au firmament de la littérature française.

C'est curieux comme, en l'écrivant, ce moment pris au piège dans un angle mort de notre couple, sonne, avec quelques mois de recul, comme le début d'une fin.

Je détestais Noël. Je fuyais également mariages, anniversaires, fêtes nationales, tribunes de football, enterrements, accablé à l'avance à l'idée de ces moments de réjouissance imposés. Mais cette année-là, j'avais décidé de balayer mes réticences, on allait voir ce qu'on allait voir, j'allais devenir un père présent, attentif, un époux à l'écoute, aimant, un soutien quotidien, un pilier. J'avais ainsi délesté Céline, ma compagne, d'une bonne partie de la corvée d'achats de cadeaux et préparé discrètement un formidable repas. Céline n'en revenait pas : la barre avait été placée si haut qu'elle se demandait quelles divines surprises allait leur réserver le réveillon du lendemain.

C'est à ce moment-là que j'avais compris que nous étions le 23 décembre. Robuste dans l'adversité, je refusais cependant de me laisser abattre, et nous avions donc, de manière inédite et somptueuse, dîné le 23 – langouste grillée, foie gras, filet de biche aux airelles et farandole de desserts – avant de réveillonner frugalement d'une petite salade composée le lendemain. Une sorte de fantaisie iconoclaste.

Les cadeaux m'avaient opportunément sauvé la mise le matin du 25. Il faut dire que je n'avais pas lésiné, ponctionnant allègrement ma prime de départ et le restant dû de mes congés payés en ayant respecté de manière assez scrupuleuse la liste d'envies de Lucas, l'augmentant même, dans un instant d'égarement, d'une vuvuzela qui m'avait valu une moue réprobatrice de Céline, une perte momentanée d'audition en cours de soirée et quelques pleurs de notre rejeton au moment où, excédé, je l'avais définitivement rangée dans un placard hors d'atteinte.

Et puis les vacances s'étaient étirées, Céline avait repris le travail, et j'attendais en père désœuvré le lever de notre fils de six ans. Je préparais le petit déjeuner en envisageant déjà le repas de midi, notant les courses à faire au dos d'enveloppes, jonglant entre les puzzles et la machine à laver, les constructions de Lego et les casseroles qui débordent, la lecture d'un livre et la serpillière. Je m'étais mis en retrait de moi-même, dans l'attente de la reprise des cours de Lucas.

Quelques jours plus tard, il retournait à l'école, sans exaltation, comme un lendemain de vacances d'hiver où le soleil ne réchauffe rien, et moi, pauvre type, je me rendais compte que tout ce que je m'étais employé à consciencieusement détester – les horaires fixes, les trajets en métro, les locaux insipides, la cohabitation avec les collègues, les rodomontades des supérieurs, mon bureau en mélaminé noir et ma chaise à roulettes avec assise en mousse, ces lundis matin à s'infliger un café dégueulasse à la machine et les anecdotes du week-end précédent –, tout, tout cela avait contribué à me fixer dans un cadre figé mais après tout infiniment rassurant. J'avais maintenant l'impression d'évoluer en équilibriste perché à l'aplomb d'un océan d'inconfort.

Je m'étais débarrassé de Lucas devant la grille d'entrée de l'école et j'étais rentré m'activer, en bonne fée du logis, jusqu'au milieu de l'après-midi, avant de m'affaler dans le canapé, les yeux accrochés à un point fixe sans penser, et le temps s'était dissous dans le blanc du plafond. Quand je m'étais redressé, j'avais manqué mon premier rendez-vous avec ma conseillère Pôle emploi.

Le lendemain, dès 9 heures, au téléphone, je faisais amende honorable, prétextant la brutale chute de mon enfant dans la cour de l'école et la visite impérieuse aux urgences qui s'était ensuivie, enveloppant cette ridicule excuse d'une farandole de formules polies et contrites, et suppliant ma conseillère de m'offrir une nouvelle convocation dès que possible. Ce serait pour le début de l'après-midi, et je m'étais empressé de noter cette justification malhonnête sur une double page de mon carnet, afin d'éviter de l'invoquer à nouveau. La prochaine fois, j'enterrerais ma belle-mère.

Ma conseillère s'appelait Jocelyne Boulot. Je n'avais fait aucun commentaire quand elle s'était présentée. Elle ressemblait à un petit écureuil dans une robe à motifs marron. Pendant qu'elle parlait, je m'imaginais un monde dans lequel toutes les conseillères Pôle emploi auraient été remplacées par des écureuils. Toutes s'appelleraient Jocelyne Boulot et porteraient des robes à motifs marron. Voilà qui me semblait être dans cet instant un excellent début de roman. Je l'avais noté sur le calepin intitulé sobrement « Idées ».

Jocelyne avait été très efficace. Nous avions ensemble rempli un amas de dossiers avant d'en disséminer les pages dans des chemises multicolores. Elle possédait à la perfection deux expressions faciales. L'une, concentrée, les paupières plissées, les lèvres retroussées sur ses petites incisives d'écureuil, l'autre, les yeux en soucoupe et la bouche en O, que j'avais pu apercevoir fugitivement quand je lui avais avoué que je ne savais rien faire d'autre qu'écrire. Elle était ensuite revenue à sa première expression de petit rongeur, ajoutant que ça n'allait pas être facile, « mon petit monsieur ».

Vers 15 heures, j'étais dehors, avec le sentiment du devoir accompli et un rendez-vous le mois suivant pour, comme elle aimait le dire, « faire un petit point ». J'avais ensuite décidé de m'offrir un café chaud sur la terrasse abritée d'une brasserie commune, le calepin ouvert sur la table afin de noter des idées pour mon formidable roman à venir. Je n'avais rien écrit tant j'étais occupé à regarder les passants, afin de m'imprégner du réel. Il y avait beaucoup de jolies filles seules.

Tout à mon travail de romancier, j'avais bien entendu ensuite raté l'heure de sortie de l'école d'une quinzaine de minutes. La maîtresse m'attendait dans la cour avec mon fils, cartable au dos, et j'avais dû lui expliquer discrètement que je venais d'enterrer ma belle-mère, ce qui m'avait considérablement déphasé.

Le soir, à table, Lucas avait demandé, entre deux rations de bolognaises, si c'était vrai que mamie était morte. Céline, les yeux écarquillés, s'était faite rassurante, me lançant un regard à la fois interrogateur et menaçant. Ses yeux contenaient deux petits fusils à balles explosives. Ce moment flottant m'avait paru propice pour dérouter la conversation sur un chemin moins cahoteux, et la suite de la discussion – je la cite de mémoire – avait ressemblé à un dérapage incontrôlé.

— J'ai décidé d'écrire un livre…

Je pensais soudain à Ayrton Senna.

— Comme j'ai un peu de temps en attendant de retrouver un poste… Un roman.

Haussement de sourcils suspicieux de Céline, le virage, le mur.

— Ah… Et tu as déjà des idées ?

Les pneus qui crissent, la vie qui défile au ralenti, le mur, le mur.

— Euh… Oui. Quelque chose qui se passerait dans un monde fictif dans lequel toutes les conseillères Pôle emploi auraient été remplacées par des écureuils. Ils seraient vêtus de robes à motifs marron et s'appelleraient tous Jocelyne Boulot.

Céline s'était levée pour faire la vaisselle, sans un mot.

Janvier

Tous les matins, j'épluchais consciencieusement les offres d'emploi sur internet, m'efforçant avec application de découvrir en chacune le détail absolument inadmissible qui allait m'empêcher de postuler. Je faisais régulièrement à Céline la démonstration de ma détresse et de ma bonne volonté avec force exemples d'annonces navrantes écrites dans un jargon anglicisé et impénétrable. Les journaux et magazines ne recherchaient plus de journalistes mais ce qu'ils appelaient dorénavant des « fournisseurs de contenus », principalement pour leurs sites internet. Au tarif horaire d'une femme de ménage. Céline en avait profité pour répondre que femme de ménage, c'était, après tout, ce que j'étais en train de devenir. C'est à ce moment-là que j'ai eu l'idée de noter, dans un deuxième calepin nommé « Cahier des perfidies », toutes les remarques désobligeantes qu'elle semblait prendre plaisir à m'asséner.

C'était d'autant plus injuste que je venais d'envisager de transférer l'ardeur, l'enthousiasme, voire la rage que je mettais à l'entretien de la maison dans l'écriture de mon roman. Je suis bien conscient qu'exprimé de cette manière, cela a tout du gars expliquant qu'il a le projet d'avoir un projet, mais je vous signale que, tout d'abord, on en a connu quelques-uns qui se faisaient élire à de très hautes fonctions sur des bases moins solides et qu'ensuite, l'idée d'écrire un livre, quoique séduisante, m'apparaissait pour l'instant comme un saut dans le vide, retenu par un élastique, depuis un hélicoptère. Il fallait en outre considérer le fait que j'étais, à l'époque (mais également par la suite), alourdi d'une fatigue infinie après avoir, ces deux dernières années, accumulé les insomnies.

Céline, elle, était plutôt du soir, alors que je pouvais tomber comme une masse dès 21 heures. Elle me secouait vers minuit et je la suivais jusqu'à la chambre, trébuchant sur les obstacles, tous sens anéantis par le sommeil, avant de me vautrer comme un éléphant de mer à ses côtés. Elle s'endormait quasi immédiatement, tandis que je commençais à me tourner et à me retourner, assailli de pensées idiotes et obsédantes, sachant que le reste de ma nuit consisterait en une série de parenthèses de somnolence encadrant des plages complètes d'éveil obstiné. Souvent, je me levais aux alentours de 2 heures, désespéré, et j'errais plus ou moins jusqu'au petit matin, m'avachissant sporadiquement ici ou là. Il m'arrivait même parfois de sortir sans but arpenter les rues de notre banlieue, m'aventurant jusqu'à l'orée de Paris, égaré dans des méandres obscurs et poursuivant des ombres inquiétantes, observant les terrifiantes solitudes en marche des noctambules au retour, des ouvriers sur le départ ou, comme moi, des naufragés du sommeil.

***

CAHIER DES PERFIDIES • #2 •

« Tu te souviens du canapé dans la petite pièce à l'entrée ? Oui, celui qui sert d'étagère. Eh bien si tu le libères de tout ce qui l'encombre, tu vas pouvoir y passer des nuits formidables sans sinistrer les miennes. »

***

Quelques jours plus tard, je prenais un café en compagnie du père d'un élève de la classe de mon fils. Il s'appelait Philippe, ou Jérémie. Son fils était objectivement moche, et j'imaginais qu'il devait être content de pouvoir s'en débarrasser tous les matins. Lui-même, sans être totalement repoussant, possédait des traits assez vilains, et je me rappelle avoir essayé d'imaginer la mère du petit, que je n'avais jamais rencontrée, en opérant une soustraction des disgrâces respectives de son mari et de leur rejeton. La discussion était assez amicale, nous nous étions trouvé un point commun : aucun de nous ne mettait de sucre dans son café.

Étrangement, dans ce genre de rencontre, la première préoccupation de l'autre est systématiquement de savoir ce que vous faites dans la vie. J'avais répondu que j'étais journaliste, entre deux contrats, et que je mettais à profit cet intermède pour écrire un roman. Philippe, ou Jérémie, avait eu l'air assez favorablement impressionné et s'était empressé de vouloir me raconter la vie de son grand-oncle Joseph – ou Jean – qui contenait tant de trépidantes péripéties qu'elle était une matière première de tout premier choix pour un imparable chef-d'œuvre. J'avais dû le stopper d'un geste, je tenais déjà mon sujet, je ne pouvais bien entendu pas en parler pour l'instant. Il paraissait franchement déçu du peu d'intérêt que je semblais porter à son histoire familiale, et je l'avais encouragé à la retranscrire lui-même. Malheureusement, m'avait-il alors confié, son truc à lui, c'était plutôt l'action, et il avait un vrai métier : ancien policier – il avait même officié comme commissaire adjoint en banlieue –, il était maintenant dirigeant d'une entreprise de sécurité, ce qui lui assurait un revenu confortable. Il préférait consacrer le peu de temps que lui laissait sa profession à d'autres activités, dont j'avais immédiatement imaginé la liste (le football à la télévision, la bière, l'entretien de son Audi, des plantes vertes sur son balcon, de sa femme, etc.).

Alors que je décidais dorénavant de l'éviter coûte que coûte, il m'avait tendu sa carte de visite, au cas où j'aurais envie de me faire un bon petit resto en sa compagnie un de ces quatre. J'en avais moins que pas du tout envie, mais, juste avant de glisser la carte dans ma poche, j'y avais jeté un coup d'œil distrait. Son prénom était en réalité Jean-François.

***

CAHIER DES PERFIDIES • #3 •

« Tu t'es encore levé pour manger. La salade du traiteur que j'avais achetée pour mon repas de midi a disparu. Je ne sais plus quoi dire tellement je suis consternée… Fais des pompes, des abdos, lis un bouquin, mais arrête de vider le frigo. »

***

J'avais, ce matin-là encore, trouvé un paquet de biscuits vide, éventré et abandonné au sol, alors que je l'avais acheté la veille. Je me rappelais parfaitement m'être levé en pleine nuit. Il me semblait avoir entamé la lecture d'un roman très sombre, à moitié allongé en travers d'un fauteuil, ce que m'avait confirmé le livre ouvert aux pages 52 et 53, posé à califourchon sur l'accoudoir. Rien d'autre. J'avais beau essayer de recoller les morceaux épars des souvenirs de cette nuit-là, je ne parvenais pas à y insérer un instant sauvage où, tenaillé par une fringale incontrôlable, j'aurais pu me jeter sur cet emballage, le réduire en charpie et en piller le contenu.

Les énigmatiques disparitions de nourriture avaient commencé quelques mois plus tôt et demeuraient une affaire non résolue. Céline, bien entendu, m'accusait régulièrement et je n'avais aucune défense à lui opposer. Lucas vivait des nuits ininterrompues, ou à peine perturbées par des cauchemars sporadiques que l'un de nous – moi en général – se chargeait de chasser par des incantations rassurantes entre des bras protecteurs. Céline, elle, possédait, par la grâce du zolpidem, une impressionnante faculté de résistance à l'éveil et il était également impensable d'incriminer Albator, notre vieux chat, dont l'ensemble des compétences consistait à dormir, mâchouiller sa pâtée et chier à côté de sa caisse. Il ne restait que moi, coupable, évidemment coupable, au point que j'avais même envisagé, en désespoir de cause et pour m'innocenter, l'hypothèse du somnambulisme, sans qu'aucune preuve ne vienne l'étayer.

Février

CAHIER DES PERFIDIES • #4 •

« Comment est-il possible que tu ne grossisses pas avec ce que tu t'enfiles la nuit ? À mon avis, c'est ta dépression qui te maintient dans une forme acceptable. »

***

J'avais pris l'habitude de lâcher Lucas à cent mètres de l'école, alors qu'il n'avait plus qu'une allée sûre, rectiligne et bordée d'arbres à parcourir. Il était très fier de continuer seul et sans entrave paternelle, ce qui m'avait permis d'acquérir une aura de parent responsabilisant et soucieux des envies d'indépendance de sa progéniture, alors que tout ce que je désirais était de ne pas croiser le fameux Jean-François. La première fois, j'avais tout de même observé Lucas de loin, m'assurant qu'il passe le portail, et j'étais rentré discrètement, en contournant un pâté de maisons pour éviter le bar et l'hypothétique présence au comptoir de mon boulet de la semaine précédente.

Chemin faisant, je pensais à ce roman dans lequel j'allais me jeter à corps perdu. Perdu. Je ne savais pas du tout comment m'y prendre, tout m'échappait. Écrire, j'avais l'impression de savoir le faire, on avait d'ailleurs souvent loué ma plume de journaliste, mais l'écart entre un article et un roman me semblait vertigineux. J'ignorais tout à fait comment mener un récit avec un début, une fin, et probablement un vrac intermédiaire qui devait mener de l'un à l'autre. J'avais décidé que, pour commencer, je devais créer un environnement de travail propice à la création.

En ouvrant la porte de la petite pièce de l'entrée qui servait de débarras, j'avais eu un moment de découragement devant l'étendue de la tâche. Le bureau en bois, acquis sur une brocante quelques mois auparavant, avait déjà disparu, emporté par une avalanche de paperasse non classée, de cartons saturés d'inutiles objets hétéroclites et de vêtements importables. Derrière, le canapé, prévu pour accueillir nos amis de passage, avait aussi été englouti par une mer de désordre. De toute façon, nous ne recevions jamais d'amis de passage. J'avais soudain pris conscience, dans cette pièce aveugle et sombre, que nous demeurions cloîtrés dans une boucle fermée, à trois, dans une autosuffisance affective et matérielle feinte, sans fenêtre ouverte sur l'extérieur. Ce qui, jusque-là, nous avait paru acceptable me semble maintenant avoir, à notre insu, façonné les germes de l'explosion. Il était assez probable que nous vivions alors dans une Cocotte-Minute.

***

CAHIER DES PERFIDIES • #5 •

« Alors, Bukowski, ça avance, ce chef-d'œuvre ? »

***

L'opération de rangement avait pris des allures de chantier archéologique. Je découvrais avec une certaine émotion, sous des montagnes de bazar, des jouets antédiluviens, des livres plus ou moins lus, des vêtements minuscules, des souvenirs de voyages, de ceux que l'on achetait dans un élan ébloui, enivré par les odeurs d'un marché, les accents chantants indigènes et le grondement des vagues sur une plage plus loin, et que l'on abandonnait ensuite dans un coin, de retour au bercail, dans un mélange de nostalgie et de consternation. Chaque mise au jour éveillait un morceau de mémoire et entraînait mes pensées sur des chemins singuliers, mon regard dans le vague s'embuait parfois et mes gestes se suspendaient, rendant l'efficacité de mon entreprise toute relative. Le premier jour, j'avais cependant réussi à classer les papiers en huit piles distinctes, disposées en rang au sol contre le mur. Cela m'avait permis de dégager une bonne partie du canapé qui m'avait alors paru propice à une sieste. Je m'étais, par chance, réveillé dix-sept minutes avant la fin des cours de Lucas et j'avais pu le récupérer à l'heure, échevelé et la joue grêlée par la trame du tissu rêche.

Le lendemain, j'avais entrepris de déterrer le bureau. La radio égrenait en cadence son chapelet de mauvaises nouvelles quand j'avais exhumé le carton de mes parents. Tout ce qu'il me restait d'eux était à l'intérieur, à l'exception d'Albator, notre chat. Entre mon départ du domicile familial et leur disparition, nous avions mis toute notre application à nous éloigner, lentement, inexorablement. Jusqu'à la première année de Lucas, il nous arrivait encore parfois de les rejoindre pour quelques jours pendant les vacances, avant que la situation ne devienne franchement insupportable : ma mère, malade, n'était plus en mesure d'assurer la fonction de tampon qu'elle avait endossée, contrainte et forcée, coincée entre l'affection qu'elle éprouvait malgré tout pour son mari acariâtre et le désir de voir son petit-fils. Pendant que lui vivait sa petite vie de retraité, réglée comme du papier à musique, elle assurait les corvées ménagères sans s'autoriser le moindre plaisir, avec pour tout lien social les rencontres fortuites avec quelques connaissances des alentours les matins de marché. Disons que ça se passait de cette manière, dans une ambiance vieille France rance et figée, quand mon père n'était pas sujet à ses terrifiantes crises migraineuses. Il se cloîtrait alors dans le noir de sa chambre fermée au jour, pendant des heures, espérant une accalmie. Notez que pour ma mère, cela ne changeait pas grand-chose. Quand nous débarquions chez eux, quoique notre arrivée soit systématiquement annoncée, nous transformions la maison en chamboule-tout, nous étions la pagaille, le bruit, la turbulence qui venaient troubler cet ordonnancement impeccable, nous dérangions, et mon père n'éprouvait aucun embarras à nous le rappeler. Et puis Céline, excédée, avait décidé que nous n'y retournerions plus en famille, et je n'y étais jamais revenu seul non plus, jusqu'à ce qu'il soit trop tard.

J'écris cette phrase avec un sentiment d'effroi mêlé de regrets : un sale cancer rongeait ma mère depuis un an, et nous étions quasiment tombés à la renverse quand ils nous avaient annoncé leur intention de s'offrir une croisière en Méditerranée. Ils étaient passés à la maison déposer leur vieux chat borgne, à la grande joie de Lucas, et ma mère m'avait tendu un sac en plastique contenant cinquante-quatre boîtes de Doliprane 1 000. Mon père, qui possédait une ordonnance renouvelable pour contrer ses céphalées chroniques, refusait toute assistance médicamenteuse, mais passait tout de même à la pharmacie se ravitailler. C'était gratuit et il y avait droit, c'est ce qu'il disait, avec un accent de défi pitoyable dans la voix, un de ses moments d'emphase un peu minables qui me le rendaient répugnant. Je tenais le sac en plastique au bout de mon bras ballant, le chat miaulait dans son sac de transport, nous n'avions pas dépassé le couloir de l'entrée, tout cela n'avait pris que quelques minutes. Le temps, pour ma mère fragilisée par la maladie, de nous embrasser longuement et de nous dire, de manière énigmatique, de ne pas nous inquiéter. Le temps, pour mon père, de transformer l'ambiance en banquise. Et ils étaient partis.

Des témoins les avaient aperçus lors de l'escale d'Athènes, puis lors de celle de Malte, et c'était tout. D'après la compagnie maritime, ils avaient dû sauter par-dessus bord au large de Madère. Ma mère se savait condamnée et mon père, je l'ignorais alors, était perclus de dettes. Comment un type avec un salaire somme toute convenable et une vie aussi étriquée avait-il pu faire disparaître autant d'argent ?

Les corps de mes parents n'avaient jamais été retrouvés.

Mon héritage se résumait à un chat, Albator, et cinquante-quatre boîtes de Doliprane 1 000. Le reste, la voiture, la maison et tout ce qu'elle contenait, j'y avais renoncé, incapable de faire face aux dettes paternelles. J'avais juste eu le temps de faire un saut discret à leur domicile, de nuit, dans le silence peuplé de fantômes de leur modeste demeure, pour fourrer quelques souvenirs dans un carton, sans m'attarder. Tout était là maintenant, étalé devant moi sur ce bureau, ce qu'il restait de deux vies : quelques papiers jaunis, une image d'eux encadrée, prise avant ma naissance, mon père y souriait d'un sourire que je n'avais vu qu'en photo, la pendule de la cuisine des années 1950, à piles, sans piles, bloquée sur 9 h 10, le blaireau empaillé qui trônait autrefois sur la cheminée, et une boîte en carton contenant un minuscule pistolet et une dizaine de balles, un curieux objet en acier et Bakélite muni de deux paires de canons superposées. Quelques recherches sur internet m'avaient renseigné. Il s'agissait d'un COP 357 Derringer, dérivé de l'arme à un coup qui avait servi à abattre Abraham Lincoln. Celle-ci pouvait charger quatre balles de type 357 Magnum et les tirer l'une après l'autre. Je n'avais jamais imaginé mon père tirant un coup de feu, encore moins possédant un flingue. J'avais constaté, effaré, que je le connaissais très peu.

J'étais resté assis de longues minutes, observant ces reliques, refoulant les souvenirs qui affluaient, puis j'étais allé chercher une perceuse.

J'avais planqué l'arme au-dessus de la penderie de notre chambre, dans le double fond d'une vieille boîte en bois marquetée, en priant pour que personne – surtout pas Céline – ne tombe dessus, et installé le blaireau sur mon bureau, percé deux trous dans le mur d'en face pour y suspendre la pendule arrêtée et le portrait de mes géniteurs. Il y avait une petite fissure au plafond, juste au-dessus. Je ne l'avais jamais remarquée.

***

CAHIER DES PERFIDIES • #6 •

« La photo de tes parents, je peux comprendre,
la pendule moche et dysfonctionnelle passe encore,

mais un blaireau mort sous mon toit, je ne sais pas si je vais pouvoir supporter. »

***

Céline commençait à devenir franchement désagréable, même si je pouvais convenir que mon embarrassante situation professionnelle et ma tendance à la procrastination, que je faisais mon possible pour dissimuler, pesaient comme un coffre-fort (ou trois combinés four-table de cuisson, ou 1 600 petits jouets pour enfants) sur nos relations. Sans même évoquer les soucis quotidiens – que l'on aurait aisément surmontés ensemble si l'atmosphère avait été propice au soutien et à l'entraide – et la nourriture qui disparaissait sans explication.

Nous ne parlions plus beaucoup et, parfois, le soir, je tentais d'amorcer une discussion avec l'impression d'être en train de manger de la soupe avec une fourchette. Il m'arrivait même d'oser un rapprochement plus charnel, dans l'intimité de nos couvertures, essayant d'abriter tendrement la femme de ma vie entre mes bras protecteurs. Elle y répondait en général en grognant, se dégageant, avant de se barricader dans les pages d'un livre. Elle commençait à sérieusement s'absenter de notre couple, et je m'endormais souvent inquiet.

Un soir, alors que nous avions sombré dos à dos, un bruit sourd m'avait fait sursauter. J'étais assis sur le matelas, les sens aux aguets, enveloppé de nuit mais parfaitement éveillé. Dans la maison abandonnée aux ténèbres, tout était silencieux maintenant. J'avais avancé à tâtons jusqu'au salon, posé le doigt sur l'interrupteur et pris une profonde inspiration avant d'allumer. Rien. Les meubles la nuit comme en plein jour, chaque objet à sa place. Albator s'était étiré au ralenti, avait traversé la pièce nonchalamment, avec cette troublante majesté neurasthénique des chats en fin de vie, effleurant ma jambe au passage, queue dressée verticale, dédaignant ma présence. Plus loin dans le bureau, je retrouvais mon blaireau fracassé au sol, socle brisé. Son œil droit avait disparu, laissant place à une cavité orbitale sombre. Il avait probablement roulé sous un meuble. J'aurais voulu reconstituer tant bien que mal la bestiole mais les réparations dépassaient mes compétences, alors je l'avais juste poussé dans un coin en maudissant le chat.

C'est en me relevant que j'avais aperçu la tranche de jambon sur le bureau. Une empreinte grasse s'étalait sur le plateau de chêne. J'avais quitté mon antre, refermant délicatement la porte derrière moi, avant de jeter le jambon et de me servir un verre de vodka au poivre glacée. Je la faisais moi-même, d'après une recette divulguée en fin de soirée par un restaurateur russe de la place Sainte-Marthe, dans ce qui ressemblait à un élan fraternel d'amitié entre les peuples, mais qui cachait plus sûrement un complot fomenté par le KGB dans l'espoir de transformer les cerveaux occidentaux en blinis. Le liquide me brûlait et, avachi sur un fauteuil, abandonné par le sommeil, je rêvassais à mon roman. Un carnet, un stylo, deux grammes dans le sang, j'avais alors décidé de me lancer à l'abordage. Dresser une liste de noms de personnages dans laquelle j'allais pouvoir allègrement piocher m'avait paru un bon point de départ, en guise d'échauffement. J'avais fait preuve d'une efficacité redoutable puisque en vingt-cinq minutes, je disposais déjà de :

Comédon d'Arcival, Jean-Pleutre Moutagne, Phlegmon Glaviaux, Athanase Ergopion, Gaëtan Fruge et Clitandre Mogette, pour les hommes et Corinne Méchou, Pauline Carlingue, Natacha Maroufle, Pétale Bougnole, Estelle Poutre et Mousseline Plamon, pour les femmes, dans un souci de symétrie paritaire.

J'avais relu la liste plusieurs fois, satisfait, j'avais bien avancé, et je m'étais endormi.

Le lendemain matin, entre deux Doliprane, j'arrachai la page du carnet avant de la jeter, froissée, dans la corbeille à papiers.

***

CAHIER DES PERFIDIES • #7 •

« C'est toi qui as jeté cette tranche de jambon ? Tu t'es converti à l'islam dans la nuit ? »

***

J'entrais dans ma seconde phase de rangement. J'avais distingué, dans cinq cartons indépendants, ce qui était à jeter, ce qui était susceptible de l'être en fonction de l'humeur de Céline, ce que l'on pouvait éventuellement garder dans un coin de la maison où on oublierait aussitôt qu'on l'avait rangé et ce dont je ne savais pas quoi faire. La dernière catégorie remplissait deux cartons. J'avais ensuite fait des piles dans le couloir, ce qui avait libéré une place considérable dans ma pièce de travail. J'étais prêt. C'est à ce moment-là que, levant machinalement la tête, la main sur le menton et les yeux plissés, dans la posture réflexive de celui qui attend d'être frappé par l'éclair d'une inspiration majuscule, j'avais soudain eu l'impression que la fissure du plafond avait grandi. J'étais reparti fouiller dans les cartons pour remettre la main sur le double décimètre qu'il me semblait bien y avoir enfoui. La fissure faisait 18 centimètres de long, à présent je surveillais sa progression.

Je consacrais ensuite l'après-midi à une passion récente, la cuisine de plats en sauce, avec une nouveauté : un formidable bœuf bourguignon aux légumes anciens. Comme tous les jours en rentrant de l'école, Lucas avait soulevé le couvercle de la casserole avant de se retourner vers moi avec une moue dégoûtée. Ce petit ingrat avait ensuite prévenu sa mère dès son retour : « Papa nous a encore fait un repas du Moyen Âge. » Une heure après, il faisait des petits tas de légumes mâchés dans un coin de son assiette. Céline, elle, laissait refroidir son plat, répondant en souriant à une tempête de textos. J'avais évoqué la fissure et elle m'avait à peine regardé. Je pense qu'elle aurait hoché la tête en signe d'assentiment si je lui avais annoncé que je la quittais pour rejoindre une communauté berrichonne prônant l'amour libre.

***

CAHIER DES PERFIDIES • #8 •

« Ça t'ennuierait de t'extirper de ton Goncourt quelques heures pour organiser notre semaine de vacances avec Lucas ? Moi je bosse, je n'ai pas le temps. »

***

J'allais enfin recevoir mes premières mensualités de chômeur. J'étais retourné au Pôle emploi rendre visite à

Jocelyne Boulot, mon petit écureuil. Il s'agissait de notre fameux petit point régulier. Ce qui semblait consister à me faire déplacer jusqu'à son bureau pour m'annoncer qu'elle ne disposait d'aucune offre susceptible de me convenir, à mon grand soulagement. Car non, je ne savais ni piloter un chariot élévateur, ni créer des graphiques dynamiques PowerPoint basés sur des modèles pptx à partir de données Excel.

Je m'étais senti obligé de lui avouer mon projet littéraire. Elle avait haussé les épaules, pour me signifier que mes passe-temps l'indifféraient, son ambition à elle, sa mission, son Graal, c'était de me remettre dans le droit chemin du travail rémunéré, sur les rails d'une réussite sociale enviable, fondée sur des horaires fixes, cinq semaines de congés payés, un treizième mois, des Ticket Restaurant et 50 % du Pass Navigo payés par la boîte. Une sorte de rêve éveillé.

En sortant, sous les piqûres de l'hiver, je m'étais installé à une terrasse chauffée, reniant les principes écologiques qui me rendaient habituellement insupportable la vue de ces radiateurs à gaz à tiédir les trottoirs, et j'avais fumé ma première cigarette depuis deux ans et quelques jours. Je venais d'en acheter un paquet dans un élan qui, sur le moment, m'avait paru empreint de liberté et de défi.

J'avais vu défiler une mamie tirée par un fox-terrier, un jeune cadre à trottinette, quelques collégiens chahuteurs et une paire de jolies trentenaires qui devaient pratiquer le yoga et se nourrir de plats sains.

Pendant l'heure passée là, j'avais essayé de trouver un titre et noté : *La Face molle du beurre de ferme* et *Il faut peler tous ces barbus*, sans trop savoir ce que j'allais en faire. Probablement rien, il fallait se rendre à l'évidence. Puis j'avais rangé l'ordinateur dans sa sacoche avant de sauter dans le premier métro, me rappelant soudain l'injonction de Céline au sujet des vacances.

Dans le wagon, j'observais un drôle d'objet par terre, piétiné sans ménagement par les voyageurs. Un objet plat, noir et oblong, fabriqué dans une sorte de tissu mat, imprégné comme un palimpseste de traces de pas poussiéreuses. J'avais mis beaucoup de temps à reconnaître un de ces passants molletonnés qui sont glissés dans la bandoulière d'un sac pour en amortir le poids sur l'épaule, un machin rembourré dont je ne connaissais pas le nom, alors que quelqu'un, quelque part, à une époque indéfinie, l'en avait forcément affublé d'un, comme « porchelier » ou plutôt – pourquoi pas ? – « plagine », parce que tout ce qui n'est pas nommé doit être craint, alors qu'il y a peu de choses plus inoffensives qu'un porchelier ou une plagine. Ce n'est qu'une fois chez moi, en déposant mon sac, que je m'étais rendu compte, perplexe, que le porchelier (ou la plagine) qui aurait dû se trouver sur la sangle avait disparu, comprenant alors que c'était probablement le mien (la mienne ?) que toute la population parisienne empruntant la ligne 5 (312 000 voyageurs par jour) s'acharnait à piétiner.

Le soir, j'avais dû expliquer à Céline que le rendez-vous avec Jocelyne Boulot s'était éternisé, que Lucas ne comprenait décidément rien aux soustractions, malgré mes efforts pédagogiques soutenus, que j'avais en outre perdu de manière absurde et énigmatique le porchelier de mon sac, et que par conséquent j'avais dû remettre au lendemain, sans faute et à mon grand dépit, les réservations pour les vacances d'hiver. Mon grand dépit était apparemment inférieur au sien.

— Le *porchelier* ?

***

CAHIER DES PERFIDIES • #9 •

« Pour les vacances, ne te mets pas la rate au court-bouillon. Au pire tu prends des tickets de RER pour La Courneuve, on trouvera bien un Formule 1, on y respirera toujours mieux qu'ici. »

***

Les vacances commençaient dans quatre jours. Nous étions convenus que Lucas passerait la première semaine chez sa grand-mère maternelle, il ne restait que la seconde à remplir. Je pressentais qu'il allait falloir être créatif et surprenant. Mer/montagne, France/étranger, ville/campagne, soleil/neige, j'étais submergé par l'étendue des possibles. J'avais alors approché ma chaise du mur afin d'examiner la fissure. Elle mesurait maintenant 18,5 centimètres.

Au retour de l'école, égaré dans mes projections de semaine fantasmatique sous les cocotiers de Bornéo ou dans les environs de Bourges, j'avais oublié de contourner le bar du coin et mon « ami » avait surgi dans l'embrasure de la porte pour me proposer de le rejoindre. Il m'aurait été difficile de refuser, et l'idée d'un café chaud était malgré tout attirante. Jean-François – il fallait que je me fasse à l'idée de ce prénom – avait rapidement fait glisser la conversation sur l'état d'avancée de mon œuvre. Il avait dû commencer sa phrase par quelque chose comme « Je n'y connais rien en littérature et loin de moi l'idée de te donner des conseils, mais... », ce qui signifiait bien entendu que ce con n'allait pas se gêner pour m'en donner à la pelle, des conseils.

Effectivement, il s'était lancé dans une diatribe échevelée, quelque chose qui ressemblait à :

— Mon gars, les polars c'est pas mal mais ça marche plus, plus personne n'en achète, on en trouve de très bien abandonnés sous les porches, ou à un euro sur tous les sites d'occasion. Tu peux me faire confiance, j'ai passé vingt ans chez les flics et j'en ai lu un wagon. Ce qui cartonne maintenant, c'est la réalité passée au crible, le fait divers sordide, l'affaire criminelle transcendée. Il suffit de piocher dans les journaux, de s'agripper à une histoire répugnante et tourner autour. Enfin, moi, c'est ce que je ferais si j'en étais capable.

Je me faisais un devoir de l'écouter d'un air distrait. Je dois avouer, et croyez bien que l'idée me désespère, que son discours m'avait cependant ébranlé. C'était très agaçant de donner raison à un con, mais je m'étais promis d'y réfléchir.

J'avais ensuite utilisé tout mon temps à chercher une destination de vacances en famille sur internet. À la fin de l'après-midi, je disposais de différentes options floues, allant de la côte bretonne (pas cher, risque de pluie et d'allergie aux fruits de mer, alcool de pomme) à la Haute-Savoie (hors de prix en pleine saison, ski, luge et autres activités assommantes, vin chaud), en passant par la ferme dans le Perche (extrêmement abordable, risques conjugués de pluie et d'ennui, animaux nuisibles) et la côte espagnole (moins cher qu'imaginé, nourriture grasse et risque de promiscuité avec des étrangers, voire des Néerlandais, sangria).

Cette tentative avait été balayée par Céline d'un regard las : elle trouverait bien une heure dans sa journée de travail pour s'en occuper, puisque, comme d'habitude, j'étais incapable de choisir.

La nuit, je m'étais levé à 4 heures pour mesurer à nouveau la fissure. Elle n'avait pas évolué, ce qui ne signifiait rien. Un quignon de pain traînait sur la table, alors que j'étais sûr de l'avoir nettoyée après le repas. Je n'y avais attaché aucune importance, étrangement. Comme si une partie de moi-même était déjà passée de l'autre côté du miroir.

***

CAHIER DES PERFIDIES • #10 •

Pire qu'une phrase, Céline garde les yeux fixés sur l'écran de son téléphone, le sourire aux lèvres, le regard évaporé, elle ne dit rien.

***

Je dois convoquer mes souvenirs pour établir ce journal que je souhaite d'une exactitude maximale, et, autant l'admettre, j'ai probablement pris quelque liberté avec les dates, même si la chronologie est plutôt rigoureuse. Je suis en revanche sûr de moi en ce qui concerne ce 14 février, jour où Nordahl Lelandais est passé aux aveux pour le meurtre de la petite Maëlys. J'écoutais distraitement des comptes rendus de l'affaire à la radio, tout en rampant sur le sol pour mettre la main, sans résultat, sur l'œil de mon blaireau empaillé. De guerre lasse, j'avais alors tenté de réparer sa patte brisée avec les moyens du bord : un tube de colle et du fil de couleur rouge, le seul que j'avais à ma disposition. Le fil pendait de la patte meurtrie comme une coulure de sang s'échappant d'une blessure, ce n'était plus un simple animal mort : il ressemblait maintenant à une œuvre d'art contemporain.

Je repensais soudain au discours de Jean-François : cette affaire Lelandais apparaissait comme un clin d'œil du destin, et j'avais décidé de m'y intéresser. J'y consacrais une bonne partie de la journée, plongeant jusqu'au cou dans les limbes d'internet, frémissant d'horreur à chaque détail, le souffle court, n'observant qu'une brève pause pour lire un message de Céline. *« Rentrerai tard, pot avec des copines ! Te laisse gérer le repas et le coucher de Lucas ! Bise ».* Lapidaire, exclamatif, autoritaire.

Déçu, j'étais monté sur la chaise : la fissure du plafond mesurait 19 centimètres. J'étais sidéré. J'avais fini par retourner à mes recherches, las et dépité, je me rendais bien compte que cette affaire était trop actuelle pour que je sois capable de la traiter avec la distance nécessaire. (*« OK. »* Pause, ma réponse à Céline.) Je ne voyais pas quoi faire de cette masse d'informations, à part en tirer une somme journalistique qui ressemblerait à coup sûr à une navrante compilation d'articles. En conséquence, j'avais replongé dans une séance de fouille, en archéologue du meurtre, m'infligeant méthodiquement toutes les émissions criminelles archivées sur le réseau. Et puis, Dieu merci, l'heure m'avait rappelé à mon devoir de père.

— Reste du pot-au-feu d'hier soir ou saucisses-frites ?

— Saucisses-frites ! À fond !

— OK.

— C'est cool, t'es cool, papa !

— Cool ?

— Ouais, c'est une expression, comme « badass » mais en un peu moins bien.

— Mon Dieu.

Je ne connaissais pas mon propre fils.

— Ça a l'air bon. Mais les tranches de saucisse, là, c'est gras. Tu peux m'enlever les points blancs de la saucisse ?

— Lucas... Comment t'expliquer... Les points blancs font intégralement partie de la saucisse, comme le short de Rafael Nadal fait intégralement partie des fesses de Rafael Nadal. On ne peut pas retirer les points blancs de la saucisse, ce serait dénaturer la saucisse, on ne peut pas non plus enlever le lait du yaourt ou l'éclat de bêtise dans l'œil d'un supporter, ce serait aller à l'encontre de la bonne marche de l'Univers.

— Chaque fois que je te pose une question, papa, je ne comprends rien à la réponse.

Nous étions manifestement incompatibles. Il avait repoussé l'assiette, s'était avachi sur la table, accablé, la tête entre ses bras croisés, et j'avais commencé à enlever les points blancs de la saucisse. Je pensais soudain à Céline en train de s'amuser avec ses amies alors que je dégraissais de la charcuterie et puis, tout à coup, je m'étais levé, exaspéré. J'avais attrapé les rondelles de saucisse à pleines mains et les avais jetées en tas sur les frites de Lucas.

— Les voilà, tes saucisses, je ne vais pas y passer la nuit non plus, j'ai autre chose à foutre, des choses beaucoup plus cruciales, alors tu manges ta saucisse, tes frites, et tu files te coucher avant que je ne me fâche pour de bon !

Lucas, les yeux écarquillés, n'avait osé aucune protestation. Il avait avalé son repas, renfrogné, et s'était couché sans discuter, après s'être succinctement lavé les dents. J'avais quant à moi passé le reste de la soirée devant mon écran, en compagnie de Guy Georges, Thierry Paulin et Xavier Dupont de Ligonnès.

Mars

***

CAHIER DES PERFIDIES • #11 •

« Pendant que monsieur écrit des chefs-d'œuvre entre une daube et un pot-au-feu médiéval, je me suis occupée des vacances, ce sera une île bretonne, Lucas est ravi. »

***

Je marche dans la maison, tout est sombre, les sons étouffés, je suis dans la cuisine, là où l'éclat de la lune transperce la fenêtre, exagère les reflets et fabrique des fantômes. Je ne sais pas pourquoi je suis là, il n'y a personne, et tout à coup si, il y a quelqu'un, une présence dans mon dos, je la sens, silencieuse. Je me retourne, lentement, une silhouette noire dans la nuit noire, elle a aspiré toutes les lueurs du recoin dans lequel elle se tapit et seuls flamboient le blanc de ses yeux et le plat de la lame qui prolonge sa main. Je me plaque contre le mur et Guy Georges fait un pas dans ma direction, Guy Georges, le tueur de l'Est parisien, je l'ai reconnu aussitôt.

— Fais-moi un petit sandwich au fromage.

— Pardon ?

— Fais-moi un petit sandwich au fromage.

J'hésite un instant.

— Sinon je te ficelle, je t'encule et je te plante, comme les petites putes.

J'ai un mouvement de recul mais j'obtempère, je me dirige vers le réfrigérateur, sans le quitter des yeux, tremblant, je tire la porte vers moi, le halo froid de l'ampoule se répand dans la pièce et l'ombre projetée de mon agresseur dessine un monstre sur la paroi du fond. Une goutte de sueur perle sur mon front, glisse au ralenti sur l'arête de mon nez, je ne trouve pas de fromage, il n'y a rien là-dedans, putain, une tranche de jambon, mais avec la chance que j'ai, le gars est musulman, si je lui file du jambon, il va me lacérer, je vais finir en veste à franges sur le dos d'un motard fan de Johnny Hallyday, ne surtout pas l'exaspérer alors que, déjà, il s'impatiente, une tranche de jambon et un yaourt nature, c'est tout, et ce tout est une catastrophe… Bizarrement, je pense à la chanson de la publicité sur les produits laitiers qui sont nos amis pour la vie, nos amis pour la vie mon cul, je ne sais pas comment je vais m'en tirer, c'est peut-être la fin, après tout… Il s'agace. Une inspiration, je me redresse, je lui fais face.

— Vous ne préférez pas un yaourt ?

L'expression de surprise sur son visage ne dure qu'un instant, l'homme plisse les yeux, ses lèvres se retroussent sur des dents carnassières, il pousse un grognement, passe furtivement le doigt sur la lame, toute humanité enfuie, bave, éructe, c'est un animal maintenant, et il bondit sur sa proie, moi, m'étouffe, m'enserre, me plaque sur la table, à plat ventre, immobilisé, ficelé comme un rôti, il coupe mes boutons un à un en souriant, et mon pantalon s'affaisse sur mes chevilles.

Je m'étais réveillé en nage, assis sur le lit, les poings fermés, haletant, j'avais probablement poussé un cri en m'extirpant de ce cauchemar, je dis « probablement » parce que Céline s'était retournée en grommelant.

— Qu'est-ce qui t'arrive ?

— Je viens de passer à ça de me faire enculer par Guy Georges.

À ça, je lui montrais la distance avec mes doigts, entre le pouce et l'index, à ça, c'était moins de 7 centimètres, je voulais qu'elle se rende bien compte de ce que je venais de subir, j'avais envie de la voir s'apitoyer, qu'elle compatisse un peu, qu'elle me prenne dans ses bras, *fais quelque chose, Céline, s'il te plaît...*

— T'es vraiment malade, faut te faire soigner.

Sa voix traînait, lasse, et elle avait enfoui la tête sous les draps pour se rendormir aussitôt.

***

CAHIER DES PERFIDIES • #12 •

« Tu sais, je t'ai déjà encouragé à aller voir un psychanalyste, tu ne l'as pas fait, c'était sans doute un peu tôt pour toi, j'imagine que je devais laisser l'idée faire son chemin, mais je pense que tu devrais reconsidérer mon conseil maintenant. Je suis sûre qu'il sera salutaire de confronter à l'avis d'un spécialiste le récit de tes rêves sodomites. »

***

Il faut tout de même comprendre que la psychanalyse ne faisait pas du tout partie de mon univers. Je descendais d'une famille où tout allait pour le mieux, toujours, on donnait le change. De père, mère, en fils, fille, depuis des décennies, on avait assidûment contourné les divans. On se débrouillait autrement. Du côté de Céline, plusieurs branches de l'arbre généalogique étaient encombrées de psychiatres, psychothérapeutes, psychanalystes d'obédiences variées. Chez eux, on ne transigeait pas, l'analyse était un passage obligé comme le sport et les études, et Céline y consacrait une ou deux heures par semaine, depuis bien avant notre rencontre.

Ce matin-là, après avoir balayé du tranchant de la main quelques miettes sur mon bureau, sans, une fois de plus, le souvenir d'avoir mangé quoi que ce soit dessus, j'avais mesuré la fissure du plafond : 20 centimètres de long, et elle semblait s'élargir à la base. J'avais disposé un appareil photographique sur pied, l'objectif dirigé vers la lézarde, comptant superposer des images prises régulièrement, disons trois fois par jour, afin d'observer sa progression. Et puis je m'étais assis, contemplant mon installation, et le sentiment de satisfaction que j'en avais éprouvé avait peu à peu laissé place à une gêne envahissante. Mon roman n'avançait pas, Céline s'éloignait, les vacances approchaient, et moi, en attendant, je mesurais l'avancée d'une fêlure dans le plafond – *fêlure dans le plafond* –, les mots résonnaient, et par une curieuse association d'idées, je m'étais soudain résolu à prendre rendez-vous chez un psy.

Ce serait Monique Bastaing, dans le VIe arrondissement, je l'avais piochée au hasard des Pages jaunes et elle s'était miraculeusement rendue disponible en fin de semaine. « *Bastaing* : nom masculin. Bois de charpente équarri, de dimensions inférieures à celles du madrier, servant comme solives pour supporter les parquets. » C'était exactement ce qu'il me fallait, du résistant, du robuste. J'allais me défaire de mon inertie et de ma pesanteur, pousser au fond, fort, et crever la surface. Céline allait être contente, et je me retenais de la prévenir tout de suite en lui téléphonant, je triompherais le soir, en fin de repas, pendant que Lucas se coucherait, avec une annonce minuscule et détachée qui commencerait par « Ah, au fait » ou « Ah tiens, tant que j'y pense ».

Un peu plus tard, lors d'une de ces sorties sans but précis dont j'étais coutumier, j'étais tombé sur une fromagerie flambant neuve. Le souvenir de mon cauchemar encore vivace, j'étais entré puis ressorti, chargé comme une mule de 194,62 euros de laitages divers. Au retour, je m'étais arrêté machinalement au bureau de tabac du coin. Le propriétaire m'avait tendu automatiquement un paquet de la marque que j'avais l'habitude d'acheter. J'avais su alors que j'étais perdu, j'étais redevenu en quelques semaines un fumeur invétéré, j'allais probablement attraper un cancer des poumons et, en passant la porte, j'étais en train de compter mentalement le nombre de personnes qui seraient présentes à mon enterrement, sans doute assez peu, surtout si mon agonie se prolongeait suffisamment pour laisser le temps à mes anciens collègues de m'oublier tout à fait.

***

CAHIER DES PERFIDIES • #13 •

« C'est parce que tu sais que je déteste le fromage que tu en as entièrement rempli le frigo ? Tu es en phase maniaque et tu nous réserves son pendant dépressif pour les vacances en Bretagne, c'est ça ? »

***

Mon annonce du soir, celle qui devait éblouir Céline, avait, à mon grand désarroi, produit un effet tout relatif. Céline avait répondu quelque chose comme « C'est pas trop tôt », ce qui paraissait alors être le genre d'expression la plus proche de l'explosion de joie dont elle était capable à mon sujet. De dépit, j'avais trouvé refuge dans mon antre pour la soirée. La nuit suivante, j'avais ressenti une violente douleur dans le bras gauche et je m'étais levé, titubant de lassitude.

Dans le couloir, il m'avait semblé apercevoir une silhouette furtive, une ombre jaillissant de la tapisserie avant de disparaître comme un passe-muraille. J'avais tressailli, envisagé un instant de la suivre pour m'assurer que je rêvais bien, mais je m'étais finalement enfermé dans les toilettes. J'y étais resté une bonne heure, assis sur l'abattant de la cuvette, le bras pendant dans le vide, dans l'unique posture qui rendait la douleur supportable. Et puis, à pas feutré, anxieux à l'idée de ce que je pourrais y trouver, j'avais rejoint mon bureau. Tout semblait en place, à l'exception du dossier Xavier Dupont de Ligonnès, ouvert sur le canapé, et dont la moitié du contenu s'était déversée au sol. Je l'avais pourtant bien déposé, la veille au soir, sur le haut d'une pile parfaitement ordonnée à gauche de mon ordinateur, et la sensation de malaise qui me tenaillait n'en avait été qu'accentuée. Après tout, un courant d'air avait pu balayer les feuillets. C'était une explication rassurante.

J'avais tout ramassé puis je m'étais mis à chercher, sur internet, les causes possibles de cette douleur lancinante qui irradiait mon épaule gauche jusqu'au coude. Quinze minutes plus tard, tout indiquait qu'il s'agissait soit d'un infarctus du myocarde, soit d'une tumeur osseuse, et qu'il ne me restait, dans le meilleur des cas, que quelques semaines à vivre. Autant dire que je ne risquais pas de terminer le fameux livre que je n'avais toujours pas commencé à écrire. Un médecin diagnostiquerait finalement une petite tendinite calcifiante due à une utilisation prolongée d'une souris informatique, et je n'aurais plus alors qu'à invoquer mon incompétence pour justifier mon inaction.

***

CAHIER DES PERFIDIES • #14 •

« Je te rappelle que nous partons demain. Par ailleurs, j'ai discuté avec Lucas, et il aimerait avoir une petite valise rien qu'à lui. J'ai répondu que tu allais t'en occuper et ça l'a un peu inquiété, ce serait bien de ne pas le décevoir. »

***

L'immeuble de Mme Bastaing se dressait devant moi. J'étais à l'heure et j'avais grimpé les étages sans hâte excessive. Debout, dans un minuscule couloir blanc, j'attendais qu'une porte s'ouvre. Une jeune fille brune avait traversé le corridor sans un regard, essuyant son mascara d'un revers de manche, et Mme Bastaing m'avait tendu une main molle et osseuse avant de m'indiquer un siège dans son minuscule cabinet. Elle était brune, permanentée, cloîtrée dans un tailleur ciel d'hiver sur un chemisier crème et parée de gros bijoux dorés. Autour de moi, tout semblait désuet, la tapisserie avait probablement été posée du vivant de Freud, je pouvais compter les ressorts du fauteuil fatigué sur lequel j'étais assis, la pièce était submergée d'antiquités ringardes et un épais rideau olivâtre orné de passementeries balourdes éteignait l'unique fenêtre. J'étouffais déjà.

Assise face à moi, elle avait tiré sur sa jupe, posé les mains sur les genoux et m'avait expliqué que nos séances dureraient une heure, qu'elle me dirait bientôt si une seule par semaine serait suffisante, que chacune me coûterait 70 euros, cash, et que tout rendez-vous annulé moins de cinq jours avant la date prévue était dû. Et puis, d'un petit geste du menton, elle m'avait encouragé à me lancer. Mal à l'aise et un peu indécis au départ, je m'étais rapidement enhardi, au point qu'un flot de paroles incontrôlé jaillissait de moi sans interruption. Je me vidais comme une barrique percée, je balançais tout, en vrac, désillusions professionnelles, relations effilochées, couple et paternité, disparition de mes parents, sommeil enfui, velléités d'écriture, nourriture évaporée, obsessions, fissure dans le plafond, notes.

— Vous pensez qu'elle vous trompe ?

— Qui ?

— Votre femme, Céline.

Un signe interrogateur de sa part, le menton qui avance, un haussement des sourcils, je n'y avais même pas pensé.

— Par ailleurs, votre Cahier des perfidies est très contre-productif, permettez-moi de le dire. Vous feriez mieux d'arrêter net, vous vous enfoncez dans un marigot, c'est mortifère, ça ne vous aide pas, stopper ce serait un petit pas pour en sortir.

Et tout à coup elle s'était levée, l'air furieux, agrippée à la poignée de la porte, elle avait fait claquer le battant de toutes ses forces sur le chambranle, trois fois de suite. *Bam, bam, bam !* Quand elle s'était rassise, j'étais tétanisé, les mains crispées sur l'accoudoir.

— Désolée, mais je n'en peux plus de ces enfants qui courent sur le parquet à l'étage du dessus.

Je n'avais rien entendu, je ne la voyais plus, quatre lettres enflammées s'étaient mises à danser devant mes yeux sur un fond de ténèbres, *F.U.I.S.* Il fallait que. Je m'étais levé, quatre billets de vingt, elle n'avait pas de monnaie.

— On régularisera ça la semaine prochaine.

— C'est ça, oui.

— Prenez des notes quand vous faites un rêve, ça peut être intéressant.

Et puis quoi encore ? La descente des étages, escalier quatre à quatre en apnée, dehors, j'avais respiré. Une clope, vite.

Par chance il ne pleuvait pas, même si le froid mordait sévère, et j'avais marché.

— Que puis-je pour vous, monsieur ?

La vendeuse du magasin dans lequel je venais de me réfugier me collait le train.

— Je cherche une petite valise à roulettes, pour un enfant de cette taille environ.

Elle avait souri, sûre d'elle.

— Je peux vous proposer ces modèles-ci, ils plaisent beaucoup, ils sont très colorés.

— La forme, la taille, c'est bien, mais il me faudrait le même genre de valise avec un décor de Pokémon, ou un portrait de Neymar, le footballeur, c'est pour mon fils, il est très jeune mais a des idées bien arrêtées.

Elle avait arboré un air meurtri, comme si je lui avais annoncé la mort de son acteur favori.

— Désolée, je n'en ai pas, d'ailleurs je ne vois pas vraiment où vous pourriez trouver ça, je connais très bien le marché et les produits tendance du moment.

Dans un élan irréfléchi et sans doute trop ambitieux, je venais de me résoudre à prendre le modèle gris neutre, celui qu'elle appelait « argent », afin de le décorer moi-même. Je commettais probablement une nouvelle bourde, je m'en rendais compte.

— Autre chose pour votre service, monsieur ?

— Oui, vendez-vous des porcheliers à l'unité ?

— Des quoi ?

— Je cherche un porchelier, vous savez, cette sorte de passant molletonné qu'on enfile sur la bandoulière d'un sac pour en amortir le poids sur l'épaule.

— Ah mais oui, bien sûr, figurez-vous que j'en ignorais le nom.

— On appelle ça aussi une « plagine ».

— Ça alors, je suis dans le sac depuis vingt-cinq ans et je ne le savais pas. Je vais en parler à mes collègues, je suis persuadée qu'ils vont l'apprendre également.

Elle avait tenu à m'offrir le porchelier, qui ressemblait en tout point à celui que j'avais perdu. J'avais quitté le magasin d'un pas léger : au cas où je ne passerais pas à la postérité pour mes écrits, je pouvais tout de même espérer l'entrée de deux mots de mon invention dans le grand dictionnaire de la maroquinerie. En chemin, je repensais à l'expression de la vendeuse, « je suis dans le sac depuis vingt-cinq ans ». Il était temps de rentrer retrouver mes dossiers de psychopathes et de me remettre au travail. Dans la cuisine, une bouteille de jus d'orange vide trônait à côté de la poubelle. J'étais pourtant à peu près certain de l'avoir remise dans le frigo ce matin. La fatigue, sans doute.

Comme attendu, Lucas, terrassé à la découverte de sa valise, avait pris son air abattu comme si on lui avait annoncé qu'on allait visiter un musée ou qu'une météorite était tombée sur le McDonald de l'avenue. Ni Neymar ni aucun Pokémon, elle était grise, juste grise – *pas grise, argent* –, grise, grise, grise, elle ressemblait à une valise de vieux qui allait bientôt mourir, et encore, même papi il n'en aurait pas voulu d'un machin aussi moche et aussi triste. J'avais alors sorti ma botte secrète : la boîte de feutres pinceaux grâce auxquels j'allais, dans le Paris-Lorient du lendemain, customiser la morne valise avec un portrait de Neymar plus réaliste que nature. J'avais ensuite autorisé mon fils à s'énerver sur un jeu vidéo pour m'enfermer dans mon bureau.

C'est ce jour-là que, tout à fait par hasard, sautant d'une affaire à l'autre, j'étais tombé sur un petit film relatant succinctement le cas du « Grêlé » dont je n'avais jamais eu connaissance. J'ai su immédiatement. Je tenais mon sujet. Inutile de préciser mon état du moment. Je trépignais, j'avais l'impression de produire des étincelles comme une pierre à briquet, oubliant même la présence de la fissure dans le plafond. Seule la douleur lancinante de mon bras me maintenait dans une réalité objective. J'avais repéré un forum habité de personnes aux pseudonymes mystérieux s'épanchant sur l'affaire. Chacun y allait de ses petites hypothèses sans toujours écouter les autres, des plus abracadabrantes aux plus subtiles, ça bruissait, c'était vivant et je devais tout ingurgiter. Je découvrais également des films que je téléchargeais, des livres que je commandais – je les lirais à mon retour –, des articles de presse d'époque…

Vers 6 heures, je n'avais toujours pas dormi, mais j'avais empilé, sur mon sac de voyage, mon ordinateur portable, ses accessoires, la photo de Neymar qui allait me servir de modèle, les feutres et 1,8 kilo de papier imprimé sur l'affaire, j'étais paré pour les vacances. J'étais ensuite passé à la préparation minutieuse d'un petit déjeuner pour toute la famille, il était illusoire de tenter de dormir. Céline et Lucas s'étaient levés au ralenti, bougons, mais nous avions enfin réussi à abandonner notre maison, direction le métro puis la gare Montparnasse. Je traînais les deux valises, la grande, la nôtre, et la petite grise et moche que notre fils ne jugeait toujours pas à son goût.

Dans le TGV, la quatrième place de notre carré famille était occupée par une personne âgée qui avait soupiré en nous voyant arriver. Elle s'était sans doute imaginé qu'en ce week-end de départ en vacances, la SNCF aurait pris soin de lui réserver un wagon. Céline s'était installée du même côté qu'elle, contre la fenêtre, je faisais pour ma part face à Lucas, ce qui semblait plus pratique pour lancer l'opération « valise en fête ». Peu après le départ du train, support, feutres, modèle, j'étais prêt. J'avais consciencieusement dessiné le contour du footballeur d'un trait sûr, noir et épais, avant de le colorier.

— Il est pas aussi marron, Neymar, il est beaucoup moins foncé.

— Oui d'accord, mais je n'ai qu'un feutre de cette couleur, donc il sera comme ça.

Lucas boudait outrancièrement, les bras croisés, la bouche crispée, alors que je parachevais mon œuvre en peignant les couleurs du club sur le maillot.

— On dirait pas Neymar, on dirait le clafoutis aux cerises de mamie.

Céline n'avait pu réprimer un gloussement et la petite dame, amusée, avait alors ajouté qu'elle espérait pour Lucas que sa mamie ne l'avait pas obligé à en manger. J'avais intérieurement – du moins je l'espère – souhaité à cette vieille peau un fulgurant cancer du pancréas accompagné d'une allergie à la chimiothérapie, elle mourrait ensuite seule et on la retrouverait à moitié dévorée par ses chats, quelques semaines plus tard, avant de l'emporter pour une autopsie dans un sac en plastique Franprix. J'attrapais mon dossier « Grêlé » et me dirigeais vers la voiture-bar en ayant soigneusement retenu les commandes de Céline, « rien, merci », et de Lucas, « un paquet de chips goût barbecue, un yaourt à boire, des madeleines et ces trucs au chocolat trop bons, je sais plus comment ça s'appelle ». Un café plus tard, perché sur un tabouret haut, je m'étais endormi. Céline avait dû me réveiller, inquiète de ne pas me voir revenir, en me secouant par l'épaule.

— Désolée de t'interrompre en plein boulot, mais le train arrive dans dix minutes.

Nous étions descendus à la gare de Lorient sous le genre de crachin étriqué qui fait la Bretagne, résolus, puisque nous en avions le temps, à rejoindre l'embarcadère à pied. Un vent brutal secouait la mer comme un lourd rideau sombre et à la vue du bateau qui venait à notre rencontre en disparaissant sporadiquement derrière les digues, mon estomac était déjà cintré par les crampes.

C'est une chose curieuse, le mal de mer, ça frappe au hasard comme un cancer du côlon, j'avais vu des costauds verdir et tituber, des maigrichons tenir la houle comme des loups de mer, aucune règle ne prévalait, c'était ainsi, comme la vie, il y en a qui supportent et d'autres qui trinquent. À l'arrivée, j'avais la couleur des falaises et le ventre à l'envers.

La nuit tapissait déjà les reliefs de l'île et Céline et Lucas dînaient à la crêperie, m'abandonnant à mes nausées dans notre modeste location, éreinté. J'avais fumé une demi-cigarette, les yeux fixés sur la haie et, derrière elle, l'imposante demeure groisillonne qui barricadait l'horizon. Je me rappelle avoir entamé la lecture du tombereau de feuillets qui encombrait déjà la table basse du salon et je dormais sans doute quand les autres étaient rentrés, avachi dans le canapé, puisque c'est là que je m'étais réveillé sans les avoir vus passer. J'aurais voulu entendre les trilles d'un oiseau, un aboiement au loin, le ressac de la mer, mais seul le son de ma respiration déchirait la nuit, alors je m'étais levé, 4 h 42 du matin, la cuisine était en ordre, rien de la nourriture que nous avions emportée n'avait été dévoré subrepticement, chaque chose à sa place, je me souviens de m'en être fait la réflexion.

Alors que le jour commençait à percer, promesse de grisaille, j'étudiais les pages du forum classées par années, puis par mois. « Tueur en série : le Grêlé. Jamais retrouvé, qui est-il ? » Le premier message du modérateur, datant de mai 2015, reprenait l'introduction d'une émission consacrée à l'affaire : « Le tueur au visage grêlé. C'est le dossier criminel le plus ancien traité par la brigade criminelle de Paris. Depuis vingt-sept ans, la police judiciaire recherche un homme qu'elle soupçonne d'être l'auteur de six crimes commis entre 1986 et 1994 : trois viols sur enfants, et trois assassinats. On le soupçonne d'être impliqué dans une dizaine d'autres affaires criminelles. Alors pourquoi est-il insaisissable ? Les policiers ont pourtant en leur possession un tas d'indices : les empreintes digitales et ADN du tueur, un portrait-robot et surtout une caractéristique physique de l'assassin bien particulière : la peau de son visage est grêlée. Néanmoins, l'homme court toujours et n'a jamais été appréhendé... *Enquêtes criminelles* a mené l'enquête ! Nous avons rouvert les dossiers de tous ces crimes, retrouvé les témoins et reconstitué les faits. Qui est ce prédateur qui agit avec une sauvagerie inouïe ? Quel est son mode opératoire ? Connaît-il ses victimes ou agit-il par hasard ? L'homme est-il l'un des plus grands tueurs en série que la France ait connus ? »

Suivait un déferlement de messages, réponses, réponses aux réponses, doutes, certitudes assénées, disputes, messages, réponses, coq à l'âne, corrections et débats enfiévrés, un embrouillamini de phrases plus ou moins correctes, expédiées, analysées, retournées, détruites, ça avançait, divisions, alliances, messages, réponses, ça reculait, tiraillements, polémiques, messages, réponses, liens, dénonciations, un monde neuf et surréaliste. J'avais prévu de prendre des notes et je finissais par laisser mes yeux vagabonder, sautant de mot en mot, perdu dans le flot d'informations, j'étouffais. Six cent douze membres en tout, parmi eux quelques frénétiques, des détectives en herbe, des justiciers vengeurs, la plupart ne participaient pas, quelques-uns avaient lâché l'affaire en route, j'allais devoir tout ingurgiter et, déjà, l'ampleur de la tâche me paralysait.

7 heures, les rues de l'île sans vie encore, je marchais penché, tête couverte et mains dans les poches, des gouttes en suspension formaient une brume trempée, j'avais froid mais je respirais enfin. Une heure plus tard, j'étais de retour, pain frais et humide sous le bras, croissants à la main. L'île s'éveillait lentement, quelques silhouettes s'ébrouaient déjà sur le port, j'avais fait le plein de café dans le premier bar de la montée et Céline, déjà levée, consultait son téléphone dans la cuisine. Elle avait sursauté en constatant ma présence.

— Tu me trompes ?

La phrase avait jailli sans contrôle et par surprise, comme directement proférée par cette dingue de Bastaing. L'étonnement de Céline, sourcils circonflexes, elle ne s'y attendait pas.

— Non.

— Tu me le dirais si tu me trompais ?

— Je ne pense pas, non.

Évidemment.

— J'ai acheté des croissants.

— Merci.

Et je m'étais remis au travail sans un mot, une tasse fumante entre les doigts.

Plus tard, alors que quelques rayons de soleil peinaient à percer le plafond bas, Céline avait suggéré un pique-nique à la plage.

— On y va en voiture ?

— Tu sais très bien que nous n'avons pas de voiture, Lucas.

— C'est loin ?

— Pas tellement, une vingtaine de minutes de marche.

Sous les arbres et entre les buissons qui ne reconnaissaient plus les saisons et fleurissaient déjà, en comptant un petit détour par le supermarché pour inventer un déjeuner sur le pouce.

— C'est encore loin ?

— On y est presque.

— C'est combien de temps, presque ?

Je ne répondais plus. Et puis je m'étais assis sur la plage, le sable voletait et nous piquait les mollets, l'eau, droit devant, semblait glacée, et Céline, déchaussée, y trempait les chevilles pendant que Lucas courait après un sac en plastique. Je les observais, perdu et solitaire, puis je m'étais soustrait à la scène en me plongeant dans mes notes.

— Tu fais quoi ?

Céline, soudain là, debout près de moi.

— Je trie, je classe, je prépare le terrain.

Elle avait alors probablement levé les yeux au ciel, avec cette sorte de grâce dramatique qui l'animait en permanence.

— Tu es en vacances avec nous ?

J'étais plus probablement déjà en train de me cloîtrer dans un monde parallèle. Je me souviens que le ciel était alors constellé de mouettes luttant contre le vent défavorable, battant des ailes comme des forcenées sans gagner un millimètre, s'abandonnant parfois, de guerre lasse, à une immobilité mortifère qui les faisait battre en retraite, puis repartant à l'assaut de l'air contraire avec une abnégation de Sisyphe, avant de se poser sur le sable pour marcher en dodelinant, vaincues et résignées. J'étais alors, me semble-t-il, un proche cousin de ces oiseaux empruntés et incapables.

Sur le chemin du retour, poussés par un crachin subit, nous avancions tant bien que mal. Un léger picotement exaspérait mon œil gauche, comme si un grain de sable en griffait la cornée. J'avais eu beau frotter du revers de ma manche, tirer sur ma paupière, je m'étais affalé sur le canapé en arrivant, agacé, l'œil rougi par un flot de larmes incontrôlées.

— Qu'est-ce qui se passe, papa, tu es triste ?

— Non, j'ai un truc dans l'œil. Du sable, sans doute. C'est ce vent aussi. Ça ira mieux dans une heure.

Ni dans une heure, ni le lendemain. Après une nouvelle nuit fragmentée, Céline m'avait envoyé au cabinet médical, le seul dans l'île, au milieu de rien ou juste de cet air poisseux et salé qui nous collait aux cheveux, « c'est dégueulasse, tout rouge et tout enflé, on dirait un lapin en fin de vie », voilà ce qu'elle avait dit. J'avais mis mes lunettes de soleil alors que du soleil, on n'en avait vu qu'un morceau et encore, c'était la veille, et l'espace d'un instant seulement.

— Ah ça non, ce n'est pas un grain de sable ça, monsieur, c'est une irritation de la cornée, le vent a dû la dessécher et voilà, ça démange d'enfer et c'est la chiale en continu. Nettoyage au collyre, une petite pommade, quatre à cinq jours sans sortir et ce sera terminé.

Muni de mon ordonnance, j'étais passé à la pharmacie, avant de rentrer, dépité.

— Quatre à cinq jours sans sortir ?

Une annonce comme une baffe, Céline avait eu du mal à encaisser.

— Tu parles de vacances en famille.

Une nuit affreuse plus loin – je ne comprenais même pas comment mon corps pouvait produire autant de flotte –, Céline m'attendait dans la cuisine, sèche, tendue, en colère.

— Ça ne va pas être possible, j'ai besoin de respirer. Te voir là, traîner ta peine comme un chariot de gravats, avec ton œil boursouflé et tes pensées en vadrouille, c'est au-delà de mes forces. Reprends le bateau, rentre, nous allons continuer sans toi, j'ai besoin de vent dans les cheveux, de rêver avec du sable sur les jambes, de courir dans l'air salé, de rire avec Lucas et d'être en paix avec ce qui m'entoure.

Quoique meurtri, je comprenais parfaitement. Quelques heures plus tard, l'œil mouillé, j'étais là, devant notre maison, la clé au bout des doigts, prêt à étourdir ces quelques jours de liberté inattendue dans un récit dont je pensais alors cerner les contours.

Dans la cuisine, un paquet de biscuits entamé traînait sur la table et une casserole au cul tapissé de pâtes collées, ramollies par un fond d'eau trouble, encombrait l'évier. Dans la chambre, j'avais tiré sur la couette froissée, comme l'aurait fait Céline qui aimait les lits militaires, impeccablement tendus et carrés. Étrange encore, la boîte de thon vide dans le bac à ordures ménagères. Je sais ce que vous pensez. J'aurais dû m'alarmer. N'importe qui, à ce moment-là, aurait eu la présence d'esprit de relier ces petits détails entre eux, les aurait corrélés aux disparitions de nourriture avant les vacances, les aurait façonnés en mystère à résoudre, aurait enquêté, échafaudé une théorie, sans doute élaboré l'hypothèse somme toute raisonnable d'une intervention extérieure.

Pas moi. J'avais sans doute commencé à perdre pied. Je m'étais contenté de ramasser les miettes, faire la vaisselle, lisser les draps, sortir la poubelle. Je pensais à Céline et Lucas sur leur île, à mon livre à écrire, aux quelques courses basiques (alcools, cigarettes, plats surgelés) pour la semaine, et j'étais au travail à l'heure où d'autres rentrent chez eux. Une dizaine d'heures passées en apnée alternative sur mes notes et mon écran, et le chapitre liminaire faisait ronronner l'imprimante. Je le relisais en m'autorisant un nouveau verre de vin et le posais sur mon bureau, il fallait dormir maintenant, allumer une cigarette d'abord, aspirer la fumée sous le perron dans la nuit fraîche, avec les sentiments mêlés de vertige et de satisfaction d'être enfin posé, sur des rails, avec un cap et un horizon, après des mois de circonvolutions.

5 mai 1986 – Cécile B.

Le soleil, déjà haut, tiédit les premières heures du matin, et ce lundi 5 commence comme une belle journée de printemps. Les rues s'animent, on entend crisser les premières rames de métro.

Ici et là, entre collègues, des « comme un lundi » font sans doute écho à des « ça va ? » ; un lundi routinier, rejeton maudit d'un week-end fadasse, tout semble calme et attendu.

Dix jours plus tôt, pourtant, l'explosion d'un réacteur nucléaire avait taillé en pièces une centrale soviétique. Tchernobyl, République socialiste d'Ukraine, 26 avril 1986. Nous tous, nous n'avons su placer la ville sur une carte qu'au moment où elle en était rayée.

Je me souviens du fracas de l'annonce. Pas le jour de la catastrophe, bien entendu, plutôt celui où les autorités soviétiques ont confirmé l'accident, quand les relevés de radioactivité dans le reste de l'Europe n'autorisaient plus la dissimulation. Je me souviens de notre effarement. Les conversations bruissaient de rumeurs apocalyptiques, « les Suédois sont condamnés, mec, on va tous y passer, les uns après les autres », des titres des journaux, de cette sourde angoisse qui s'était ensuite insensiblement estompée.

Lundi 5, donc. Au 116, rue Petit à Paris, XIXe arrondissement, Cécile B. prépare son sac. Ses parents, Jean-Pierre et Suzanne, inspecteurs à la Sécurité sociale, l'embrassent vers 8 heures et quittent le domicile familial du troisième étage pour rejoindre leur bureau. À peine plus tard, son demi-frère, Luc R., vingt-quatre ans, étudiant en biologie, prend également congé, rappelant à Cécile – elle joue du violon, lui, de la flûte traversière – leur rendez-vous du soir pour répéter ensemble. Vers 8 h 45, Cécile sort à son tour, cartable au dos. Elle porte un survêtement rose pour le cours de sport de 9 heures, un bandeau retient ses cheveux. Elle emprunte l'ascenseur, occupé par un inconnu, et la porte se referme sur elle en glissant. Elle a à peine onze ans, et tout est fini, déjà.

Depuis quelques mois, Cécile se rendait seule au collège. Elle rentrait à l'appartement après la sonnerie de midi, déjeunait rapidement et s'exerçait au violon, avant de retourner travailler. Sa mère l'appelait tous les jours pour s'assurer de sa présence, mais, ce lundi, personne ne décroche. Suzanne essaie de se rassurer. Sa fille a profité du beau temps pour sortir promener le chien. Voilà la raison de son absence.

Elle réessaie dix minutes plus tard. Sonne. À nouveau, l'appel se perd dans le néant, et ce vide la saisit, sonne, sonne, vire vertige, sonne, une alarme retentit en elle comme l'écho fracassant de cette sonnerie, s'empare de son corps, sonne, elle raccroche. On l'imagine, le cœur tambourinant à ses tempes et, la main tremblante, composer le numéro de l'école. Cécile a été absente toute la matinée.

Suzanne prévient son mari quelques bureaux plus loin, et ils dévalent les marches jusqu'au-dehors, hèlent un taxi, pressent le chauffeur, déboulent à nouveau dans la rue Petit, 116, troisième étage, dans l'appartement, rien de Cécile, nulle part, évaporée, l'endroit tel qu'ils l'ont quitté plus tôt, aucune trace, pas de mot, pas d'indice de son passage à midi, Ruff, comme seule trace de vie, tourne sans doute en rond, rendu fébrile par l'angoisse qui monte et qui devient panique.

Jean-Pierre B. refait le trajet de Cécile de l'immeuble au gymnase, aller, retour, puis demande de l'aide aux concierges de tous les bâtiments de la résidence. Ils sont deux, et même trois puisqu'un gardien de la paix, beau-frère de l'un d'eux et de passage, propose également ses services. Ils diront avoir parcouru les escaliers, sans résultat, fouillé les dix paliers, ratissé les parkings, inspecté les caves, avant de s'engager enfin vers le troisième sous-sol, inconnu de la plupart des habitants, accessible par un escalier en colimaçon depuis l'étage supérieur, dernier niveau desservi par les ascenseurs. Les gardiens y ont installé une table de ping-pong dans une pièce face à laquelle se découpe dans le mur une ouverture sur une niche borgne dans laquelle est entreposé un fatras de vieilles planches et de gravats. Il y fait sombre et c'est ici, enfin, dans ce débarras, qu'à la lueur d'une lampe torche, ils découvrent, sous des reliquats de vieille moquette, le corps de Cécile B.

En milieu d'après-midi, la police est prévenue, branle-bas de combat, une équipe du 36, quai des Orfèvres est missionnée. Accueilli et guidé par les gardiens, le groupe d'une dizaine de personnes est conduit à l'entrée de la sinistre alcôve. Jean-Pierre B. prévient Luc R., le demi-frère, voix blanche, message lapidaire, « Cécile n'est plus ». Comment imaginer ce qu'on ressent dans des moments pareils sans les avoir vécus ? On est sans doute dévasté et incrédule, on rassemble ses affaires en automate tandis que le sol se fendille sous nos pieds et on rentre chez soi. On ne peut pas s'y préparer parce que ces choses-là n'arrivent pas, ou alors aux autres, dans une lointaine irréalité télévisuelle ou dans les brèves à la fin des journaux. Personne n'envisage la soudaine intrusion de l'impensable dans le tangible, on se plaît à croire que, comme celui de Tchernobyl, les nuages nous contournent, s'arrêtent aux frontières, et puis, parfois, sans prévenir, ils s'accumulent au-dessus de nos têtes et nous voilent le soleil pour toujours.

Au troisième sous-sol, l'enquête commence, le groupe Pasqualini de la police judiciaire a été dépêché sur place, il faut aller vite, les premières heures sont cruciales. Des équipes vont interroger les habitants, d'autres se concentrent sur la scène de crime. Le cartable de Cécile a été renversé, ses cahiers éparpillés, le bas du corps déshabillé. Les premières constatations laissent imaginer qu'elle a été ligotée, battue, violée, étranglée, puis poignardée, peut-être *post mortem*. On trouve des taches sur un morceau de moquette que l'on place sous scellé, avec les vêtements ensanglantés, les affaires scolaires et des cordelettes, avant d'enlever le corps pour une autopsie.

Les enquêteurs s'attardent peu dans l'appartement familial, tout est en place, figé depuis le matin, aucun désordre, rien ne s'est passé ici, ils en sont sûrs. Cécile n'étant jamais arrivée au collège, elle n'est probablement pas sortie de l'immeuble.

En bas, on s'aperçoit que la porte du parking, sabotée, n'a pas été fermée de la nuit. Le Digicode de l'entrée, également dégradé, ne fonctionne plus depuis la veille alors qu'il a été réparé trois jours plus tôt, et des ampoules opportunément dévissées ont plongé le palier du troisième étage dans les ténèbres. Au deuxième sous-sol, le bouton d'appel du premier ascenseur est maintenu enfoncé par une allumette, porte ouverte, rendant toute descente ou montée impossible. Depuis le matin, tous les habitants ont dû emprunter le second. Les policiers quadrillent les parkings à la recherche du couteau, mais peine perdue, le meurtrier l'aura sans doute emporté avec lui dans sa fuite.

Et puis, Luc R. se souvient soudain : il y avait un homme dans l'ascenseur quand il y est entré, tôt ce matin. Très poli – « Bonjour monsieur, où descendez-vous ? » –, il avait lui-même poussé le bouton du rez-de-chaussée, comme un liftier d'hôtel. Comment était-il ? Grand, 1,85 mètre ou pas loin, à peu près vingt-cinq ans, il lui faisait quasiment face, visage commun mais traits fins, plutôt bel homme, imberbe, les yeux marron, cheveux châtains, une mèche barrant son front dégringolait sur son œil gauche. Style ? Décontracté, tee-shirt, blouson, jean, des baskets aux pieds. Fatiguées les baskets, un peu sales peut-être, loin d'être neuves. Sa voix ? Grave. Sans accent. Très poli – « Passez une excellente journée, monsieur » –, sourire aimable. Beaucoup trop poli, en fait.

Et Jean-Pierre et Suzanne B. se souviennent à leur tour : le même homme était également dans l'ascenseur quand ils l'ont emprunté. Et six témoins se joignent à eux, huit personnes en tout l'ont croisé ce matin-là, entre 7 h 50 et 8 h 40. Enfin, une dernière voisine, remontant du parking vers 9 h 15, appelle l'ascenseur au deuxième sous-sol. Quand la porte glisse, l'homme est à l'intérieur, tous deux sursautent, il est confus, transpire, garde sa main droite dans la poche, sort au rez-de-chaussée avant de disparaître dans la rue en courant.

Les policiers n'en reviennent pas, c'est leur homme, l'enquête se présente bien, sa résolution sera rapide, d'autant que Luc R. ajoute une précision essentielle : la peau de son visage n'est pas lisse, stigmates d'une acné mal soignée ou cicatrices accidentelles. Alors que son portrait s'affine, le meurtrier de Cécile B. gagne un surnom. Il sera « le Grêlé », il sera traqué, confondu, et il paiera.

Au même moment, l'Italie, l'Autriche, les Pays-Bas et la République fédérale allemande conseillent dans un même élan protecteur d'éviter de boire du lait ou de manger des légumes verts, en raison de leur possible irradiation. En France, la catastrophe en marche est étouffée avec soin. Nous apprenons que, par chance, le nuage a contourné le territoire pour, depuis la Suisse et l'Italie, aller directement déverser son uranium sur les cultures espagnoles.

Les policiers repartent, confiants, avec une description assez complète de l'assassin présumé, une photo de la jeune victime, une vision précise des trajets réguliers de cette dernière, école, musique, piscine, promenades… Malheureusement, trop de personnes sont passées dans l'ascenseur depuis le matin pour relever les empreintes digitales. L'autopsie du corps confirme les premières constatations : la petite Cécile a été victime de multiples contusions et griffures et de violences sexuelles sans rupture de l'hymen. Un coup de couteau lui a été porté dans la poitrine, juste en dessous du sein gauche. Étrangement, son tee-shirt n'a pas été transpercé, comme si elle avait été déshabillée puis rhabillée, mais c'est la strangulation, à l'aide de cordelettes, qui a provoqué sa mort. Une trace de sperme permet de définir le groupe sanguin du coupable, A, rhésus positif, sécréteur.

Dans les jours qui suivent, les différents témoins sont convoqués au 36, quai des Orfèvres pour établir un portrait-robot à partir de bandelettes – cheveux, yeux, nez, bouche – avant que le résultat soit envoyé dans un atelier pour y superposer le grain irrégulier de la peau. Tous repartent à peu près satisfaits, y compris Luc R., celui qui a sans doute pu observer l'assassin avec le plus de soin.

L'enquête s'oriente d'abord vers la piste d'un sans domicile fixe, qui aurait dormi dans le parking. On en ramasse dans le quartier, au foyer d'en face, dans le métro, en vain. Un certain Pascal finit par s'accuser du meurtre, on le tient, il correspond peu ou prou à la description, las, son groupe sanguin le disculpe, on repart de zéro, on patauge, ça s'annonçait bien pourtant et on n'avance pas, le meurtrier envolé, les questions en cascade, pourquoi un lundi matin ? La plupart des crimes de ce genre sont commis l'après-midi ou en soirée, comment a-t-il pu se volatiliser ? Une telle préparation, méticuleuse, précise, un tel sang-froid, l'homme est patient, discipliné, sûr de lui, ce n'est sûrement pas son premier mauvais coup, il a déjà sévi, et il court toujours.

***

« Papa on s'amuse bien ici j'espère que toi aussi bisou. »

Réveillé à 10 heures par un message de Lucas, bien, tout allait bien, je répondrais plus tard, j'avais à faire, douche rapide, café, café, clope, café et au boulot, voilà le programme, je ne devais pas m'éparpiller, profiter de l'élan. Le miroir de la salle de bains me renvoyait l'image désolée d'un visage émacié – j'avais perdu du poids –, les joues mangées de poils grisonnants. Une violente migraine me transperçait le crâne mais mon œil ne pleurait plus, comme si une douleur se substituait à une autre sans m'accorder de répit. Je tapais alors dans l'héritage paternel, y piochant les cachets de paracétamol par paire et les gobant comme des friandises.

C'est là, devant cette glace sournoise, contemplant les prémices de ma déchéance, que j'avais sursauté au son d'un verre brisé, suivi par ce qui ressemblait au bruit d'une course feutrée. J'étais sorti en trombe de la salle de bains, avec cette inconscience qui pourrait ressembler à du courage, j'avais déboulé dans la cuisine puis je m'étais mis à hurler, un tesson fiché dans le talon, avant de m'effondrer au milieu des éclats éparpillés. J'avais retiré en grimaçant un morceau de verre tranchant de mon pied, je saignais comme un cochon fendu en deux.

Des questions imbéciles me traversaient l'esprit, devais-je me rendre aux urgences ? Faire recoudre cette plaie ? Comment ce verre avait-il glissé de la table ? Est-ce que je pourrais remarcher un jour ? Qu'est-ce qui, de la septicémie ou du cancer des poumons, qui me pendaient au nez, m'emporterait en premier ? Dans un film, le héros se traînerait jusqu'à une boîte à couture, enfilerait d'un geste assuré un fil doublé dans le chas d'une grosse aiguille et suturerait la plaie à vif en serrant les dents, mais je n'étais pas dans un film, et j'étais encore moins un héros, alors j'avais claudiqué jusqu'à la salle de bains, répandant mon sang vermillon sur le parquet, désinfecté la blessure avec une demi-bouteille d'alcool et emballé le tout dans une bande stérile avant de nettoyer sommairement les traces de mon parcours et de boiter jusqu'à la chaise de mon bureau.

Ma patte folle m'empêchait absolument de grimper sur une chaise pour mesurer la fissure, mais, vue d'ici, je l'évaluais maintenant à 24 centimètres, avec un petit élargissement à son origine, un signal d'alarme…

***

7 avril 1986 – Sarah A.

Peu après l'assassinat de Cécile B., un policier subalterne du groupe Pasqualini s'enterre dans la salle des archives. Il existe forcément des affaires antérieures attribuables au Grêlé. Il doit fouiller, trier, classer, rien n'est informatisé, une tâche fastidieuse. Le but : repérer les dossiers d'agressions sexuelles sur mineurs plus ou moins récents et les explorer un à un.

C'est une période tourmentée pour les forces de l'ordre parisiennes. Quelques mois plus tôt, l'opération montée pour mettre un terme aux agissements du gang des Postiches a tourné au fiasco et un tueur de vieilles dames court toujours. Thierry Paulin ne sera arrêté que vingt mois et quatre meurtres plus tard.

Mais l'affaire est prise au sérieux et ce travail de fourmi finit par porter ses fruits.

Le 7 avril dernier, à 8 h 15, Sarah, huit ans, a emprunté seule l'ascenseur de son immeuble, 7, place de la Vénétie, pour se rendre à l'école. Encore un ascenseur, encore un homme à l'intérieur, calme, sûr de lui, elle veut sortir au rez-de-chaussée mais la descente continue – l'homme feint de s'en étonner – jusqu'au quatrième sous-sol où il l'entraîne à l'extérieur de force, la balance sur un matelas abandonné au sol, elle hurle, se débat, il frappe du poing deux fois, direct au ventre, la ligote et la déshabille à moitié, il doit la faire taire, elle va ameuter les habitants de la résidence, il enfonce un chiffon sale dans sa bouche, la viole et se saisit enfin d'un foulard noir pour l'étrangler. Il l'abandonne gisant là, il pense l'avoir tuée, elle n'est qu'évanouie.

Peu après, Sarah revient à elle, se défait de ses liens, il est 8 h 35 quand elle remonte chez elle, et sa mère, affolée, appelle la police. Pénétration vaginale légère sans défloration, établira un médecin légiste, les enquêteurs, eux, placent sous scellés les liens, la culotte de la petite fille souillée du sperme de l'agresseur et les mouchoirs en papier dans lesquels il s'est essuyé. Il y a trop de similitudes avec l'affaire Cécile B. pour que ce soit fortuit et le groupe Pasqualini décide d'interroger à nouveau la petite. Elle répète : grand, fort, pas de signe particulier, mis à part le fait que ses joues ne sont pas lisses. Il s'agit bien du même homme, d'autant que Sarah valide le portrait-robot des habitants du 116, rue Petit. Mais ce n'est pas tout. Dans le même XIIIe arrondissement, un homme fait l'objet d'une recherche active. Trois autres petites filles ont subi une agression peu avant, dont une dans le même immeuble que Sarah. La description est identique, grand, une mèche sur le côté, la peau grêlée… Les parents d'élèves du quartier ont été alertés, des affiches collées dans le quartier, mais l'homme est toujours introuvable.

***

J'avais pris le parti – le seul envisageable, me semblait-il – de suivre l'enquête plutôt que la chronologie, les prémices du Fichier national d'empreintes génétiques seraient le nœud à partir duquel je m'attacherais à recenser les crimes du Grêlé. Et puis, en y réfléchissant, j'en étais moins sûr. Je devrais peut-être panacher, naviguer entre temporalité et révélations, peut-être me concentrer en premier lieu sur les affaires liées de manière certaine à notre homme, avant de m'atteler à celles où sa participation n'était pas assurée ou relevait pour l'instant de l'intuition.

Alors que je faisais des schémas avec des dates et des flèches, j'avais été stoppé dans mon élan par un bruit. Un frôlement plutôt, à mes pieds, au niveau du troisième tiroir de mon bureau. Je m'étais souvenu que nous avions eu une souris, quelques mois auparavant, à la grande détresse de Céline, et j'avoue avoir un peu compté sur l'instinct de chasseur d'Albator pour nous en débarrasser, mais cet imbécile de chat se contentait de la regarder aller et venir en bâillant. Je laissais de côté ces histoires de rongeur pour me concentrer sur la tâche à accomplir, fiévreusement, avec application, je triais, assemblais, rapiéçais, les mains caracolant sur le clavier.

***

27 octobre 1987 – Marianne N.

C'est un jour morne et gris d'octobre, le mois qui a vu passer, dix jours plus tôt, une des pires tempêtes que le pays ait connues. Il est un peu plus de midi quand la jeune Marianne, quatorze ans, quitte son collège, s'engouffre dans le métro et en émerge station Plaisance, dans le XIVe arrondissement. Elle ne fait pas attention à l'homme qui lui emboîte le pas, jusqu'à ce qu'il entre avec elle dans l'immeuble, puis dans l'ascenseur. Il la fixe, exhibe rapidement une carte de police et lui demande ses papiers, qu'elle n'a bien entendu pas en sa possession. La situation devient confuse, il enquête, dit-il, sur un trafic de drogue, il la fouille rapidement, elle se laisse faire – il est l'autorité –, vérifie d'éventuelles traces de piqûres sur ses bras, et ne la lâche plus jusqu'à son domicile, dans lequel il s'impose. Porte close maintenant, ils sont seuls.

Seuls parce que la mère de la jeune fille, médecin, est en déplacement et que le compagnon de cette dernière est absent. L'homme interroge, prend des notes, demande ses papiers à nouveau, exige un passeport français alors qu'elle est brésilienne, il a l'air sûr de lui et la situation commence à prendre une étrange tournure : il ouvre un pan de son blouson, découvrant une arme dans son holster, « ça suffit maintenant, je vais vous aider à réfléchir », c'est de ces mots qu'il la menace avant de la projeter sur le lit du couple et de la ligoter à l'aide de fils électriques. L'inconnu de l'ascenseur, devenu policier puis agresseur, se fait maintenant cambrioleur, il porte un coupe-papier au niveau de sa gorge, il sait s'en servir, il a fait de la prison d'ailleurs, pendant neuf mois, et ses empreintes sont partout, il ne la tuera pas, il est fiché, vrai, faux, on ne le saura que s'il est confondu un jour, il veut qu'elle entende qu'il n'a rien à perdre, « l'argent et les bijoux, vite », mais Marianne ne sait plus rien, tétanisée par la peur, mutique. Il se lève et se sert, enfourne dans un grand sac noir des appareils photo, un magnétoscope, un lecteur CD et des disques.

Et puis il revient vers elle, la détache, la déshabille sans ménagement et, le flingue contre la tempe, la viole en lui enjoignant de ne pas crier. Il jouit sur sa cuisse, l'essuie d'un coin de drap, se lève et passe son visage sous l'eau dans la salle de bains. De retour, il bâillonne Marianne, l'attache à nouveau, recouvre son corps nu d'une couette et range son arme. Elle en aperçoit une seconde sous sa veste, elles sont factices, il se sent curieusement obligé de l'avouer, additionner l'humiliation au traumatisme, à moins qu'il ne s'agisse – qui sait ? – d'un mensonge de plus. L'homme disparaît avec son butin, abandonnant Marianne à ses liens dont elle réussira à se défaire peu après pour se ruer sur le téléphone. Décidément organisé, le criminel aura pris soin d'en arracher les fils.

À la police, la jeune adolescente, tentant de rassembler ses souvenirs, donne les indications suivantes : un homme de type européen, grand et bien bâti, la trentaine environ, un visage aux traits plutôt fins, elle l'a même, à son grand désarroi, trouvé séduisant au premier abord. Les cheveux bruns, courts, une mèche sur le côté, de grosses mains calleuses, une saharienne kaki, pull gris sur chemise blanche, jean et baskets bleues, une ceinture à poches... Cette description éveille l'intérêt des enquêteurs et on présente à Marianne des portraits-robots, dont celui effectué à la suite de l'assassinat de Cécile. Elle le reconnaît immédiatement – c'est lui, à peu près – et le corrige, cheveux plus foncés notamment. En revanche, nulle marque sur la peau du visage. Le souvenir encore présent et précis de la jeune fille figure un nouveau portrait. Si le premier, juvénile et vaguement rimbaldien, avait de quoi troubler tant il ne correspondait pas à l'idée – idiote, admettons-le – que l'on pourrait se faire d'un tueur d'enfants, le nouveau est beaucoup moins engageant, et il n'y a rien d'étonnant à cela : Marianne est une victime directe, elle a vu le monstre en action, senti le souffle de la mort sur sa nuque.

Pour les enquêteurs, la probabilité est grande que l'assassin de Cécile, le violeur de Sarah et celui de Marianne ne soient qu'une seule et même personne. Toujours insaisissable, son profil s'étoffe et la traque continue.

***

Je relisais, placide et satisfait, soulignant, biffant ce qui pouvait être amélioré, remplaçant un mot ici, corrigeant là. Je me souviens de ce moment comme un des rares, à cette époque, de quasi-plénitude : alors que tout, autour de moi, partait en capilotade, j'étais là dans mon élément, je savais assembler les mots et les phrases de manière précise, ordonner des idées clairement et sans esbroufe. J'avais un métier, une expérience et un savoir-faire qui me permettaient enfin de me sentir à ma place, légitime. De nouveau quelque chose avait remué au niveau de mes pieds, peut-être même à l'intérieur du troisième tiroir. Ce n'était pas une souris mais un truc beaucoup plus gros, un énorme rat ou un raton laveur. Je m'étais penché… Après mon œil à demi fermé, mon talon ouvert, il s'agissait d'éviter de me faire mordre par un animal.

D'une main tremblante, j'avais entrouvert le tiroir, prêt à le refermer d'un coup sec en cas d'attaque. D'attaque, il n'y avait pas eu, mais j'avais pu apercevoir une paire d'yeux immobiles me fixant. Mon mouvement de recul avait été si brutal que je m'étais retrouvé debout contre le mur, deux mètres en arrière, la chaise renversée, ma blessure au pied irradiant, un cri silencieux coincé entre les dents, et le tiroir avait glissé, aux trois quarts ouvert maintenant, et l'homme qui était dedans s'était déplié progressivement, de manière robotique.

Je l'ai reconnu immédiatement, les années avaient passé et il avait maigri, mais c'était lui, sans aucun doute, « je suis désolé mais il faut vraiment que j'aille aux toilettes », quelques mots, ses premiers, et il était sorti. Il connaissait parfaitement les lieux. J'avais avancé jusqu'à l'encadrement de la porte, attendant son retour. Tout cela avait duré cinq minutes, ou une heure, ou peut-être deux jours, le temps n'avait plus d'importance. Un bruit de chasse d'eau et Xavier Dupont de Ligonnès était réapparu dans le couloir, m'avait frôlé en entrant dans le bureau, puis s'était assis sur le canapé.

***

Je n'étais pas terrorisé, je ne paniquais même pas, la stupéfaction emportait tout. Je bredouillais quelques mots confus, je lui demandais ce qu'il fichait là et depuis combien de temps il se cachait dans ce bureau – « longtemps » –, il était déjà à l'intérieur avant que je l'achète. La disparition de la nourriture, c'était lui ? Question idiote, c'était lui, évidemment, il avait vivoté jusqu'à mon licenciement, sortant quand nous nous absentions tous, et tout était devenu plus compliqué quand j'avais commencé à prendre racine au domicile familial, après Noël. Imaginez ma surprise : le type que la France entière recherchait se cachait dans le troisième tiroir de mon bureau depuis des mois…

Nous nous faisions donc face, stupides et embarrassés – moi plus que lui, finalement, qui semblait plutôt à l'aise –, et mille questions se télescopaient dans mon crâne. Ne sachant comment réagir, j'avais bafouillé quelques mots.

— Je pourrais très bien vous dénoncer, tout le monde est après vous.

Ça le faisait sourire.

— Vous auriez du mal à expliquer que vous m'hébergez depuis plusieurs mois sans être au courant, mon cher, qui pourrait croire ça ? Recel de malfaiteur, ça va chercher dans les trois à cinq ans ferme, sans parler de l'amende. Remarquez, ça devrait vous laisser le temps d'écrire votre livre, à vous de voir.

Je n'y avais pas pensé. Il avait raison, aucun tribunal ne goberait une histoire pareille, j'étais cuit.

J'avais été brusquement tiré de mes pensées par la sonnerie d'un SMS. *« T'es où ? »* C'était Céline. *« À la maison, pourquoi ? » Ping. « Tu devais venir nous chercher à la gare… c'est bon, j'ai compris, on prend un taxi. »* J'étais livide, se pouvait-il que le temps soit passé si vite que nous étions déjà au jour et à l'heure de leur retour ? Je répondais à la hâte, *« désolé, accident domestique, pas eu le temps de vous prévenir, mille excuses, je vous attends avec des nouilles », pfuit,* le message était parti et je regrettais déjà cette histoire de nouilles.

J'accumulais décidément les bourdes. En attendant, il fallait faire place nette et Xavier avait de mauvaise grâce accepté de retourner dans son tiroir, au grand soulagement d'Albator qui, ramassé dans un coin de la pièce, semblait éprouver une franche méfiance pour l'étranger.

Par précaution, je fermais la porte du bureau et glissais la clé dans la poche de mon jean, avant de claudiquer dans la maison, à droite, à gauche, pour faire un brin de ménage, tirer les draps sur le lit, aérer et mettre de l'eau à chauffer.

Des coquillettes au jambon, voilà ce que j'allais préparer, quelque chose de parfaitement régressif qui allait nous projeter en arrière, à l'époque bénie où nous nous posions moins de questions, où les jours coulaient et où nous donnions l'impression d'être heureux. C'était sans compter sur une nouvelle trahison : il ne restait plus qu'une tranche de jambon dans l'emballage éventré. Je connaissais le coupable et j'avais tout à coup envie de l'empêcher de nuire en coulant mon bureau dans un sarcophage de béton, comme le réacteur n° 4 de la centrale de Tchernobyl. Qu'à cela ne tienne, et aux grands maux les grands remèdes, j'inventais, en un tour d'ouvre-boîte, les coquillettes au thon-jambon, une alliance terre-mer qui promettait de ressouder notre couple sur l'autel de la gastronomie.

Quand la femme de ma vie et la chair de ma chair étaient entrées, les sourcils froncés et le front buté, j'avais commencé, en perte totale de repères, à tout miser sur cette nouvelle recette.

— Dégueulasse.

— On ne dit pas dégueulasse, Lucas, on dit que c'est un peu sec ou on demande du Ketchup.

La chance venait de tourner, il restait du Ketchup. Après le repas, je m'étais levé, boitant jusqu'à l'évier pour y empiler la vaisselle sale, et Céline m'avait enfin interrogé sur ma blessure. Elle voulait y jeter un œil et ça m'avait fait comme un massage à l'huile d'amandes douces sur le cœur. En retirant la bande, elle avait grimacé. « Ça ne fait pas très mal. » J'affirmais ça avec mon regard d'aventurier de retour d'une expédition sur l'Amazone, et elle avait fait la moue, il fallait désinfecter, c'était profond, j'aurais dû aller à l'hôpital, un truc pareil il aurait fallu le recoudre, mais là c'était trop tard… Elle était allée chercher de l'alcool, des Strip, des compresses stériles et m'avait pansé. Qu'est-ce qui m'avait pris à ce moment-là ? Encore maintenant, je ne saurais l'expliquer.

— Céline, il faut que je te dise un truc.

— Oui ?

— Xavier Dupont de Ligonnès se cache dans le troisième tiroir de mon bureau depuis des mois.

Elle n'avait rien répondu, m'avait regardé bien en face et elle s'était levée.

— Lucas, ne défais pas ta valise, nous partons chez mamie.

Sans crier mais d'une voix qui ne souffrait pas la contestation, et Lucas était descendu, portant sa valise dont le décor de Neymar, qui avait pris la pluie, ressemblait maintenant à une coulée de boue lors des dernières inondations de La Nouvelle-Orléans. Je n'avais rien pu faire, elle avait pris les clés de la voiture sur la table et ils étaient sortis sans fermer la porte, me laissant seul, les yeux humides, sur le perron.

Prostré dans un fauteuil, hagard, les yeux embués, dans le vague, j'observais les chiffres rouges d'une horloge. Je regardais des 3 devenir 4, des 4 devenir 5 et ainsi de suite jusqu'à mon préféré, le 9, dont la barre centrale horizontale retombait brusquement à la verticale pour former un 0 dans ce qui ressemblait à une débandade subite. J'en étais là, hypnotisé et inerte, quand des coups dans la porte du bureau m'avaient tiré de ma torpeur. J'avais oublié Xavier et je me levais sans hâte, clés en main, pour le laisser sortir. « Il reste des coquillettes ? »

Avec le recul, je trouve ça complètement surréaliste, mais à ce moment-là, rien n'était plus capable de me surprendre.

— Bon, maintenant que t'es tout seul – je vais te tutoyer, si tu veux bien –, il va falloir terminer ce bouquin, je me suis permis de lire le début, plus quelques notes, l'histoire est géniale.

Je ne l'écoutais qu'à moitié.

— Vous avez vraiment tué toute votre famille ?

— Je parle de ton livre.

Je ne l'écoutais plus du tout.

— Vous avez fait ça tout seul ? On vous a aidé ? Vous savez que le monde entier vous cherche, ici, dans le Sud, à Miami, en Amérique du Sud, dans des monastères ? Comment vous avez pu survivre à un truc pareil ?

Il s'était levé pour faire la vaisselle, sans un mot avait empilé les assiettes au bord de l'évier, mis les couverts à sécher à la verticale et quitté la pièce pour retourner dans le bureau.

— Je vais acheter des clopes.

— Bonne idée.

— En fait, vous ne me direz rien ?

— Tu fumes quoi comme cigarettes ?

— American Spirit. Bleues.

— Je préfère les Philip Morris light, sans vouloir te commander.

J'avais longuement erré, il faisait encore froid et j'avançais, frigorifié dans ma gabardine. Le bar du coin m'était apparu comme un abri salutaire.

— Tiens, l'écrivain, comment ça va ? Y avait longtemps.

Mon Dieu, j'avais oublié Philippe, ou Jérémie, ou je ne sais plus qui d'autre, il ne manquait plus que lui.

— Salut Philippe.

— C'est Jean-François... Bon, je comprends, vous les artistes, les saltimbanques, vous avez la tête dans les nuages, toujours à rêvasser ou à chercher le bon mot.

Grande claque dans le dos.

— Alors, ça avance ce bouquin ?

— Oui, un peu, enfin, plutôt bien, d'ailleurs il va falloir que j'y retourne.

— Un petit calva ?

— Ah non, c'est trop tôt là.

— Sûr ? C'est ma tournée.

— Bon, juste un.

— Enfin, quand je dis c'est ma tournée, c'est plutôt celle de ma boîte, je vais faire une note de frais, vous écrirez deux cafés sur l'addition, s'il vous plaît.

J'avais avalé le contenu du verre d'un trait, pris congé, et « merci pour tout », j'étais passé au bureau de tabac. Comme d'habitude, mon paquet m'attendait sur le comptoir. En sortant, j'avais ralenti avant de revenir sur mes pas pour demander un paquet de Philip Morris light, au grand étonnement du buraliste. Je ne savais plus vraiment ce qu'il m'arrivait, la sensation étrange de flotter et de ne rien faire de rationnel, mais il faut avouer que tout, autour de moi, poussait à la déraison.

Je retrouvais Xavier assis à mon bureau, en train de compulser mes notes, et il avait semblé très touché par mon attention. Nous avions fumé en silence et, en écrasant son mégot dans le cendrier, il m'avait proposé son aide.

— Il faut continuer. Au boulot, mon gars. Cette histoire est démente, mais pour le moment tu te contentes de consigner des faits, c'est bien tourné mais ça sent le journaliste sur sa chaise, il va falloir pousser le bouchon plus loin, il faut amener cette histoire dans une autre dimension, transcender le vulgaire pour toucher du doigt l'universel.

Je n'avais rien compris, mais j'allais me remettre au travail parce que, après tout, m'occuper l'esprit m'empêchait de me lamenter sur mon sort.

***

29 juin 1994 – Ingrid G.

Le temps est magnifique, une chaleur hors du commun, Ingrid a déjeuné chez elle, à Mitry-Mory, en Seine-et-Marne. Les grandes vacances ne débutent que dans une semaine mais nous sommes mercredi et la petite a onze ans, l'après-midi est libre. Après le repas, elle fera une balade à vélo avec deux de ses amies. D'accord pour sortir, d'accord pour le vélo, mais elle connaît les limites, la mère d'Ingrid les a clairement définies, jusqu'au pont et pas plus loin. C'est là qu'elles s'aventurent toutes les trois, il est 14 heures, dans cette friche désertée, et puis le pont… Ingrid, plus intrépide, abandonne les deux autres. Elle emprunte, le long de la voie ferrée, le chemin de l'Abîme – un nom, un destin –, elle n'en connaît sans doute pas la signification. Une voiture blanche s'arrête à sa hauteur. Le conducteur se dirige vers elle, il est policier et lui présente sa carte, lui demande ses papiers d'identité. Elle ne les a pas avec elle – quel enfant de onze ans s'en préoccuperait lors d'une simple sortie à vélo ? –, il va devoir la conduire au commissariat.

Il la menotte, l'installe à ses côtés, la bicyclette abandonnée au bord du chemin, et il démarre, marche arrière sur 200 mètres, bifurque tout près du domicile de la petite, elle supplie, elle veut qu'il s'arrête, elle doit prévenir sa sœur, pas de réponse. Il trace, traverse la ville, direction la Francilienne, elle veut savoir où il l'emmène, il lui intime l'ordre de se taire.

Plus loin, une voiture de gendarmerie en sens inverse, l'homme semble inquiet et s'arrête sur le bas-côté. Il transporte la petite à l'arrière et l'allonge, récupère du linge dans le coffre pour obstruer les fenêtres. Elle est prise au piège, invisible désormais, elle a mal aux poignets, s'en plaint, il s'en fiche, il lui a donné des biscuits et de l'eau, ils seront bientôt arrivés de toute façon.

L'homme s'arrête en pleine campagne. La voiture est garée devant une grille cadenassée qu'il secoue sans résultat. Il essaie de forcer le passage avec son véhicule, rien à faire, ça ne cède pas. L'homme change de tactique, repart sur un chemin de traverse avant de s'immobiliser devant un bâtiment sordide et abandonné. Il sort à nouveau, verrouille les portières, disparaît et revient enfin, dix minutes plus tard. Il ouvre alors le coffre, semble prendre quelques affaires et s'éclipse encore. De retour, il prend Ingrid dans ses bras et l'amène dans le bâtiment, désaffecté depuis sept ans. Ils sont, elle ne le sait pas encore, dans la ferme de Villeras, à Saclay, à 60 kilomètres de Mitry-Mory, le lieu du rapt. Une volée de marches et ils pénètrent dans une pièce délabrée, sale, le sol jonché de détritus. Au centre trône un lit de camp surmonté d'un matelas. Ingrid, en larmes, est attachée au radiateur, il ne veut pas qu'elle pleure, « surtout ne criez pas si vous ne voulez pas que je me mette en colère », il la vouvoie, bizarrement, mais le ton est impérieux, il va falloir obéir, l'homme est tendu, une grenade dégoupillée, prête à exploser, rester calme, garder son sang-froid malgré la peur qui la tord en deux, Ingrid n'a que onze ans mais fait preuve d'une stupéfiante lucidité.

Il a emporté une bande dessinée pornographique, la feuillette, lui montre une scène de fellation, « vous savez faire ça ? ». Inquiète. « Je suis trop jeune, je suis encore une petite fille. » Il veut lui apprendre. Le calvaire continue, « vous voulez m'embrasser ? ». Il jette des draps propres sur le matelas, détache la petite et lui demande de se déshabiller, elle refuse d'abord puis s'exécute la mort dans l'âme, ne pas le contrarier, il se dénude à son tour et l'emmène sur le lit… Ce qui suit est indescriptible, passons, Ingrid, onze ans, est violée. Elle aura la force de lui demander s'il n'a pas une femme pour faire ces choses-là. Il est marié. Mais alors, pourquoi ne fait-il pas ça avec elle ? La question flotte et retombe, sans réponse.

Il se relève, s'essuie, se rhabille, ramasse une photographie dans une boîte en carton abandonnée, l'examine un instant et la repose. Il lui demande de rester ici, il dit qu'il va revenir, il dit qu'il va acheter à manger et il disparaît. Elle attend une minute, deux, cinq et elle dévale l'escalier pour se retrouver à l'air libre. Dans sa course, elle tombe nez à nez avec un moniteur d'auto-école qui écoute son histoire, dans un flot de larmes. Effaré, il l'accompagne à la gendarmerie de Saclay.

Des enquêteurs débarquent sur la scène, mettent sous scellés tout ce qui est susceptible d'être utilisé pour confondre le coupable, le drap, la bande dessinée, le papier hygiénique dans lequel il s'est essuyé, le câble électrique qui a servi à ligoter la petite, ses vêtements tachés et la photographie que l'agresseur a regardée. Au centre de cette image, prise dans un lieu indéterminé, devant des barrières, posent deux petites filles – peut-être des sœurs –, les cheveux tressés, entièrement vêtues de blanc. D'après Ingrid, il avait semblé y reconnaître quelqu'un, mais la piste sera une impasse, encore.

Ingrid décrit la voiture, blanche, intérieur bleu, un becquet à l'arrière, une peluche au rétroviseur, un autocollant orange sur le hayon, l'aile gauche froissée, sale à l'extérieur, plutôt propre dedans, et surtout une drôle d'odeur à l'intérieur, ressemblant à celle de l'herbe coupée.

Ingrid dépeint son agresseur comme un homme de type européen, la trentaine, grand et de corpulence moyenne, les cheveux bruns, courts, une calvitie débutante, les yeux marron, grosses mains et corps glabre, il parle français sans accent. Il portait blouson de cuir, jean noir et baskets blanches, pas de sous-vêtements, et possédait un lourd trousseau de clés. La petite fille essaie d'aider à établir un portrait-robot sans y parvenir réellement et le résultat ne la satisfait pas.

Lors de l'enquête de proximité, les gendarmes recueillent le témoignage de l'employé d'un hôtel de Saclay qui se souvient d'avoir vendu deux bouteilles d'eau le jour de l'agression, vers 12 h 30, à un homme dont la description et le véhicule correspondent trait pour trait à ceux décrits par Ingrid. Il semble donc qu'on l'aperçoive à Saclay à cette heure-là – était-ce pour repérer les lieux ou est-il du coin ? –, puis à Mitry-Mory, 60 kilomètres plus haut à 14 heures, avant qu'il ne revienne sur ses pas, direction la ferme de Villeras.

Et puis l'enquête s'enlise pendant plusieurs mois, l'homme s'est évaporé, aucune trace de la voiture, jusqu'au 29 septembre 1994. Ce jour-là, un certain Claude P. est interpellé à Mitry-Mory alors qu'il essaie d'embarquer deux jeunes filles dans sa voiture, blanche, intérieur bleu avec un becquet à l'arrière, ni la Volvo ni la Nissan décrites par des témoins cependant, une Volkswagen. Le profil correspond, les policiers découvrent des menottes lors d'une perquisition au domicile du suspect, et ce dernier avoue être responsable de l'agression d'Ingrid lors de sa garde à vue. Malgré tout, les enquêteurs ont des doutes tant son discours est confus : il parle d'une fille de vingt-deux ans, il explique l'avoir attachée avec de la ficelle, il désigne une cabane en bois à Mitry-Mory, jamais la ville de Saclay. Ce ne serait pas le premier type louche et légèrement dérangé qui s'accuserait d'un crime qu'il n'a pas commis. Il est tout de même placé en détention provisoire. Ingrid ne sera jamais confrontée au suspect, mais on lui présente une série de portraits-robots dans laquelle on a glissé celui de Claude P., réalisé pour l'occasion, et c'est la stupeur : elle en reconnaît formellement un autre, celui de l'agresseur de Marianne, en 1987. Il semble que celui dont on a perdu la trace depuis presque huit ans ait frappé à nouveau, et Claude P. sera d'ailleurs disculpé par un test ADN, après cinq mois de prison.

***

24 mars 1995 – ADN

Retour en arrière pour comprendre comment autant d'affaires éparses ont pu être reliées, comment les pièces disséminées d'un puzzle ont soudain pu s'assembler.

Le 22 novembre 1983, le corps d'une adolescente de quinze ans, Lynda Mann, disparue depuis la veille, est découvert au bord d'un chemin de Narborough, dans le Leicestershire, en Angleterre. Elle a été violée et étranglée. Quasiment trois ans plus tard, c'est Dawn Ashworth, même âge, qui subit le même sort, à Enderby, non loin de là. Le *modus operandi*, très similaire, laisse penser qu'il pourrait s'agir du même agresseur. À cette époque, la génétique a commencé son entrée furtive dans l'arsenal de la police scientifique et les prélèvements de sperme effectués sur les scènes de crime permettent d'établir, dans les deux cas, que le meurtrier est un homme de groupe sanguin A avec un profil d'enzymes particulier qui permettrait d'écarter immédiatement 90 % de la population masculine de la liste des coupables.

Le principal suspect, Richard Buckland, dix-sept ans, avoue le meurtre de Dawn Ashworth mais nie être impliqué dans celui de Lynda Mann. Ses aveux avaient-ils été forcés pendant l'interrogatoire ? Ou est-il simple d'esprit et influençable, comme certains articles de presse le décrivent ? Par chance pour lui, Alec Jeffreys, un des pionniers de l'identification par ADN, démontre de manière définitive que les deux meurtres ont été commis par le même homme, et l'empreinte génétique découverte sur les scènes de crime ne correspond pas à celle de Buckland.

La police lance ensuite une campagne massive auprès de 5 000 volontaires de la région qui acceptent de donner leur sang ou leur salive. Six mois plus tard, tous les échantillons ont été analysés, sans résultat. L'affaire rebondit quand une femme témoigne d'une conversation à laquelle elle a assisté : un homme s'est vanté devant plusieurs collègues d'avoir accepté 200 livres pour donner son sang en se faisant passer pour un certain Colin Pitchfork lors de la campagne de recherche. Ce dernier est arrêté en septembre 1987, son empreinte génétique est celle du meurtrier, il sera condamné.

Pour la première fois dans l'histoire, un homme est innocenté et un autre confondu grâce à l'ADN.

À la suite du meurtre de la petite Cécile, son demi-frère, Luc, étudiant en biologie, avait évoqué ce genre de test avec les policiers français, qui l'avaient regardé comme s'il débarquait d'une soucoupe volante.

Cependant, cette nouvelle arme d'investigation, que l'on appelle déjà la reine des preuves tant elle paraît irréfutable, est en train de se faire une place dans toutes les polices scientifiques du monde, et la France s'équipe enfin d'une institution de pointe : le laboratoire de biologie moléculaire de Nantes. C'est là que sont analysés les scellés de l'affaire Ingrid, le 24 mars 1995. Le profil génétique du meurtrier est établi : *XY 16 17 16 17 7 9 3*, celui qui servira à innocenter Claude P. et à le faire libérer.

Petit à petit commence à germer l'idée de créer un fichier qui regrouperait, d'un côté, les empreintes génétiques découvertes sur des crimes non résolus, et de l'autre, celles de délinquants déjà interpellés. C'est ainsi que, le 14 janvier 1997, la première intuition des enquêteurs se confirme : un même homme, celui qu'on appelle le Grêlé, est bien responsable de l'assassinat de Cécile et de la tentative de meurtre sur Sarah. Il est également impliqué dans les viols de Marianne et d'Ingrid. Bien plus tard, le 9 janvier 2001, grâce au FNAEG (Fichier national automatisé des empreintes génétiques), le Grêlé est mis en cause, à la stupéfaction générale, dans une enquête vieille de plus de treize ans, une affaire sordide datant de septembre 1987, dans le Marais à Paris : les meurtres d'Irmgard M. et de Gilles P. Jamais, jusqu'alors, le moindre indice n'avait laissé présager la possible participation du Grêlé à ce double homicide.

***

Deux chapitres supplémentaires en quelques heures, je n'en revenais pas. Xavier relisait, pointait des erreurs, je corrigeais en croisant les doigts pour qu'à aucun moment il n'exige que son nom apparaisse au côté du mien, comme coauteur. Mais une chose me préoccupait beaucoup plus : contrairement au chat, toujours aussi fuyant, je commençais, sans toutefois aller jusqu'à le prendre en sympathie, à m'habituer avec une certaine mansuétude à sa présence. J'étais appuyé sur le bureau, le pouce et l'index de la main droite appuyant fort sur mes yeux, comme si je voulais me débarrasser d'une migraine tenace, je réfléchissais, ne pas me laisser aller à une coupable empathie, ce type avait tout de même assassiné toute sa famille, *merde, ressaisis-toi,* j'allais me retourner vers lui, l'attraper par le col, le secouer en hurlant, *putain, mec, t'as buté ta femme, tes enfants et tes chiens, espèce d'enculé, je vais te crever, t'envoyer en enfer !* Voilà ce que j'allais faire. J'avais relevé la tête.

— C'est vous qui avez fait tomber mon blaireau empaillé ?

Il avait eu l'air surpris, tant la question semblait venir de nulle part.

— Oui désolé, je n'avais pas prévu que t'allais te lever en pleine nuit, j'étais dans la cuisine, je me suis précipité dans le bureau pour regagner mon tiroir, et je l'ai frôlé avant qu'il ne s'écrase par terre. J'ai même perdu une tranche de jambon dans ma course. Elle a dû atterrir sur ce bureau, d'ailleurs. Peut-être la trace grasse, là ?

Xavier avait lentement fait glisser le cendrier jusqu'à la marque, la dissimulant aux regards, un peu comme s'il coulait une chape de chaux sur six corps sans vie, et une goutte de sueur glacée avait lentement dévalé ma colonne vertébrale.

— Il est tard.

— Oui. Demain c'est le gros morceau de l'affaire, il va falloir être en forme.

— Oui.

— On ferait mieux de dormir un peu.

— J'y vais.

— J'en ai un peu marre d'être plié dans ce tiroir, ça ne t'ennuie pas si je prends le canapé ?

Que répondre à ça ? Je m'étais probablement contenté de hausser les épaules, comme si je me foutais complètement d'héberger un type qui avait massacré toute sa famille, et j'avais gagné ma chambre. Je savais que j'aurais du mal à dormir et, au bout d'une heure, j'étais monté sur une chaise pour récupérer le flingue de mon père au-dessus de la penderie. Je l'avais chargé et glissé sous mon oreiller.

***

Le lendemain, après une nuit tiède et agitée à m'empêtrer dans la couette, j'étais tiré de mon demi-sommeil par une musique que je connaissais par cœur et je retrouvais Xavier dans la cuisine, vêtu d'un de mes vieux caleçons et d'un tee-shirt jamais enfilé en quinze ans, se dandinant sur la voix d'Elvis Presley. Je suis conscient que tout cela paraît bien improbable, mais accordez-moi encore un peu le crédit d'être sain d'esprit.

— Café ?

— Euh oui, pourquoi pas ?

— Il y a deux choses à sauver dans ce monde, Dieu et Elvis.

Il m'agaçait.

— Moi, je sauverais aussi ma famille.

Je venais de lui clouer le bec de belle manière et il avait interrompu son mouvement, pensif.

— Je t'ai piqué des fringues. Je peux faire une machine ?

Il éludait le sujet, comme d'ordinaire. J'avais fui la conversation sous la douche, laissé rebondir les gouttes brûlantes sur mes épaules puis glisser en cascade le long de mon corps, longtemps, longtemps, j'avais lavé, frotté jusqu'à rougir la peau, raclé, curé, longtemps, qu'il ne reste rien de crasse, tout à l'égout. Xavier m'attendait dans le bureau, en tailleur sur le canapé. Il avait enfilé un pantalon qui m'appartenait, chaussé une de mes paires de baskets et retournait consciencieusement des cartes à jouer alignées en colonnes face à lui dans ce qui ressemblait à une réussite. Il m'avait souri.

— Au boulot.

Ce sont les mots qu'il avait prononcés, et j'avais acquiescé.

— Au boulot.

Je l'avais répété en écho.

***

29 avril 1987 – Irmgard M. et Gilles P.

Anne-Marie P. quitte son travail d'agent commercial chez Air France et rentre chez elle, dans le Marais à Paris. Elle y sera vers 18 h 40, au moment où commence à se former, sur le trottoir, la queue pour le spectacle comique du soir au Point-Virgule, le petit théâtre accolé à l'entrée de son immeuble. Elle montera au cinquième étage, appartement de gauche, pour retrouver Gilles, son mari, travaillant de nuit comme mécanicien au sol chez Air France également, dont elle prendra le relais pour s'occuper de leur fille Julie, bientôt quatre ans.

Ce soir-là, sur le palier, la porte de l'appartement est entrouverte. À l'intérieur, tout semble en ordre. Mais ni sa fille ni son mari ne viennent à sa rencontre. Plus loin, dans la chambre conjugale en alcôve, elle découvre Gilles sur le lit, nu et à plat ventre, les bras et les jambes ramenés derrière son dos, dans un enchevêtrement de liens hétéroclites. Il est mort et son sang barbouille les draps. Sidérée, Anne-Marie avance jusqu'à la chambre de sa fille pour y trouver le corps sans vie d'Irmgard M., la jeune fille au pair qu'ils emploient, attachée au montant horizontal du lit superposé, les bras en croix et ensanglantée.

Aucune trace de Julie. Elle prévient la police à 18 h 45. Sa fille est vite retrouvée, saine et sauve : les parents d'une amie de classe, ne voyant pas arriver Irmgard, l'ont récupérée à la sortie de l'école.

Sur place, les policiers sont stupéfaits, même les plus chevronnés n'ont jamais vu une telle scène de crime. Les premières constatations commencent, avant l'arrivée de la police scientifique. Gilles P., tout d'abord, découvert en position de « gondole », les quatre membres attachés dans le dos au niveau des lombaires, a en fait été exécuté par étranglement. Un foulard est enfoncé dans sa bouche et une ceinture assujettie aux autres liens lui enserre la gorge. Le meurtrier a utilisé un tisonnier passé dans le nœud central pour, en le faisant tourner, resserrer le garrot jusqu'à la suffocation de la victime. Un coup de couteau lui a également été porté au niveau de la gorge et il a une trace de brûlure – sans doute une cigarette – à l'épaule. Les policiers retrouvent d'ailleurs au pied du lit un mégot de Marlboro, ainsi qu'un tas de vêtements mélangés, ceux de Gilles P. et d'Irmgard M., une serviette emmaillotant un couteau de cuisine et un morceau de ceinture.

Un trousseau de clés, étiqueté *« 15, rue de Sévigné »*, l'adresse de la chambre occupée par Irmgard, est posé sur la table de nuit. Dans la chambre de Julie, Irmgard est attachée au lit superposé par les poignets, bras en croix, et le cou maintenu par une ceinture. Ses jambes sont écartées et ses fesses touchent à peine le sol. Elle n'est vêtue que d'une culotte blanche et des projections de sang maculent le lit, le mur, dégoulinent sur le corps. Un mouchoir rose enfoncé dans sa bouche l'a empêchée de crier. Deux coups de couteau, sans doute le même retrouvé au pied du lit de Gilles, lui ont été portés au cou, tranchant son aorte et atteignant sa colonne vertébrale. Elle a été brûlée par une cigarette au niveau du sein. L'état de l'appartement ne fait pas penser à un cambriolage et on n'y trouve aucune trace de lutte. Les restes du petit déjeuner sont toujours sur la table, le sac à main d'Irmgard est suspendu au portemanteau sans avoir été fouillé. Dans le salon, la partie jetable d'un Polaroid a été abandonnée sur un coffre. Dans la salle de bains, une serviette est noircie par des traces d'essuyage, peut-être celui du tisonnier, comme si on avait tenté d'effacer des empreintes.

Anne-Marie P. est interrogée, sur place d'abord. Elle le sera plusieurs fois ensuite, tout est important, il ne faut rien négliger. Elle a fait le tour de l'appartement et une seule chose semble avoir disparu, le matériel de son frère, photographe professionnel, dissimulé sous le lit de Julie, ainsi qu'un appareil appartenant à Gilles. Pour le moment, Anne-Marie ne comprend pas ce qui a pu se passer, son mari ne semble pas avoir d'ennemi, tout juste évoque-t-elle son action de syndicaliste. Il lui avait dernièrement confié qu'il possédait des informations compromettantes sur certains responsables de son entreprise. La voiture de Gilles P. est retrouvée sur les quais de Seine, près de l'Hôtel de Ville. Elle est inspectée par les hommes de l'Identité judiciaire, comme son casier à Roissy, sans résultat.

Bien entendu, les enquêteurs s'intéressent également à Irmgard M., la seconde victime. C'était une jolie jeune fille de vingt ans, allemande, à Paris depuis huit mois pour suivre des cours de géographie à l'université de la Sorbonne. Gilles et Anne-Marie l'avaient engagée comme jeune fille au pair en octobre de l'année précédente et elle logeait, à quelques pas de là, dans le petit studio du 15, rue de Sévigné dans lequel vivaient ses employeurs avant la naissance de leur fille. Huit mois sans histoire, l'existence banale et sans aspérité d'une étudiante étrangère à Paris, entre études, travail, rencontres et sorties. L'enquête se poursuit dans le voisinage, les habitants de l'immeuble sont interrogés, les voisins d'Irmgard, rue de Sévigné, également, mais aussi les artisans et les commerçants du quartier, tous ceux qui auraient pu croiser la jeune fille ce jour-là. Elle a été vue le matin, à 7 h 30, à la boulangerie du quartier, dont elle est ressortie avec une baguette, puis entre 8 h 50 et 9 h 10, alors qu'elle amenait Julie à l'école rue François-Miron, et enfin vers 9 h 30 alors qu'elle retournait au 7, rue Sainte-Croix-de-la-Bretonnerie, pour effectuer un peu de ménage et de repassage, comme ses attributions l'exigeaient.

Le témoignage d'Aicha B., la concierge, est essentiel. Elle précise d'abord que, depuis la veille, une porte en verre a été installée à l'entrée de l'immeuble, avec un système d'Interphone et de clés. On n'entre plus dans l'immeuble comme dans un moulin. D'ailleurs, la veille de sa mort, Gilles P., agacé, avait été empêché de dormir par les longues conversations qu'Irmgard avait engagées avec des inconnus par l'intermédiaire de ce nouveau dispositif.

Le jour même, vers 10 h 30, la concierge a entendu un homme sonner. Il s'est, dit-elle, montré insistant avec la jeune fille jusqu'à ce qu'elle l'autorise à entrer. Elle l'a ensuite vu monter l'escalier. De type européen, grand et bien bâti, les cheveux courts et coupés en brosse, il était vêtu d'un tee-shirt blanc, d'un blouson beige et de chaussures bordeaux. Elle se rappelle avoir particulièrement remarqué ses grandes mains, et elle participe de bonne grâce à la création d'un portrait-robot. Un autre homme a été vu dans l'immeuble, un dératiseur nommé Olivier L., mandaté par le syndicat de copropriété, qui a étrangement erré à la recherche des caves, mais qui, après enquête, est disculpé. Côté 15, rue de Sévigné, une voisine se souvient que, la veille, vers 20 heures, elle a croisé, un peu surprise, un homme sur le palier entrant avec les clés dans la chambre d'Irmgard. Sa description correspond trait pour trait, vêtement pour vêtement, à celle donnée par Aicha B. Plus tôt, elle a vu un homme, un autre apparemment, emprunter la même porte, celle du studio d'Irmgard, avec les mêmes clés.

Une institutrice, connaissance plus ou moins proche des parents de la petite Julie, signale avoir vu Irmgard le 28, dans le square des Blancs-Manteaux, tout près, en fin d'après-midi, surveillant depuis un banc la petite en train de jouer. La jeune Allemande était en compagnie d'un homme bizarre, vêtu d'une chemise blanche et d'un pantalon foncé, jeune, mince, costaud. Elle paraissait le connaître, pourtant l'institutrice avait cru déceler une certaine tension entre eux. Par ailleurs, un professeur de la Sorbonne admet que, ce soir-là, Irmgard est arrivée en cours en retard, habillée d'une manière inhabituelle, apparemment inquiète, avant de partir rapidement à la fin des cours. Les enquêteurs apprennent en outre du médecin légiste que du sperme a été retrouvé sur le tampon hygiénique de la jeune fille, à la suite d'une relation *a priori* consentie la veille du meurtre, et que l'amant de ce soir-là et la personne qui a fumé une cigarette dans l'appartement, probablement après le double meurtre, ne sont qu'une seule et même personne.

La chronologie du crime se dessine. Il semble plausible qu'Irmgard ait retrouvé une de ses connaissances la veille dans le parc, que cet homme ait récupéré ses clés et se soit introduit dans l'appartement de la jeune fille, qu'il l'y ait attendue alors qu'elle se rendait en cours, qu'ils aient ensuite couché ensemble et qu'au matin, alors qu'elle avait quitté la chambre pour s'occuper de Julie vers 7 h 20, il se soit rendu chez Gilles P., vers 10 h 30, peut-être sous le prétexte de rendre les clés. Quant aux motifs du meurtre, les enquêteurs avancent à tâtons : jalousie, cambriolage qui tourne mal, règlement de comptes, rien ne vient globalement étayer une piste plutôt qu'une autre. Pourquoi un tel déchaînement de violence ? Pourquoi à ce moment de la journée ? Pourquoi ces mises en scène, ces simulacres de torture ? Les deux victimes étaient-elles visées ou le supplice de l'une est-il collatéral à l'assassinat de l'autre ? Et dans ce cas-là, qui de Gilles ou d'Irmgard était la cible ?

L'interrogatoire, en Allemagne, du frère aîné d'Irmgard, apporte de nouveaux éléments pour le moins étonnants : la jeune fille entretenait une liaison avec Gilles P., elle avait même eu peur d'être enceinte de lui à un moment. Rien des confidences de sa sœur ne l'avait alerté, hormis peut-être, maintenant qu'il y pensait, sa relation avec ce type qu'elle appelait Élie, qui lui collait au train et l'effrayait un peu.

Les enquêteurs étudient de près deux carnets à la couverture rouge, l'un notifié 1986, l'autre 1987, découverts dans le sac à main d'Irmgard. Ils tiennent à la fois du répertoire – noms, adresses, numéros de téléphone, amis, amants, connaissances – et du carnet intime – considérations sur la vie, ses études, ses relations. Ils contiennent une trentaine de noms et le travail de vérification sera colossal, il va falloir contacter tout le monde. Petits amis de passage, amitiés éphémères, rencontres sans lendemain, les uns après les autres sont mis hors de cause. Deux noms, parmi les personnes identifiées, retiennent cependant l'attention des policiers. Le premier, celui de Morad B., est le plus récurrent du carnet. Le jeune homme de vingt ans, vivant en banlieue, avait rencontré Irmgard dans le métro. Elle lui avait révélé ses sentiments, mais Morad, homosexuel, avait repoussé ses avances et ils étaient devenus amis. Morad avait confirmé la liaison d'Irmgard avec Gilles P.

Le deuxième profil, nettement plus inquiétant, est celui de Jean-Baptiste C. Il habite à quelques centaines de mètres de l'appartement funeste, rue de Turenne. Il a rencontré Irmgard en faisant ses courses, dans une supérette du quartier. Chez lui, on retrouvera de nombreux dessins mettant en scène des femmes torturées, l'un d'entre eux étant même la représentation quasi exacte de la position dans laquelle le corps d'Irmgard a été découvert. Pour Jean-Baptiste C., il ne s'agit que d'un hasard, il confesse son penchant mais maintient qu'il n'est que fantasmatique. Du reste, il a un alibi certifié par les témoignages de ses collègues et il est relâché.

Il ne reste plus qu'un nom, Élie Lauringe, ou Louringe, demeurant au 13, rue Rubens, dans le XIIIe arrondissement. Il apparaît trois fois dans les carnets, la première fois en décembre 1986, et un commentaire amer d'Irmgard, « pas terrible, tant pis », suggère une nuit piteuse en sa compagnie. Or personne en France ne porte ce patronyme. « Lauringe », « Louringe », inconnus au bataillon, les enquêteurs fouillent l'état civil et réquisitionnent dans toutes les administrations, rien, un fantôme, on cherche des orthographes approchantes, des anagrammes, las, personne ne correspond. Quand la police se rend au 13, rue Rubens, elle fait également chou blanc et celui qui s'est fait appeler Élie Lauringe devient le suspect principal de l'affaire.

Avril

L'écriture du chapitre m'avait volé plusieurs dizaines d'heures sans que je ne puisse les comptabiliser, tant je m'étais absenté de tout, mangeant et dormant au hasard comme on assouvit un besoin à la hâte quand il se fait pressant. Je m'étais enfermé hors du temps, en survivant, et les nuits avaient sans doute succédé aux jours derrière un rideau d'indifférence. Nous avions laissé mars derrière nous, avril déjà, et j'entendais Xavier retourner des cartes dans mon dos, puis psalmodier en égrenant un chapelet en bois. Il priait. Je n'avais pas demandé pour qui, tant la réponse m'effrayait, et je lui avais enjoint de sortir. Il m'exaspérait et la solitude m'appelait, porte fermée, cloîtré, concentré sur mon problème, je ne devais rien oublier de cette histoire alambiquée, tirer la quintessence de ce monceau de documentation sans être dérangé, éliminer le gras, racler la chair pour n'en garder que l'os, blanchi, solide, poli et rectiligne.

J'avais retrouvé Xavier vautré sur le canapé du salon, les pieds sur la table basse à côté d'une assiette de pâtes à la sauce tomate. Il soufflait dans le goulot d'une bouteille de bière vide. J'avais déposé les feuillets que je venais de produire, ramassé l'assiette sans rien dire, poubelle, évier, je ferais la vaisselle plus tard. Xavier s'était emparé de mes notes et lisait, le sourcil froncé, quand la sonnette de l'entrée avait retenti. Nous avions sursauté de conserve. Par l'entrebâillement d'un rideau, j'avais aperçu un uniforme bleu marine et un écusson tricolore. La police. Xavier s'était redressé, tétanisé quelques instants, avait porté l'index sur ses lèvres – silence – avant de se réfugier dans ma pièce de travail. J'entendais encore le tiroir du bureau claquer quand je déverrouillais la porte.

— Tout va bien, monsieur ?

— Oui, parfaitement, merci.

Pourquoi est-ce que ça n'irait pas, au fond ? Les véritables problèmes sont pour l'essentiel réservés aux minorités ethniques de pays qui connaissent la guerre civile, nous sommes en France, je n'ai plus de travail mais je touche le chômage, j'ai un toit, de quoi manger et une protection sociale plutôt enviable, sans parler de ma mutuelle qui couvre encore jusqu'à 60 % des frais dentaires.

— Nous voulions nous en assurer, votre femme a essayé de vous joindre à de multiples reprises sans réponse, je ne vous cache pas que nous ne nous attendions pas à vous trouver ici, en forme, nous avions même prévu de quoi forcer votre porte. Bon. Cela dit, c'est un soulagement, cette semaine, on a déjà ramassé un cadavre qui était tellement décomposé qu'on aurait pu l'embarquer dans une bassine.

J'avais bafouillé quelques excuses, un téléphone cassé, non, plutôt noyé, tiens, noyé, c'est ça, un bête accident de lessive : il ne sonnait plus, ne s'allumait que par intermittence et tentait présentement de recouvrer ses fonctions en séchant dans un paquet de riz du Surinam.

— Rappelez votre femme pour la rassurer, et donnez-lui des nouvelles de temps en temps, elle était inquiète. Vous avez des enfants ? Il est avec elle ? Moi, quand je ne vois pas ma fille pendant trois jours, je deviens dingue, mais bon, on n'est pas tous faits pareils, vous, vous avez l'air de vous en foutre. Notez que j'ai rien à dire là-dessus, c'est votre problème après tout. Alors évidemment, quand il aura grandi, il vous fera peut-être payer le fait de l'avoir délaissé, ce sera un peu tard pour recoller les morceaux et vous le regretterez, mais comme je le disais, ce ne sont pas mes affaires. Appelez-la. Bonne journée, monsieur.

Il avait secoué la tête, me saluant en portant deux doigts à la tempe, et la porte enfin refermée, je m'étais appuyé au battant en respirant longuement. Xavier avait surgi, transpirant abondamment mais soulagé, avant de se lancer dans une diatribe sur l'éducation des enfants, où il donnait raison au discours du policier tout en me rassurant, sous prétexte qu'élever des mômes ce n'est ni simple ni inné, et qu'après tout, on fait tous comme on peut.

Si j'avais eu, à ce moment-là, une arme entre les mains, je l'aurais criblé de plomb sans hésiter. J'avais alors attrapé un manteau au hasard dans la penderie de l'entrée et j'étais sorti, pour la première fois depuis des lustres, alors que le jour commençait à s'éteindre. J'avais marché, les mains plantées dans les poches, avec des envies de meurtre, d'alcool, de charcuterie et de pain frais, ce qui me laissait penser que j'étais toujours en vie. Et j'avais tout à coup songé à consulter mon téléphone, qui gisait dans une poche, sonnerie *off*, onze appels en absence, tous de Céline, huit textos inquiets, *zut*, j'appellerais plus tard, et je m'étais retrouvé, Dieu seul sait comment, à errer dans les rayons d'une supérette, remplissant au jugé un panier en plastique, pancetta, OK, chorizo, camembert, pourquoi pas ?

On tartinerait du pain de mie, on arroserait ça de bordeaux premier prix, on discuterait peut-être un peu, de l'actualité manquée, de mes écrits, de la vie et de la mort, et puis on irait se coucher, légèrement ivres et emplis de nourriture médiocre.

En robot, j'avais quitté le magasin.

— Dis donc, bonjour la sale gueule, t'as paumé ton rasoir et t'as dormi toute la semaine sur le carrelage de la cuisine ?

Seigneur, Philippe, ou Jérémie, la dernière personne au monde que je souhaitais croiser…

— Ça avance, ce petit roman ?

— Ça avance oui, enfin ça avançait jusqu'à aujourd'hui, mais je crois que ça va buter bientôt, on verra, la suite ressemble à un mur, alors je ne sais pas, escalader, contourner, abattre, j'ai des options, on verra, on verra.

Il avait l'air préoccupé.

— Ça n'a pas l'air d'aller fort, mon vieux.

— Ça va, ça ira.

— Bon, tu as ma carte, tu peux m'appeler.

— Oui.

— Ça tient toujours, mon invitation à déjeuner.

— OK.

Je le quittais comme on fuit, un salut de la main en forme de point final à cette pénible entrevue et, en chemin, j'envoyais un message à Céline, *« tout va bien, pas d'inquiétude, je travaille comme un damné, je t'appelle bientôt, embrasse Lucas pour moi ».*

Xavier annotait mes écrits, il avait l'air de se prendre pour un éditeur, je ne disais rien tout en sentant monter un prodigieux agacement, il avait juste levé la tête, il voulait savoir si j'avais appelé ma femme et mon fils, « pas encore, non », et je m'étais attelé à la confection du repas qui consistait à disposer ce que j'avais acheté en petites montagnes roses et nacrées sur une planche de bois, la bouteille était ouverte et nous avions décidé de braver le froid et de nous installer sur la terrasse, à l'arrière de la maison, toutes lumières éteintes et emmitouflés dans des manteaux.

— Je n'avais pas vu les étoiles depuis des années, on est tout petits. Regarde ça, chacune d'entre elles, c'est un monde. Et il y en a des millions. Toi et moi, ici, c'est rien du tout, il y a Dieu, Elvis et rien d'autre n'a d'importance.

Je peinais à contenir ma colère.

— C'est pratique, le ciel, ça permet de relativiser le fait qu'on a tué toute sa famille.

Il avait levé les sourcils.

— Tuer. C'est un peu lapidaire, quatre lettres pour décrire un acte d'amour et tout ce qui est caché derrière. Tu ne sais rien, personne ne sait rien, il y a un parcours, long d'un demi-siècle, tout est une continuité, l'acte y compris, mais bien sûr c'est là que le regard vient se planter, figé dans l'instant fatidique. On fait un grand tout d'un pas grand-chose. Regarde plutôt les étoiles…

Je fulminais, debout maintenant.

— Je peux prendre la dernière tranche de jambon ?

Salaud…

— T'as déjà pensé à te suicider ?

— Plusieurs fois, mais c'est trop simple, six ans dans un tiroir, ça c'est de l'expiation, tu verrais l'état de mon dos, c'est un défi à la science, ma colonne vertébrale ressemble à une lettre de l'alphabet cyrillique.

— N'importe quoi.

— Assieds-toi ou je termine le camembert.

— Je vais te remettre de force dans ton tiroir et foutre le feu au bureau.

— T'es pas sérieux, détends-toi, profite de la soirée, je te fais peur ?

Je n'y avais jamais pensé.

Et en fait non, étrangement, je n'étais même pas effrayé, j'étais en colère. Je m'étais assis à nouveau à ses côtés, dos contre les aspérités du crépi glacé, et j'avais rempli mon verre d'une main tremblante à cause du froid, *à cause du froid,* c'est ce que je me répétais en silence, et du silence il y en avait tout autour de nous soudain, pendant de longues minutes, nous, la planche nue, la bouteille aux trois quarts vide et les étoiles en guise de plafond.

Et puis la voix de Xavier avait crevé la nuit.

— J'ai lu ton truc, c'est bien. Enfin, bien… Je dirais intéressant, plutôt. Les fondations sont là. Après je ne vois pas bien ce que tu vas construire là-dessus.

J'étais d'accord, et autant l'avouer, vaguement découragé.

— À moins que tu ne retrouves le mec.

J'avais souri parce que l'idée me traversait régulièrement l'esprit, inutile de le nier, je m'envisageais parfois en héros, invité sur les plateaux télé, enchaînant les interviews somptueuses, l'homme qui a résolu l'enquête qui déroute la police française depuis trente-cinq ans. Jusqu'à ce que l'auteur présomptueux se change en journaliste pragmatique, je laissais mes fantasmes de vaine gloriole s'écraser lamentablement sur le mur de la réalité, crue, cruelle, douloureuse, ça n'arriverait pas à moins d'un coup de chance phénoménal, de ceux qui font d'un chômeur un milliardaire en cochant 5 numéros au hasard sur une grille de 49.

***

Le lendemain, tôt, beaucoup trop tôt, tiré du lit par le grondement de l'expresso. Vous ne pouvez imaginer ce qui peut passer par la tête d'une personne se réveillant après une nuit de cinq heures à peine, la tête plombée d'une prodigieuse gueule de bois, et trouvant dans sa cuisine Xavier Dupont de Ligonnès en caleçon et tee-shirt barré d'un drapeau américain, la clope au bec, se dandinant au son d'une guitare.

— Waylon Jennings, mec, il y a toute l'Amérique là-dedans.

— Xavier, où est le chat ? Je ne l'ai pas vu depuis des heures, j'ai même oublié de le nourrir.

— Aucune idée, dehors sûrement, il doit courir après des oiseaux ou des mulots, c'est un animal sauvage, tu sais.

Moi aussi je devenais un animal sauvage. Un loup, peut-être. J'avais tellement envie de flinguer mon hôte que je me faisais peur. Enfiler un manteau et sortir, c'était le mieux à faire. Téléphoner à Céline et Lucas également, ils étaient partis depuis quoi ? *Cinq, six jours ? Plus ?* Je leur avais donné très peu de nouvelles et je me sentais pitoyable, mais plus le moment d'appeler se faisait inéluctable, plus j'avais envie de le fuir. Et puis mon téléphone avait sonné, c'était elle, une fois, deux fois, je ne pouvais plus reculer, trois fois, j'avais décroché.

— Papa, c'est Lucas.

— Comment ça va, mon chéri ?
— Bien.
— J'ai hâte de te revoir, tout se passe bien chez mamie ?
— On n'est plus chez mamie, on est chez Bertrand.
— Bertrand ? Qui est Bertrand ?
— Je te passe maman, bisous.
— Oui, c'est moi.
Silence.
— Ça va ?
— Oui, débordé, désolé, j'aurais dû appeler plus tôt.
— C'est moi qui appelle.
— J'allais le faire.
— Bien sûr.
Silence.
— Tu manques à ton fils.
— Vous me manquez aussi.
— Tu sais que samedi c'est son anniversaire ?
— Quel jour sommes-nous ? Putain, lundi, merde. Pardon.
— T'es flippant.
— Pardon, je suis…
— On pensait passer ce week-end pour que tu le voies.
— Super.
— Samedi ?
— OK.
— Midi, pour déjeuner ?
— Parfait.
— D'accord, à samedi.
— Et dis-moi, qui est Bertrand ?

Elle avait raccroché et j'avais marché sans but, sonné, jusqu'à me retrouver devant l'une des entrées de la station Oberkampf. J'avais traversé la moitié de Paris sans même m'en rendre compte. En rentrant, je trouvais Xavier étendu à plat ventre sur le canapé, suçotant un crayon devant un amas de feuilles griffonnées.

— Je fais des anagrammes, il faut trouver ce fameux Élie Lauringe, j'ai décidé de te filer un coup de main, c'est plus amusant que les réussites.

Non mais de quoi se mêlait-il ? J'avais haussé les épaules avant d'aller prendre une douche. *Élie Lauringe*, l'eau brûlante battait mes épaules, *Élie Lauringe*, tout à coup une idée folle m'avait traversé l'esprit. J'étais sorti à la hâte, encore humide, sans même avoir pris le temps de me savonner, une serviette ceignant mes reins, et j'avais fait irruption dans le bureau.

Je cherchais un renseignement, *langage des bouchers*, les mains tremblantes, sous le regard incrédule de mon coenquêteur autoproclamé. C'était un vieux souvenir, un peu confus, de ces informations qu'on lit une fois par hasard, que l'on retient par bribes en se disant qu'elles ne serviront à rien, à part, au mieux, à frimer au cours d'un dîner. Et puis j'avais appelé V., une amie de toujours, pour une confirmation. Dieu merci elle avait répondu, je n'aurais jamais supporté d'attendre.

— Dis-moi, si je me souviens bien, ton père parlait parfois louchébem ?

— Bien sûr, sans être boucher, ni même en fréquenter d'ailleurs, louchébem ou largonji, en banlieue et à Paris, des gens parlaient comme ça à l'époque.

— Est-ce que parfois ils l'utilisaient pour les noms propres ?

— Évidemment, ma mère, Simone… J'ai toujours entendu mon père l'appeler Limonesse. Pourquoi tu me demandes ça ?

J'avais éludé.

— Non, rien, je te raconterai, merci.

Je m'étais retourné vers Xavier, triomphant.

— Tu connais le louchébem ? C'était le langage des bouchers parisiens au XIXe siècle. Une sorte d'argot corporatiste.

Xavier m'observait comme si j'étais atteint d'une maladie mentale incurable.

— Écoute bien, ça se compose comme ceci : on déplace la première lettre à la fin du mot, on la remplace par un *l* et on ajoute éventuellement un suffixe au bout, comme *-ème*, *-ji*, *-oc*, *-ic* ou *-uche*... C'est comme ça que « boucher » devient « l-ouché-B-em », louchébem. Ou que le mot « argot » devient « largomuche ». Ou l'expression « en douce » se transforme en « en loucedé » et « à poil », « à loilpé ». C'est le *l* au début de Lauringe ou Louringe qui m'a mis sur la voie. Imagine que la jeune fille allemande n'ait pas écrit les accents, qui sont spécifiques au français, et qu'il s'agisse en fait de Lauringé ou Louringé. Et que le type soit issu d'une famille qui utilise ce jargon – ou largonji, puisqu'on en parle. Lauringe ou Louringe n'existe pas, personne ne porte ce nom en France. Mais s'il s'agit de largonji ou de louchébem, on cherche un Élie Gaurin, ou un Élie Gourin, ce qui paraît nettement plus commun. Les flics ont cherché des noms approchants, des anagrammes, comme tu l'as fait, mais est-ce que quelqu'un a pensé au louchébem ?

Xavier était resté silencieux quelques instants.

— C'est tiré par les cheveux, mais pourquoi pas ? Maintenant il faudrait découvrir un type de ce nom qui aurait vécu en région parisienne dans les années

1986-1987… Tu veux pas te rhabiller ? On voit tes couilles. Et tu saignes du pied.

Tout à mon excitation, j'avais oublié que je n'étais vêtu que d'une serviette de bain, largement entrebâillée, que je maintenais tant bien que mal d'une main. En outre, mon pied, dont j'avais franchement négligé les soins, répandait effectivement un filet de sang épais sur le sol.

***

L'affaire était particulière, trop ancienne pour être massivement présente sur le web, trop récente pour être, hormis la presse d'époque, documentée dans de quelconques archives.

— Il n'y a rien de rien.

Je réfléchissais tout en grimpant sur une chaise, équipé de mon double décimètre.

— Tu fais quoi là ?

Il le voyait bien, ce que je faisais.

— Quasiment 25 centimètres, ça s'étend lentement mais sûrement.

Xavier avait eu l'air surpris mais s'était tu, prudemment.

— J'ai juste trouvé un Élie Gourin qui a commis quelques livres obscurs dans une maison d'édition inconnue, mais qui me paraît trop âgé pour qu'on s'attarde sur lui.

Que faire ? Où aller ? Une nouvelle idée venait de germer au milieu du bouillonnement qui m'animait.

J'avais pris sa place face à l'écran, dans l'idée de récupérer, voire d'acheter, les annuaires parisiens des années 1986 et 1987, ou plutôt, après réflexion, 1987 et 1988 puisqu'ils répertorient les abonnés de l'année précédente. En croisant les doigts pour que le suspect ait vécu *intra-muros* dans ces années-là et qu'il ait possédé un abonnement téléphonique à son nom.

Une heure plus tard, j'étais dépité. Personne n'avait eu l'idée de garder des annuaires aussi anciens, encore moins de les vendre, et franchement comment les en blâmer ? Mais la chance ne m'avait pas tout à fait abandonné : je venais de tomber sur le site de la BHPT, Bibliothèque historique des postes et télécommunications. Je les appelais aussitôt et, miracle, ils possédaient quasiment tous les annuaires téléphoniques de France et de Navarre archivés sur microfilms ou microfiches, depuis des dizaines d'années. Leur consultation était publique, sur rendez-vous.

— Quand puis-je venir ?

— Un instant, je regarde notre planning.

J'étais impatient.

— Jeudi de la semaine prochaine ?

Horreur.

— Vous n'auriez pas un créneau plus proche ?

— Demain ? 9 h 30 ?

Quel soulagement !

— Merci, merci, c'est parfait !

Silence.

— Quel est le but de votre recherche ?

Je n'avais pas envisagé la question. Je pressentais cependant qu'expliquer que je poursuivais un tueur multirécidiviste ressemblait à tout sauf à une bonne idée.

— Que voulez-vous dire ?

Un souffle agacé.

— Votre recherche, là, bon sang, j'ai une case à remplir, nous avons des procédures.

Je commençais à imaginer mon interlocutrice en sosie de Jocelyne Boulot, ma conseillère Pôle emploi, coiffure, lunettes, gestuelle saccadée, peut-être une robe grise plutôt que marron, et cette compétence pour transformer le remplissage appliqué et docile de toutes les cases en une sorte de quête quasi religieuse.

— Je... Je ne sais pas... Comment dire...

Nouveau silence.

— Souvent les gens viennent pour des recherches généalogiques.

— Ah voilà, c'est ça, des recherches généalogiques.

— Très bien, à demain monsieur.

— À demain, et merci encore !

***

Debout dès 6 h 30, j'avais déversé une boîte de pâtée dans la gamelle d'Albator en espérant son retour. Dans le tramway dès 9 heures, je trépignais. D'après le site de la RATP, qui avait tendance à surestimer les distances, ou à sous-estimer ma vitesse, j'atteindrais le site en douze minutes. Je savais d'expérience qu'il m'en faudrait neuf et j'en avais mis vingt et une, parce que, bien sûr, je m'étais perdu. 89-91, rue Pelleport, j'y étais enfin. On m'avait ouvert à distance et j'avais débarqué à ma grande surprise dans un couloir assez large bordé de casiers à clé, comme dans les vestiaires d'une salle de sport. Une porte plus loin, une pièce carrelée, des tables à gauche, pieds métalliques et surfaces mélaminées, banales comme celles d'une salle de classe, et un comptoir en face où personne ne m'attendait. Au loin, derrière une vitre, quelques silhouettes semblaient s'activer sans hâte.

Enfin, une dame avait fait son apparition, sans doute au bord de la retraite, les cheveux courts frisés et le nez surmonté de petites lunettes austères.

Je m'étais présenté, j'étais à l'heure mais j'avais la désagréable impression de la déranger. Elle m'avait tendu une carte numérotée à mon nom. Quels annuaires me fallait-il ? Ceux de Paris. Quelles années ? 1985, 1986 et 1987, pour commencer. J'avais alors perçu la contrariété qui l'habitait devenir méfiance.

— Ces années-là, ce n'est pas de la généalogie, monsieur.

Évidemment, c'était un peu récent, j'étais tenté de répondre que je débutais, que je remonterais ensuite jusqu'à Charlemagne s'il le fallait, mais j'avais préféré me taire en affichant une mine contrite.

Une bonne demi-heure plus tard, je me promenais gauchement sur des pages et des pages de noms, adresses, numéros de téléphone, en blanc sur fond noir.

1986, d'abord. Malheureusement, aucun Élie Gaurin. Mais je trouvais un Élie Gourin vivant à l'époque dans le XVe arrondissement, probablement celui découvert et éliminé du tableau par Xavier. Si on passait outre le prénom, des Gaurin ou Gourin, il y en avait quelques-uns, en revanche. Je notais les prénoms, adresses et numéros de téléphone de chacun, après tout, peut-être ma cible avait-elle résidé chez un parent, proche ou éloigné.

J'étais maintenant en possession d'une liste de sept Gourin et de six Gaurin. J'étais bien sûr un peu déçu, j'aurais bien aimé les découvrir à une adresse familière, en rapport avec l'affaire ou à proximité. En désespoir de cause, je demandais les microfilms de l'année 1987, pour y retrouver plus ou moins les mêmes, parfois à un changement d'adresse près, moins un Gourin, plus un Gaurin. Allons-y pour 1985, tant que j'y étais. Et là j'avais tout à coup sursauté. Une certaine Jeannine Gaurin qui vivait en 1986 et 1987 rue Léon-Giraud, dans le XIXe, habitait l'année d'avant au 83, rue Petit, tout près donc de l'adresse de Cécile B. ! J'avais bondi, rendu les documents, et quitté la BHPT en courant. Je me trouvais dans le XXe arrondissement, à proximité du XIXe, et j'étais parti à pied, cap sur la rue Petit, au jugé. Se pouvait-il que Jeannine Gaurin ait eu un fils, un neveu, un petit-cousin prénommé Élie ? Je me sentais comme un chien de chasse sur la piste d'un cerf, fébrile, excité, tendu vers sa proie. En chemin, je songeais que j'étais impatient de partager ma découverte avec Xavier, toujours tiraillé entre le dégoût qu'il m'inspirait et cette sorte de connivence que l'affaire avait installée entre nous.

Je me demandais parfois pourquoi j'avais jusqu'alors à ce point toléré sa présence. D'un autre côté, comment aurais-je pu m'en débarrasser ? Comme il me l'avait justement fait remarquer, je ne pouvais ni le chasser ni le dénoncer sans m'attirer une kyrielle de problèmes avec la justice. Alors quoi ? L'éliminer ? Notez que ça aurait été l'occasion de trouver une utilité à mon héritage paternel, cinquante comprimés de Doliprane ou une balle de son flingue et on l'enterre dans le jardin – œil pour œil, dent pour dent –, je vengeais la famille et fin du problème. Mais j'étais empêché par la sévère éducation judéo-chrétienne dispensée par mes parents, ainsi que par ma légendaire maladresse, qui me conduirait immanquablement à rater mon coup.

Et puis m'était venu à l'esprit le souvenir de ma séance avec la mère Bastaing, mon éphémère psychanalyste. J'y avais évoqué cette nuit au cours de laquelle, sans doute à la suite d'une dispute avec Céline, j'avais marché droit devant moi, seul, transi et malheureux. Arrivé par hasard vers 3 heures du matin rue du Faubourg-Saint-Martin, dans cette partie sinistre et sombre piégée entre une barre d'immeubles et les voies de la gare de l'Est, j'avais aperçu, au loin, deux jeunes hommes passablement agités, tout juste majeurs ou pas encore. Ils venaient à ma rencontre, *je vais avoir des problèmes*, voilà la première pensée qui m'avait effleuré. J'avais encore le temps de rebrousser chemin ou de changer de trottoir, mais j'avais continué. Ça n'avait pas manqué, l'un d'eux avait agrippé mon col, « file-moi tout ce que t'as », je me souviens encore de la phrase, je tentais de le maintenir à distance, la main serrée sur le haut de son survêtement, bras tendu, tandis que l'autre, sur le côté, m'avait asséné un coup de poing à la mâchoire que je n'avais même pas vu partir. Même si j'avais pleinement conscience que ça risquait de tourner au vinaigre, je n'avais pas eu peur. Par chance, un homme à vélo avait déboulé de nulle part et ralenti à notre hauteur. Distrait, celui qui me tenait avait relâché son étreinte, j'avais fui à toutes jambes.

— Que faites-vous de cette histoire ?

J'avais répondu que je n'en faisais rien, que c'était juste une anecdote.

— Il y a une explication pourtant, pensez-y.

Elle avait un don prodigieux pour m'agacer. Durant cette séance, chaque fois que j'avais eu envie de lui mettre un grand coup de pelle dans la tronche, je m'étais efforcé de penser aux menaces de Céline, à notre couple qui battait de l'aile, et surtout au prix de la consultation. J'avais alors réussi à formaliser une vague interprétation : il était fort possible que j'éprouve un certain empressement à toucher du doigt les limites, à me confronter au danger. Je voulais savoir où cela me mènerait, défiant toute raison, comme un vertigineux attrait pour le vide. Il était assez probable que je reproduise ce schéma avec Xavier Dupont de Ligonnès : je me laissais entraîner sur une pente glissante, malgré la jungle d'emmerdements majuscules dans laquelle je risquais de me perdre, avec une sorte d'appétence délétère pour une expérience inédite, furieuse et tordue.

Et puis, m'extirpant soudain de mes réflexions, j'avais relevé la tête. Je me trouvais rue Petit. Depuis le 83, on apercevait le 116 sans problème, de l'autre côté, à moins de 60 mètres, et mieux, les fenêtres de certains appartements pouvaient même servir de postes d'observation parfaits pour en consigner les entrées et sorties. Le tueur, qui était parti en courant du 116 aurait très bien pu se réfugier là, au 83, en quelques secondes, ni vu ni connu…

Mon sang bouillait : je venais probablement de résoudre un des plus grands mystères du siècle dernier. Moi. Seul. Avec pour uniques armes mon intuition et un bout de microfilm. Bon. Ça n'avait duré que le temps de me souvenir qu'en 1986, au moment de l'assassinat de la petite Cécile, la fameuse Jeannine Gourin n'habitait plus ici mais rue Léon-Giraud, et je m'étais éteint comme une pauvre allumette en fin de bois.

***

— Bon sang, où étais-tu passé ? Le frigo est vide.

En lui abandonnant la fin du sandwich acheté en route, je lui lançais, sans un mot, un regard noir qui aurait dû lui glacer le sang mais qui l'avait transpercé sans effet.

— Saumon-crudités, j'aurais pris poulet, plutôt. Le saumon n'est jamais de bonne qualité dans les boulangeries, toujours trop gras, trop salé, trop fumé. Ça lutte avec la mayonnaise.

Il me regardait en souriant, la bouche pleine, les lèvres luisantes de sauce.

— J'ai trouvé une Jeannine Gaurin qui vivait rue Petit, en 1985, à une centaine de mètres de la résidence de la petite Cécile.

Xavier n'avait pas l'air impressionné, son regard interrogateur m'encourageait cependant à continuer.

— Peut-être sa mère, une tante, une cousine qui aurait pu l'héberger ? En 1986, à l'époque du meurtre, elle vivait à quelques rues de là, près du canal de l'Ourcq.

Il s'était essuyé la bouche d'un revers de main et avait commencé à tourner en rond, les mains dans les poches, il réfléchissait à haute voix.

— Admettons… C'est un peu abracadabrant mais pourquoi pas ? Et maintenant quoi ? Comment vérifier quoi que ce soit ? Comment aller plus loin ? J'ai ratissé internet, il n'y a rien. À moins de pirater les sites de l'administration française, je ne vois aucun moyen d'avancer, et tu ne peux pas aller voir les flics avec aussi peu de billes, un morceau d'intuition et une maigre connexion qui a toutes les chances d'être fortuite, ils vont te rire au nez.

Pendant qu'il laminait consciencieusement mon moment d'excitation, je m'étais aperçu que je tripotais machinalement la carte de visite de Jean-François, dirigeant d'une entreprise de sécurité et ancien policier. Après tout, pourquoi pas ?

Je lui avais téléphoné. Jean-François viendrait prendre l'apéro le lendemain. Xavier n'était pas emballé à l'idée de voir un ancien flic débarquer dans notre quotidien. Il irait donc rejoindre son tiroir pour la soirée et cette pensée me procurait un certain plaisir.

Le lendemain, avec cinq minutes d'avance, Jean-François était là, Xavier enfermé, j'avais mis des bières au frais avec le blanc, le rouge était chambré, les cacahuètes dans un bol. Il avait demandé un whisky, évidemment, et Dieu merci, il en restait un fond.

— Sympa, chez toi.

— Merci.

— Ta femme et ton fils sont de sortie ?

— C'est compliqué en ce moment.

— Et ce livre ?

— Ça avance.

On avait bu en silence avant que je me lance.

— Je bosse sur une affaire non résolue.

— Laquelle ?

— Le Grêlé.

— Ah oui ?

— Tu connais ?

— Oui.

— Mais comment ?

— J'étais à la PJ de Paris à l'époque.

— Non ?

— Si.

— Tu bossais sur l'affaire ?

— Non, mais on se connaissait tous, on nous tenait au courant, j'ai travaillé avec Pasqualini et pas mal d'autres figures de l'époque.

— Sans déconner ?

— Ben ouais.

— Putain.

— Sacrée affaire, on a cru que c'était un flic à un moment, t'es au courant ?

— Oui.

— Le mec se baladait avec une carte de police, vraie ou fausse, un flingue, vrai ou faux, et rien, on l'a jamais gaulé, cet enculé.

Je connaissais tout ça par cœur. Après un silence en forme d'élan, je m'étais jeté à l'eau. À peine avais-je évoqué le début de ma théorie qu'il avait levé les yeux au ciel, de Lauringe ou Louringe à Gaurin ou Gourin, j'expliquais la démarche, le louchébem, persuadé que jamais les flics, occupés à vérifier les fichiers nationaux ou à chercher des anagrammes, n'avaient pensé à explorer cette piste. Il m'avait arrêté de la main.

— Bien sûr qu'ils y ont pensé, qu'est-ce que tu crois ? Tu les prends pour des imbéciles ? La PJ de l'époque, c'étaient des cadors. Tu crois qu'ils n'ont jamais entendu parler du louchébem ? Ils traînent dans les bas-fonds de la ville vingt-quatre heures sur vingt-quatre. Tout ça, c'est leur quotidien, mon gars.

J'avais sans doute arboré un air circonspect.

— Qu'est-ce que vous avez tous à vouloir vous substituer à la police ? Ces mecs-là sont des pros. Ça te viendrait à l'idée de refaire ton installation de flotte tout seul plutôt que d'appeler un plombier ?

Je n'avais pas osé répondre que, justement, c'était le genre de chose qui pouvait me traverser l'esprit, il m'arrivait de me sentir capable d'affronter l'impossible, sans peur et possédé par une inconscience fascinante, comme si j'entamais la traversée de l'Himalaya en espadrilles. Je réfléchissais à ça quand soudain, ma vue s'était brouillée. Je m'étais tu. Face à moi, Jean-François, sa coiffure, mèche sur le côté, la forme de son visage, les petits yeux enfoncés autour du nez, sa stature, 1,80 mètre, large d'épaules, il devait avoir, allez, disons cinquante-huit ans. Putain, c'était lui, j'avais l'impression de me retrouver face au Grêlé, là, sur ma terrasse, à peine séparés par un bol de cacahuètes et une paire de verres vides.

Est-ce que quelqu'un, un jour, a vécu une soirée plus étrange ?

***

Jean-François n'était pas le Grêlé et pourtant je n'avais pas pu m'ôter l'idée de la tête de la soirée, j'avais pris un air détaché, restant autant que possible naturel alors que tous mes muscles étaient irrémédiablement contractés. Après tout, nous avions échangé quelques textos au sujet de ce rendez-vous, s'il devait m'arriver quoi que ce soit, il serait soupçonné dans la seconde.

Plus tard, Xavier avait bien ri au récit de mon entrevue, beaucoup moins quand je lui avais rappelé la visite familiale du lendemain : il retournerait dans le tiroir pour la journée. Il s'était mis à se caresser compulsivement les cuisses, se balançant d'arrière en avant, comme s'il se massait avant de devoir se replier comme une carte Michelin pour regagner sa cache.

— Il n'est pas de Paris.

— Quoi ?

— Il n'est pas de Paris, je viens d'y penser. Il vient de plus loin, peut-être de province, il est de passage et il retourne se réfugier chez lui après chaque forfait, loin, là où personne ne le cherche.

Je n'en revenais pas de ne pas y avoir pensé. Pourquoi pas, en effet ? Nous avions alors repris le calendrier de ses crimes, ceux où il était impliqué avec certitude et ceux pour lesquels il était soupçonné, et nous les avions mis en parallèle avec le calendrier scolaire. L'homme n'avait attaqué qu'en semaine, en journée, jamais le soir, jamais le week-end, jamais pendant les vacances scolaires, mais souvent au retour immédiat de ces dernières, le lendemain ou quelques jours après. Était-il possible qu'il ait des obligations, comme une vie de famille ? Qu'il rentre immédiatement après en banlieue, ou même en province, pour mener, insoupçonnable, une vie ordinaire ? Voilà une idée qui pourrait expliquer ses apparitions et ses disparitions, parce que ces affaires, toutes parisiennes, n'avaient, à l'époque, probablement pas eu le même retentissement à Nice ou à Clermont-Ferrand.

***

Douché, peigné, parfumé et rasé de frais, je mettais la dernière main à ma sauce tomate quand la sonnette de l'entrée avait retenti. Oignons, basilic, j'avais fait simple, pas de légumes anciens, pas de plat mijoté, du sûr, du conventionnel, rôti, pâtes et parmesan, Lucas mangerait avec appétit et sans râler, Xavier était dans son tiroir, le soleil aveuglant faisait disparaître les fenêtres, tout semblait réuni pour une belle journée.

J'avais ouvert la porte et Lucas m'avait sauté dans les bras, me déposant un baiser sur la joue avant de foncer dans la cuisine pour s'enquérir du menu. Céline, debout, les bras croisés, avait demandé comment j'allais avant d'entrer, « pas mal, merci ».

Lucas avait accouru : il devait mettre des jouets dans un sac parce que, chez Bertrand, il n'y avait rien pour s'amuser. J'avais envie de crier. *Qui est ce Bertrand ? Qui est ce CONNARD de Bertrand ? Tu m'as remplacé, c'est ça ? C'était lui, les textos qui t'habillaient de sourires niais pendant les vacances ? Parce que en plus il est drôle ?* Au lieu de ça, j'avais préféré faire tomber une fourchette. Sujet suivant. Céline se tenait dans un coin, bras immuablement croisés comme pour masquer son embarras.

— Comment ça se passe avec ton ami imaginaire ? Et ton livre, ça avance ?

J'avais répondu oui pour le livre, quant au reste j'avais évité d'aborder le sujet, je ne pouvais pas expliquer que Xavier était là, bien vivant, dans le troisième tiroir de mon bureau, elle n'était pas prête à l'entendre, il n'avait rien d'imaginaire, mais autant essayer de convertir un tétraplégique aux joies du jogging.

Et puis, tentant de poser un pont sur l'abîme qui nous séparait, je lui avais parlé, longuement, de moi, de mes projets, je sentais poindre entre nous une sorte de fragile connivence naissante.

— Est-ce qu'on pourrait discuter d'autre chose que de ton obsession pour les psychopathes ?

D'accord, je m'étais trompé.

À table, Lucas était de loin le plus disert, il me racontait ses journées à l'école, ses amitiés nouvelles et passées, il semblait vivre la situation familiale sans inquiétude et sans douleur, quand il avait soudain demandé où était Albator, notre chat. J'avais éludé en souriant, le temps était printanier et il faisait sa vie de chat, d'un jardin à l'autre, je lui mettais sa gamelle sur la terrasse et il la vidait régulièrement.

— Tu mens, papa, je parie que tu l'as perdu.

Je m'étais forcé à rire comme s'il s'agissait d'une plaisanterie.

— On va jamais le revoir, comme papi et mamie.

Je le détrompais. Faire dévier la conversation, vite. Tourné vers sa mère, j'avais soudain émis le souhait de voir mon fils – notre fils – plus souvent, quelques week-ends, peut-être une soirée par semaine.

— On verra.

Céline venait de me glacer le cœur et j'avais entrepris, en silence, de reconstituer dans mon assiette les derniers instants de Robert Boulin avec une olive dans un fond de sauce tomate.

— Tu comptes passer ton après-midi à jouer avec ta fourchette et cette olive ?

— C'est pas une olive, c'est Robert Boulin.

Ça m'avait échappé et je m'étais mordu les lèvres, trop tard. Elle s'était levée, elle devait récupérer quelques affaires. J'en profitais pour empiler les assiettes vides et terminer la bouteille de brouilly. Elle avait réapparu dans l'embrasure de la porte, blanche comme un linge.

— Il y a un flingue sous l'oreiller.

J'avais grimacé, il ne manquait plus que ça, quel imbécile, j'aurais dû le planquer au fond d'un placard, dans le garage, l'enterrer dans le jardin, le démonter en petits morceaux et les avaler un à un, tout mais pas ça… Sans me quitter des yeux, Céline avait appelé Lucas, c'était l'heure, deux heures trente, c'est tout ce à quoi j'avais eu droit et probablement tout ce que je méritais. Notre fils traînait un sac débordant de jouets, en éparpillant quelques-uns sur le chemin, elle les avait ramassés sans rien dire. J'avais aperçu le regard de Céline, fiché dans mes yeux embués, il disait qu'elle voudrait être ailleurs. Elle était sortie, droite comme un poteau et, pendant que Lucas s'installait à l'arrière de la voiture, elle s'était retournée.

— C'était l'anniversaire de ton fils aujourd'hui.

Bon sang, comment pouvais-je être aussi nul ?

— Il n'y avait rien, pas de gâteau, pas de bougies à souffler, pas de cadeau, rien. Comment peux-tu être aussi nul ?

— Je suis désolé, revenez la semaine prochaine, je te promets de faire mieux.

Ils avaient disparu dans la voiture et cette dernière à son tour au bout de la rue, *je te promets d'être grandiose*, m'abandonnant sur le trottoir, orphelin, *je te promets de vous subjuguer*, plus personne ne m'entendait et je m'imaginais finir ma vie seul, oublié de tous, impotent, aux mains d'une infirmière acariâtre dans la morne cellule d'une maison de retraite de province qui servirait ses dîners à 17 heures, des coquillettes au jambon et une compote en dessert, une larme venait de dévaler ma joue.

***

Le soir, après leur départ, j'étais resté assis dans un fauteuil. J'avais délivré le tueur famillicide qui encombrait mon bureau, puis je l'avais ignoré, je ne voulais pas le voir, j'étais accablé, morose, et il avait semblé comprendre ma nécessité de solitude. J'étais tout de même sorti dans le jardin à la recherche d'Albator, fouillant les buissons, inspectant les branches basses, en pure perte. De guerre lasse, je m'étais résolu à lui remplir une gamelle avant d'aller me coucher.

Le lendemain, un Post-it rose collé sur un mug de café tiède m'attendait sur la table de la cuisine. On – Xavier, qui d'autre ? – y avait inscrit *« Et si Élie Lauringe n'était pas le Grêlé ? »*. Mon hôte avait fait irruption dans la pièce, pieds nus et en caleçon, il y avait pensé durant la nuit, ça avait l'air important, et il avait parlé, longtemps.

J'ai retranscrit son laïus de mémoire, plusieurs mois après :

— Qu'est-ce qu'on a ? Un nom sur les carnets d'Irmgard M., le seul qu'on n'arrive à relier à personne, simplement parce qu'il n'existe aucun Élie Lauringe en France. Un nom et une adresse, 13, rue Rubens, dans le XIIIe arrondissement. On a également un commentaire de la victime dans le même carnet, datant de cinq ou six mois avant le meurtre, disant à peu près « j'ai passé la nuit avec Élie, pas terrible, tant pis ». On a enfin un témoignage du frère de la jeune fille, à qui elle a confié, pendant ses vacances en Allemagne, qu'elle essayait de se débarrasser d'un certain Élie, un peu collant, qu'elle trouvait inquiétant. Curieusement, ce fameux Élie n'a pas laissé beaucoup de traces, son nom ne dit rien à qui que ce soit dans l'entourage d'Irmgard, y compris à Morad, qui se considère comme le confident de la jeune fille, et qui était à ce titre au courant de sa liaison secrète avec son employeur, Gilles P. On a donc un premier mystère, d'un côté, dont découlent une série de questions. L'homme a-t-il réellement donné un faux nom, ou Irmgard, allemande, l'a-t-elle mal orthographié ? Pour quelle raison aurait-il donné un faux nom ? On peut tout envisager, il pourrait d'ailleurs s'agir simplement d'un type marié pour qui cette liaison n'a aucune importance et qui souhaite éviter de voir sa maîtresse débarquer chez lui à l'improviste. Faux nom, fausse adresse... Comment a-t-il créé tout cela ? On est en droit de penser qu'il a un lien avec la rue Rubens, qu'il la connaît d'une manière ou d'une autre. De la même façon, s'il s'est créé une fausse identité, on peut imaginer qu'elle ne tombe pas du ciel. Tiens, moi, si je devais le faire, je garderais Xavier, mon prénom, au cas où la fille m'aperçoive par hasard dans la rue et m'interpelle. Xavier Presley, par exemple, qu'est-ce que t'en penses ?

J'avais souri à son déhanchement.

— Si ça se trouve, Élie est son vrai prénom.

J'acquiesçais, essayant de suivre le raisonnement.

— D'un autre côté, nous avons une scène de crime, sur laquelle on trouve trois fois l'ADN du Grêlé. Deux fois sur les mégots écrasés au sol aux côtés des corps, une fois dans le vagin d'Irmgard M., qui a eu une relation sexuelle consentie avec lui, la veille. Que peut-on en déduire ? Deux choses seulement. Irmgard connaissait le Grêlé au moins depuis la veille, et il était présent au moment du crime. Tout le reste n'est que spéculation. Les a-t-il tués ? Était-il seul ? S'est-il servi d'Irmgard pour entrer dans l'appartement ? Qui était visé, elle ou Gilles P. ? À quel point tout cela était-il préparé ? Et là, bien sûr, on a envie que le Grêlé soit Élie Lauringe, un personnage introuvable, on ajoute du mystère au mystère, on fait d'un double meurtre plutôt ordinaire une affaire sensationnelle, mais qu'est-ce qui le prouve ?

Il avait fait une pause et je m'étais senti obligé de répondre.

— Rien.

Il avait souri.

— Exactement. L'équation Élie Lauringe = le Grêlé, qui est loin d'être vérifiée, c'est la voie royale, celle dans laquelle tout le monde a envie de se précipiter, toi-même tu l'as empruntée directement. Or, si l'hypothèse de base n'est pas la bonne, tout ton raisonnement s'écroule lamentablement. Les enquêteurs étaient obligés d'explorer cette piste, comme toutes les autres, mais tu te rends compte du temps passé ? Trente noms à vérifier, trente personnes à retrouver, dans toute l'Europe, trente moins une, d'accord, vingt-neuf suspects potentiels à interroger et, plus tard, tout autant d'ADN à prélever et à analyser… Quelle énergie dispersée si le Grêlé s'appelle en réalité Jean-Paul Trappier ou Victor Pouchard. Sans compter que s'il est Élie Lauringe, ce n'est pas depuis la veille qu'Irmgard le connaît mais depuis plusieurs mois… Ça oriente tout de suite l'enquête vers le crime passionnel, alors que rien n'est moins sûr.

Je ne voyais plus très bien où il voulait en venir.

— Je veux dire que tout à coup, tout le monde s'est mis à chercher Élie Lauringe plutôt que le Grêlé, c'est vrai pour toi et pour tous les enquêteurs en herbe, ceux que tu lis sur les forums, c'est vrai pour les médias et c'est peut-être vrai également pour les flics. Ce qui était une vague hypothèse est devenu une évidence. Il faut se méfier, c'est de la fabrication, on commence par créer de l'incontestable sur de l'artificiel, c'est déjà une distorsion des faits, puis on diverge lentement, on s'égare, on patauge, on se disperse et on passe à côté de la vérité. Si tu veux une raison supplémentaire au fait qu'il court toujours, en voici une : il se peut qu'on ne cherche pas où on le doit, parce qu'on s'est trompé d'hypothèse.

Je le regardai alors avec un air soupçonneux.

— De quoi me parles-tu exactement ? De quelle affaire ? Tu ne serais pas en train de me parler de toi, en fait ?

Je commençais à être mal à l'aise et à avoir envie de me défouler.

— On dirait que tu te sers de cette affaire pour m'expliquer insidieusement qu'on se trompe en te soupçonnant, qu'on a admis ta culpabilité sans réfléchir, alors que tout, *tout* t'accuse.

Je venais de le désarçonner. Il avait bredouillé quelque chose à propos de sa volonté de m'aider et il était sorti de la pièce, dépité. Quelques minutes plus tard, il avait repris du poil de la bête.

— J'ai une mauvaise nouvelle pour toi. Une journaliste, une ancienne des faits divers de *Libé*, vient de sortir un dossier complet sur le Grêlé, sur un média en ligne. Je n'ai pas pu tout lire, le premier épisode complet est gratuit, ensuite il faut payer. Mais il y a tout, tout ce que tu as déjà écrit et même plus, tu t'es fait doubler, mon gars…

J'étais sonné. Toutes ces heures passées à lire, me documenter, construire, écrire et, autant l'avouer, anéantir avec patience et abnégation ma vie de famille venaient de se dissoudre, comme une parenthèse hors du temps. Tout ça pour rien. L'unique projet qui me conférait plus ou moins une forme d'existence s'effondrait comme un château de cartes. J'étais seul, sans but, dans une maison vide à l'exception d'un type qui avait assassiné toute sa famille. J'avais de la peine à respirer ; je m'étais retrouvé dehors sur la terrasse, la gamelle d'Albator était toujours pleine – je me souviens de l'avoir remarqué – et j'avais arpenté le jardin de long en large, les mains dans les poches. Ma vie partait en lambeaux et j'en voulais au monde entier.

***

Le lendemain, je m'étais installé dans le fauteuil du salon pour lire le dossier de la journaliste. Je devais avouer qu'il était impeccable, complet, plus que je n'aurais su le faire. Xavier avait raison, elle m'avait coupé l'herbe sous le pied, j'étais pris au piège.

— Ça va ?

Il venait de me rejoindre.

— Ma femme est partie avec mon fils, je me retrouve ici coincé avec toi, mon unique projet professionnel, le rêve d'une vie, écrire un livre, vient de tomber en ruine, donc non, ça ne va pas, rien ne va, je suis seul au fond d'un trou et je ne vois pas comment m'en extirper.

Il avait posé sa main sur mon épaule.

— Mais non, tu n'es pas seul, je suis là.

Dieu merci, je n'avais pas le Derringer de mon père entre les mains, sinon je l'aurais buté.

Inutile de faire grand cas de la semaine qui allait suivre. L'événement central, et autant dire le plus trépidant, était mon rendez-vous à Pôle emploi avec Jocelyne Boulot. Elle n'avait bien entendu rien à me proposer. C'était reparti pour un tour, on se reverrait le mois suivant. Le reste du temps, j'avais oscillé entre oisiveté, déprime et stratégies pour éviter de croiser Xavier. Je le sentais meurtri par la situation et nous avions fini par nous retrouver autour d'une bouteille.

— Je te préviens, samedi, Céline et Lucas reviennent. Ça ne s'est pas très bien passé la dernière fois, alors profite du canapé, parce que ce jour-là, c'est le tiroir.

Il avait soupiré.

— Mal passé comment ?

— Ce sont mes affaires, pas les tiennes.

— Elle a quelqu'un d'autre ?

— Lucas me parle d'un certain Bertrand chez qui ils sont, mais je n'en sais pas plus, je n'ai pas posé de questions. Je ne sais pas. Je ne crois pas, au fond.

Il semblait interloqué.

— Tu es naïf ou juste stupide ?

Je n'étais ni l'un ni l'autre, plutôt engoncé dans une forme de déni, comme si seul le fait d'y penser pouvait donner à cette relation une réalité objective. Je refusais d'y croire, donc ça n'existait pas.

— Qu'est-ce qu'elle te reproche ?

— Je ne sais pas, tout et rien, mes absences, mes insuffisances, la communication qui se délite, les problèmes que l'on partage mal, l'argent qui manque et le temps qui passe, tu sais, l'usure… L'usure, c'est terriblement difficile de lutter contre ça.

Je le sentais agacé.

— Tu as baissé les bras, il faut réagir, bon sang. Et ton fils ?

— Je ne sais pas, je n'ai aucune idée de ce que lui dit sa mère, l'autre jour, il a eu l'air content de me voir pendant quelques minutes avant de se montrer impatient de repartir.

Xavier semblait réfléchir, un silence s'était installé.

— Tu veux un bon conseil ?

Je l'avais arrêté de la main.

— Un conseil pour régler les problèmes de famille ? Tu imagines que c'est vers toi que je me tournerais pour ça ?

J'avais haussé le ton.

— Tu imagines que quiconque se tournerait vers toi pour ça ?

Il s'était levé et tournait en rond, les mains dans le dos.

— En fait, ils t'emmerdent. Je le vois bien, ça te mine, tu es moins tendu quand ils ne sont pas là et que tu n'y penses pas. Vivre en couple, c'est parvenir à faire abstraction du dégoût que l'autre te procure, je crois.

— Tu racontes n'importe quoi, Xavier.

— Je ne sais pas, ça vaut le coup d'y réfléchir. À ta place, je prendrais une maîtresse.

— Je ne rencontre personne.

— Sors.

— Non. Quand je ferme les yeux, je vois Céline, jamais de paysage, pas de décor, personne d'autre. Quand je pense à nous, je me demande où ça a merdé, qu'est-ce que j'aurais pu faire pour éviter ça, je cherche le bouton pour rembobiner la bande, revenir en arrière et réessayer autrement, parce que je ne vois pas d'issue maintenant, tout s'est désagrégé. La vie, c'est une question de moments à saisir, et là, malheureusement, la pente à gravir est abrupte et savonneuse, il n'y a plus rien à sauver.

— Débarrasse-toi d'eux.

— Ta gueule.

***

Le temps filait et le samedi avait succédé au vendredi quasiment par surprise, mais j'avais su rassembler mes forces pour surmonter mon inertie et prendre le temps d'acheter une formidable voiture télécommandée, robuste et puissante, munie de roues monstrueuses capables d'escalader des obstacles. Un tapis, un gros Lego, un petit sandwich, peut-être même un chaton.

J'avais également commandé un gâteau somptueux, dont la teneur en chocolat devait dépasser les 140 % selon une estimation personnelle. À midi, la lotte au lard palpitait dans la poêle, l'eau pour le riz frémissait doucement, le carpaccio de saint-jacques était au frais et le vin à température, j'étais prêt. Une demi-heure plus tard, ils étaient là, j'ouvrais la porte, satisfait, tout allait bien se passer, la reconquête était en marche. Céline, une bouteille au bout du bras, et Lucas, les mains sur les bretelles de son sac à dos, se tenaient là, près du portail. Juste à côté d'eux, un homme actionnait la descente du hayon de son camion avant d'en extraire un transpalette chargé.

— C'est la livraison Castorama, monsieur.

Je m'étais approché.

— Il doit y avoir une erreur, je n'ai rien commandé.

L'homme se grattait la tête, scrutant la feuille de papier qu'il tenait entre ses doigts.

— C'est bien votre adresse, pourtant, c'est votre nom là ?

— Oui mais…

— Bon ben voilà, je vous laisse la palette devant la porte, mon chariot grimpe pas les marches.

Il avait tiré un cutter de sa poche arrière et découpait consciencieusement le film d'emballage.

— On va vérifier si tout y est, et puis vous signerez le bon de commande.

— Mais enfin, puisque je vous dis que je n'ai rien...

— Alors, deux pelles, c'est bon, seize sacs de chaux vive, les bâches, OK, les sacs-poubelle renforcés et les quatre sacs de ciment à prise rapide, impeccable, tout est là.

J'avais instantanément blêmi.

— Vous faites une terrasse ? Oui, bon, c'est pas mes affaires, remarquez, vous construisez bien ce que vous voulez, signez là.

— Il n'en est pas question, je vous dis que je n'ai rien commandé, on a dû pirater ma carte de crédit.

Ma carte de crédit... Je venais de me souvenir que je l'avais utilisée en début de semaine et abandonnée sur le bureau.

— C'est pas mon problème, monsieur, je suis payé pour livrer, je livre. Si vous avez une réclamation, voyez avec le service clients, ils enverront quelqu'un récupérer la marchandise.

J'avais signé et j'étais resté planté là, une pelle à la main. Je commençais à entrevoir ce qui avait pu se passer et une sourde colère m'envahissait. Céline n'avait pas bougé, elle tenait Lucas serré contre elle et m'observait, bouche entrouverte, stupéfaite.

— Désolée, mais on ne va pas rester.

Je l'implorais, le regard embué.

— J'ai tout préparé, ça va être bien.

Elle avait déjà rattaché Lucas sur son siège à l'arrière, le claquement de la portière en guise de réponse, et avait démarré sans un regard en arrière.

J'étais rentré dans la maison en furie, la porte qui claque, j'avais déboulé dans le bureau, ouvert le troisième tiroir et Xavier en était sorti, tout sourire, il défroissait sa chemise – ma chemise en fait – du plat de la main.

— C'est toi la commande ?

— Euh… Je voulais aider… Allez ça va, dis-toi au pire que c'était une mauvaise blague.

Je pense qu'à ce moment-là, il venait de comprendre que je n'étais pas le moins du monde en état de goûter son humour minable.

— Ne bouge pas, je reviens.

— Où tu vas ?

— Ne bouge pas.

J'étais allé récupérer un rouleau de Scotch d'emballage dans le garage et le Derringer dans ma chambre. Il avait eu un mouvement de recul quand j'étais revenu, l'arme au poing, le bras tendu, le feu aux joues.

— Qu'est-ce que tu fais ?

— Rentre dans le tiroir.

— Je viens d'en…

— Dans le tiroir, bordel.

— Tu tirerais pas sur moi.

— Tu veux parier ?

— Après tout ce qu'on a vécu.

— Ta gueule. Le tiroir.

Xavier s'était replié et avait disparu à l'intérieur, je n'apercevais plus que ses petits yeux inquiets derrière ses lunettes, son sourire s'était changé en grimace et j'avais refermé le tiroir du pied. Un quart d'heure plus tard, le bureau disparaissait sous le Scotch, trente minutes après, il était en vente sur Le Bon Coin, à 30 euros, soit 70 de moins que ce qu'il m'avait coûté. À 15 h 30, un brocanteur m'avait appelé, intéressé. Il rentrait en province d'un vide-greniers parisien et se proposait de passer dans l'heure avec sa camionnette. À 16 h 45, le meuble était chargé entre un canapé dégueulasse et un bordel de lustres emmêlés.

***

Il m'est difficile de raconter la fin de journée parce que tout, soudain, était devenu flou. Il y avait la nuit qui m'enveloppait, une bouteille vide sur la table, un énorme gâteau que j'avais attaqué à la cuillère à soupe en le baignant de larmes et, au-dessus, cette ampoule qui grésillait, j'étais là, perdu dans un tourbillon de folie. Il y avait aussi d'autres bouteilles entamées, un verre renversé, un vieux flingue qui n'avait peut-être jamais servi, ce type paumé, moi, qui allait s'endormir sur la table, des miettes de nougatine sur la cuillère et des odeurs de poisson froid tout autour, il y avait du noir aux fenêtres et du vomi dans la baignoire, il y avait de la tristesse partout.

Seconde partie

Il me demande si j'ai l'impression de vivre cloîtré dans une sorte d'obsession et j'acquiesce, forcément. Non, mes préoccupations maniaques ne sont pas la cause de notre séparation, peut-être l'étincelle qui a tout déclenché, mais la situation était déjà explosive. Il se peut même, au contraire, que les tensions entre nous aient porté le germe de cette obsession, il est possible que des problèmes que je voulais éviter d'affronter m'aient conduit à m'emmurer dans ce projet. Le serpent qui se mord la queue, en somme, le délitement du couple nourrissant l'obsession et inversement. Tout a concouru à fabriquer un éloignement et à le faire croître. Oui, je bois régulièrement depuis quelque temps, je me suis remis à fumer également, ça n'aide pas. Pas de drogue, non. Je dors peu, et plutôt mal, dans une pagaille de cauchemars et de fuites sans queue ni tête, poursuivi par des ombres dans un enchevêtrement de passages biscornus où les murs suintent d'humidité, j'ai froid et je bous en même temps, quelque chose brûle à l'intérieur de moi, et puis, souvent, je tombe sans que rien ne me retienne, une chute sans fin jusqu'à ce que mes cris de terreur me réveillent.

Alors oui, sortir de ce cercle vicieux, je veux bien, mais j'ai besoin qu'on m'aide, « sinon je ne serais pas ici, monsieur », il faut que je me libère de ce guêpier, bien obligé, parce que je ne vois pas où ce projet me mène... Une journaliste, spécialiste des faits divers, a déjà sorti un article très complet sur le sujet et j'ai appris qu'elle songeait à en faire un livre. Je suis piégé, je ne sais pas quoi faire. Arrêter, tout balancer : la voilà, la solution. « Non. » C'est ce qu'il me répond. « Abandonner, en rester là, c'est le meilleur moyen de continuer à patauger. » Pour en sortir, je dois aller au bout, d'une manière ou d'une autre. Reprendre ce que j'ai commencé et trouver un autre chemin.

Gianluca Borgo Di Pioggio, c'était le nom, suivi d'une adresse et d'un numéro de téléphone, que Céline m'avait envoyé quelques jours après son départ. Sans commentaire. C'était sûrement une erreur de destinataire, et j'avais continué de compter les heures, partageant mes journées entre passivité dépressive et éthylisme solitaire, comme cette soirée où je m'étais retrouvé avec un verre dans la main gauche, le Derringer dans la droite, dans un pathétique simulacre de film noir de second ordre. Bien sûr, à ce moment-là, tout à mes fantasmes d'écrivain maudit, l'idée d'en finir m'avait traversé l'esprit. Main gauche ou main droite ? Mon penchant pour la lenteur et la lâcheté et ma compassion pour celui ou celle qui aurait à nettoyer la pièce après mon suicide par arme à feu avaient instinctivement fait pencher la balance pour le vin et j'avais rangé le flingue.

Je répondrais à Céline sur un coup de tête, deux soirs plus tard, au moment où l'intérieur de mon crâne ressemblait déjà à un pruneau à l'armagnac. « *Erreur de destinataire. C'était peut-être un message pour Bertrand ?* » Le genre de phrase venimeuse et misérable que l'on regrette immédiatement d'avoir envoyée, mais il était trop tard. Vingt ans plus tôt, s'il s'était agi d'une lettre postée, j'aurais fracassé la boîte à la masse pour la récupérer, mais allez rattraper un message numérique… Je n'étais ni assez vaillant ni assez organisé pour faire sauter à la dynamite toutes les antennes-relais de téléphonie mobile de la région parisienne.

À ma grande surprise, Céline ne s'était même pas offusquée, comme si la colère que je lui inspirais habituellement avait fait place à une sorte de navrante pitié. « *Non, c'est pour toi, un psychothérapeute, il est très bien, apparemment. Tu as besoin de te faire aider. Va le voir. Pour nous, au moins.* »

Gianluca Borgo Di Pioggio se tient devant moi, derrière son bureau, décontracté et jambes croisées, tripotant un stylo. L'homme m'a mis à l'aise immédiatement – son allure bonhomme, son détachement affable, son léger accent, son bureau clinique et impersonnel, il porte une blouse blanche et un nom à figurer sur une carte de pizzeria de quartier.

J'ai plus parlé que je ne l'imaginais, alors je me tais. Il a l'impression que je n'ai pas tout dit. « J'ai besoin de temps. » Il me propose un autre rendez-vous, « nous pouvons creuser ensemble, il y a sûrement des choses à déterrer », à moi de voir. J'accepte, semaine prochaine, même jour, même heure. En attendant, il me prescrit un anxiolytique, un comprimé le soir, ça m'aidera à dormir.

Fin de séance. Quand il se lève – main tendue et sourire lisse sur visage débonnaire –, je m'aperçois que son pantalon trop court dégringole sur des chaussettes rouges apparentes, comme si ses tibias avaient poussé pendant la conversation, et je suis soulagé de ne pas avoir noté ce détail plus tôt parce que je ne vois plus rien d'autre, Gianluca Borgo Di Pioggio est devenu un pantalon trop court sur des chaussettes rouges, je dois évacuer cette vision persistante et mon regard remonte, je l'envisage soudain sans sa blouse rigide, enveloppé successivement dans une marinière, un pull de Noël bariolé et un petit débardeur parme modelé sur sa poitrine molle et les plis en cascade de son ventre gras.

Je sors de son cabinet moins méfiant qu'en y entrant, avec le sentiment d'avoir été entendu et même considéré, mais avec cette absurde image qui me hante, *pantalon trop court, chaussettes rouges.* Je n'ai certes pas tout dit, *Xavier*, parce que ça me semble au mieux prématuré, au pire inenvisageable, mais pour la première fois depuis quelques semaines, sans être rasséréné, je n'ai pas l'impression d'être emporté dans un maelström de démence peuplé de corps abandonnés, de rivières de sang, d'assassins fantômes. *Pantalon trop court, chaussettes rouges.* Et maintenant, que faire ? Je ferme les yeux, Gianluca Borgo Di Pioggio a raison, il faut avancer, avancer plutôt que se laisser aller à un abandon médiocre et désespéré. *Pantalon trop court, chaussettes rouges.* Continuer, mais dans quel sens ? Le Grêlé m'échappe, comme à tout le monde. *On connaît tout de lui, son portrait, son comportement, son groupe sanguin, ses empreintes, son ADN, tout sauf son identité*, mon cul, non, on ne sait rien. D'ailleurs, on cherche de manière un peu sotte et impérieuse qui est le

Grêlé, mais la première question à se poser devrait sans doute être la suivante : qu'est-ce que le Grêlé ?

Sans doute pas un tueur en série, d'après la classification américaine selon laquelle il aurait dû commettre au moins trois meurtres séparés par un laps de temps conséquent. Meurtrier certes – un homme, une femme, une enfant –, violeur de petites filles, peut-être d'adultes également, mais aussi tortionnaire, cambrioleur, voleur, faussaire, baratineur… Il est impossible à définir. Je me le figure bestial, hideux et changeant, immense ou minuscule et tapi dans l'ombre, tantôt charmeur tantôt immonde, muni de bras ou, mieux, de tentacules, la face lisse ou dévastée de cicatrices… Je fais face au croquemitaine et à toutes ses émanations régionales, une créature imaginaire assemblage de tous nos fantasmes de criminels – « si tu n'es pas sage, le Grêlé viendra te rendre visite ». J'ai l'impression que ce type, s'il existe, n'est pas un criminel. C'est une compilation. *Pantalon trop court, chaussettes rouges.*

***

J'envoie plus tard un message à Céline pour la remercier. Ce psychiatre va sans doute m'aider. « *Il a un pantalon trop court et des chaussettes rouges.* » Je prends soin de le préciser, pour qu'elle comprenne à quel point je m'investis. « *C'est un détail, ne commence pas à chercher de nouvelles raisons de fuir* », voilà ce qu'elle répond. *Un détail.* Je suis abasourdi. Comment peut-elle parler de détail alors que je me prépare à dévoiler mon âme à un type qui a un pantalon trop court et des chaussettes rouges ?

Les heures qui suivent ressemblent à une sorte d'hymne grandiose à l'indécision, à l'évitement, à l'oisiveté et à l'ennui. La fissure du plafond ne paraît pas s'être allongée, je ne monte même pas sur la chaise pour la mesurer, signe tangible d'amélioration de mon état de santé. Je pense à la disparition d'Albator, à celle de mes parents, j'essaie de me concentrer sur mon projet, d'envisager un cap à tenir, mais immédiatement l'horizon se trouble de gris et je monte sur la chaise mesurer la fissure. Rassuré, je me rassois. À défaut de direction, je décide dans un premier temps de compléter le panorama. Je me suis contenté, pour l'instant, de relater les affaires reliées au Grêlé par l'ADN, celles auxquelles il est mêlé sans discussion possible. Mais d'autres, nombreuses, lui sont également attribuées avec plus ou moins d'incertitude et je dois me remettre au travail, faire le tour entier de notre homme, partir de son ombre projetée pour en dessiner la silhouette.

***

10 avril 1986 – Nathalie M.

Près de la place de la Vénétie, XIIIe arrondissement, trois jours après le miracle Sarah A., Nathalie M., sept ans, rentre du centre commercial Masséna avec sa mère. Il est 17 heures et la petite fille se rend compte qu'elle a oublié d'acheter la calculatrice obligatoire pour l'école. Elle va y retourner seule, elle est jeune mais sa mère, qui doit aller promener le chien de la famille, évalue les risques : le magasin est tout proche, aucune rue à traverser, quelques minutes tout au plus, il ne peut rien arriver. « Dépêche-toi et ne traîne pas en chemin, pense à bien recompter la monnaie. »

Mission accomplie sans problème mais, de retour dans l'immeuble, Nathalie sent une présence dans son dos et reconnaît l'homme qu'elle a surpris, quelques minutes plus tôt, en train de l'observer au rayon photo du magasin. L'a-t-il suivie ? Ils entrent dans l'ascenseur, il lui demande sa destination, sixième étage, il pousse le bouton du troisième. Pendant la montée, il lui propose de l'argent, il l'a vue hésiter devant les jouets, elle pourra se les offrir. De l'argent ? En échange de quoi ? Elle s'inquiète. Et puis, alors que l'ascenseur atteint le troisième, la porte glisse et il l'extirpe de force de la cabine, l'entraîne à l'écart, la plaque au mur, ses mains se font pressantes, il tente de la violer quand des bruits de pas le retiennent, quelqu'un vient. Il se rhabille, sèche les larmes de Nathalie avec un gant de toilette qu'il tire de sa poche et se sauve en dévalant les marches. Le fait de s'attaquer à une petite fille, la description de son agresseur par cette dernière, le piège tendu dans un ascenseur, la place de la Vénétie… Tout renvoie à l'agresseur de Sarah A., même si aucune trace ADN ou papillaire ne vient confirmer de manière certaine que le Grêlé a encore frappé.

Quelques jours seulement après la tentative d'assassinat sur Sarah, quasiment au même endroit, dans un ascenseur encore, tu as vu ça, Xavier ? C'est lui, je le sens. D'accord, d'accord, il n'y a pas de preuves, mais avoue que tout converge vers le Grêlé.

Xavier ne répond pas, il n'est plus là.

***

1er avril 1987 – Cyril D.

Un mercredi, Cyril, quatorze ans, profite de l'absence de ses parents pour inviter sa petite amie, Jennifer, et une dizaine d'autres copains de son âge. Dans les rues adjacentes et jusqu'au hall d'entrée de l'immeuble, au 2 *bis*, impasse Morlet, dans le XIe arrondissement, il a installé des panneaux fléchant, pour ses hôtes, le chemin jusqu'à son domicile.

Alors que la fête bat son plein depuis deux heures, on sonne à l'Interphone. Il ouvre la porte du hall à un inconnu qui se dit gendarme. L'homme présente furtivement sa carte de militaire et entre dans l'appartement du premier étage sans y être invité. Il demande à voir les parents de Cyril – ils sont absents –, ajoute intervenir à cause d'une plainte des voisins. Les enfants, menacés d'être conduits à la gendarmerie, s'éclipsent un à un et ne restent que Cyril, Jennifer et celui qui semble appartenir aux forces de l'ordre. L'homme exagère comme un mauvais acteur de série B, roule des mécaniques, exhibe ostensiblement son arme, surjoue l'autorité. Voix forte, impérieuse, il terrorise Cyril et Jennifer. Brusquement, il change de discours : il n'est plus le gendarme annoncé, il est venu pour les cambrioler. Qu'ils restent tranquilles et il ne leur arrivera rien. Les deux adolescents sont séparés, Cyril est ligoté à plat ventre sur le lit de ses parents avec le fil électrique arraché à un radio-réveil.

Jennifer est ensuite amenée à l'autre bout de l'appartement, dans la chambre de son petit ami qui l'entend crier. Il apprendra plus tard que l'agresseur a essayé de la violer mais qu'elle n'a pas cédé, courageuse, se défendant de toutes ses forces. L'homme, furieux, retourne alors dans le salon, hurlant, renversant tout, il vide les meubles et s'approprie ce qui l'intéresse. Enfin calmé, il revient dans la chambre parentale, sans se douter un instant que Cyril a réussi à se défaire de ses liens. Quand l'homme se penche vers lui, le jeune garçon lui assène un violent coup de radio-réveil sur le crâne et se précipite dans sa chambre, ouvre la fenêtre et entraîne Jennifer dans un saut sur la terrasse du rez-de-chaussée. Les voisins du dessous, sidérés, les récupèrent et appellent le commissariat. Les policiers arrivent, l'homme a déjà disparu, avec la voiture du beau-père de Cyril dont il a volé les clés. La Renault 5 sera retrouvée plus tard en grande banlieue. L'agresseur, lui, court toujours.

Cyril et Jennifer essaieront d'aider les enquêteurs : le suspect, de type européen, a entre vingt-cinq et trente ans. Mince et athlétique, les cheveux châtains, il a de grandes mains, parle français sans accent et ne semble pas avoir de problèmes de peau. Aucune trace d'ADN n'a pu être prélevée, mais on sait que le Grêlé, par la suite, se fera passer pour un membre des forces de l'ordre, portera une arme, trempera dans divers viols et cambriolages et attachera également ses victimes avec des liens trouvés sur place. Cyril ne reconnaît pas formellement leur agresseur sur le portrait-robot réalisé après le viol de Marianne N., mais le croisement de celui-ci et du dessin réalisé après le meurtre de la petite Cécile lui évoque sensiblement le faux gendarme. Enfin, l'homme – je l'apprendrai plus tard – a passé un bon moment avec les enfants avant de les chasser, a tranquillement fait office de DJ pendant de longues minutes, et leur a même avoué se prénommer François…

***

Tu crois que c'était notre homme ce coup-ci ? Ça y ressemble. Moins d'un mois avant le double meurtre. Donc il était armé. Quoi de mieux qu'un flingue pour neutraliser deux adultes ? À moins qu'il ait eu un complice. Après tout, il était peut-être accompagné, rue Sainte-Croix-de-la-Bretonnerie. Il y a juste une chose qui me chiffonne. Chez Cyril D., le gars se fait doubler par une paire de mômes. Il a l'air d'improviser, avec une certaine assurance, je te l'accorde, mais rien ne fonctionne comme il a pu l'imaginer. Comment peut-il être aussi médiocre début avril et aussi organisé vingt-huit jours plus tard, dans un carnage où il ne laisse rien au hasard, effaçant même ses empreintes sur les objets qu'il a touchés ?

Je me surprends à parler à Xavier à haute voix, heureusement sans témoin. J'ai peur, peur de me réveiller demain, peur qu'au matin, les murs de ce bureau de fortune soient soudain recouverts de capitons, peur de n'avoir plus de contact humain qu'avec des infirmiers silencieux m'apportant un plateau de pilules multicolores. Cette solitude que j'ai largement contribué à façonner me pèse et ne m'apporte rien de sain ou de confortable. Je ne peux pas dire que Xavier me manque, mais une présence à mes côtés me ferait du bien, même futile, même pénible. Je me demande parfois ce qu'il devient. Est-il toujours enfermé dans ce tiroir ? Dans un sordide entrepôt abritant des piles de meubles antédiluviens et d'objets inutiles et désuets ? Peut-être le bureau a-t-il été revendu avec son occupant ? Ce dernier hante-t-il maintenant une nouvelle famille ?

Seul et dépité, j'envisage de téléphoner à Jean-François, que je n'appelle plus ni Jérémie ni Philippe, ce que j'entrevois en revanche comme l'indice authentique d'un début de reconnexion avec la réalité. Et puis, quasi simultanément, mon téléphone sonne, c'est lui qui m'appelle et je mets un temps infini à décrocher, sidéré par l'apparition de son nom sur l'écran. Ce qui n'est probablement qu'une coïncidence m'apparaît à cet instant comme un prodige télépathique.

***

Je trouve Jean-François moins imposant qu'avant, comme s'il s'était légèrement ratatiné… Et puis il n'est finalement pas si moche, comparativement à son fils qui est affreux. Il me parle de Céline. Il me parle de Céline et je tripote l'anse de ma tasse en regardant mes chaussures, sans l'écouter, constatant que j'ai enfilé une bottine à élastique sur le côté et une à fermeture Éclair, très semblable mais objectivement différente si on y prête un peu d'attention. Je crois que je me fous de tout. Quand il me demande si je l'écoute, je préfère mentir. Céline fait quelques kilomètres en voiture pour amener Lucas à l'école, alors que notre domicile est à côté. Oui, j'ai gardé la maison pour moi seul. Mais c'est elle qui est partie. Je me mords les lèvres, l'excuse est grotesque.

Il a raison, ce n'est pas juste, je devrais leur laisser la maison mais je n'ai nulle part où aller. Jean-François possède une chambre de bonne au dernier étage de son immeuble, si ça peut me dépanner. C'est minuscule et spartiate, un canapé défoncé, un petit frigo, deux plaques pour faire chauffer la bouffe et un lavabo. Les chiottes sont sur le palier. Il ne peut pas la louer tant qu'il n'a pas fait les travaux de mise aux normes, et ce n'est pas pour demain. Je n'ai pas de quoi payer mais il ne me demande pas d'argent, une main tendue sans rien attendre en retour. « Et puis le pognon, tu sais, ça va, ça vient et en ce moment, ça va. » Je le laisse régler les cafés, je le remercie, je vais réfléchir à sa proposition. Il est 17 h 30 et je rentre à la maison, bien décidé à me remettre au travail.

Sur le perron trône Albator, posé sur les pattes arrière comme un chat momifié égyptien, Albator que je pensais disparu à jamais. Alors que je m'approche avec lenteur et circonspection en chuchotant son nom pour ne pas l'effrayer, cet imbécile se redresse mollement, s'étire et fait quelques pas avant de détaler sous une haie. *Quel idiot, c'est à peine croyable.* Écriture remise au lendemain, je passe le reste de la soirée dans le jardinet à l'appeler en secouant un paquet de croquettes. Albator est vivant mais il a à nouveau disparu.

Le lendemain, nous tombons d'accord avec Jean-François : je commencerai le soir même à déménager le minimum nécessaire à ma survie dans la petite pièce dont il m'accorde la jouissance. Il a l'air ravi que, désormais, seules quelques volées de marches séparent nos existences.

***

11 mai 1987 – Andrea S.

À peine treize jours après le double meurtre du Marais, une étudiante de vingt-six ans, allemande comme Irmgard M., dépose une plainte dans un commissariat du XIVe arrondissement. Elle habite seule au 5, villa

Cœur-de-Vey et, ce lundi matin, quelqu'un frappe à sa porte. Elle ouvre et un homme se présentant comme policier – carte tricolore, arme dans son holster planqué sous le blouson, talkie-walkie – lui explique vouloir recueillir son témoignage sur une affaire de tapage nocturne dans l'immeuble. La jeune fille n'est pas au courant et s'apprête à fermer sa porte, mais l'intrus se glisse de force dans l'appartement. Andrea commence à s'inquiéter tandis que l'homme ne se démonte pas et continue de lui poser des questions. Soudain, il change d'humeur, sort son arme et la menace. Il n'est plus policier, il est cambrioleur. Il emmène Andrea dans la chambre, lui attache les poignets avec une ceinture trouvée sur place, la jette sur le lit. Elle révèle où sont ses bijoux, il fouille l'appartement, récupère la carte bleue de la jeune fille. Ensuite, il la déshabille et la viole, avant de lui extorquer son code, sous la menace de son arme.

Elle réussit à se libérer peu après son départ et appelle la police. Andrea S. décrit un homme de vingt-cinq à trente ans, cheveux bruns et courts, vêtu d'un blouson gris, de baskets, d'un jean et d'une chemise blanche rayée de rouge. Il porte également une large ceinture à poches autour de la taille.

Le jour même, la carte bleue est utilisée une première fois – un retrait de 1 800 francs, le maximum autorisé – puis une deuxième fois, forcément infructueuse, du côté de Montparnasse.

Quelques mois plus tard, en octobre, la brigade des mineurs, qui enquête sur le viol de Marianne N., convoque à nouveau Andrea S. La proximité géographique des deux agressions, la similarité du mode opératoire et les troublantes ressemblances dans le portrait que font les deux jeunes filles de leur assaillant laissent penser aux enquêteurs qu'il pourrait s'agir du même homme. Andrea est confrontée au portrait-robot réalisé pour l'autre affaire et reconnaît son agresseur, à quelques détails près. Ces soupçons auraient pu être corroborés par l'ADN si seulement les traces biologiques prélevées chez Andrea avaient été correctement conservées, mais à la suite d'une mauvaise manipulation, la conviction des enquêteurs ne sera jamais confirmée.

***

Première journée dans ma cellule monastique. Alors que je termine ce chapitre et que je pense à Céline et Lucas reprenant leurs marques dans le pavillon familial, des coups sourds retentissent à la porte. C'était irrémédiable : Jean-François. Il a apporté une bouteille de whisky. J'imagine que sa femme regarde un film, que son fils est couché, qu'il s'ennuyait tellement qu'il a décidé de monter. Je le rassure, je suis parfaitement installé, je me suis déjà remis au boulot. Sans être tout à fait mécontent d'avoir de la compagnie, je m'inquiète un peu, cette chambre lui appartient et je ne suis pas tout à fait en position de m'opposer à ses visites impromptues.

Il s'assoit sur le bord du lit, jette un œil à la feuille que vient de cracher mon imprimante et se met à ricaner. « L'ADN, la reine des preuves… » Il jubile, parce que justement, c'est un sujet qui lui tient à cœur. Une gorgée et il démarre, comme une fontaine, intarissable mais confus, l'alcool aidant. D'abord l'ADN de contact : les traces d'une main sur un jean peuvent se transférer sur un fauteuil et être découvertes sur une scène de crime que le supposé coupable n'aura jamais fréquentée. Je peine à comprendre où il veut en venir quand il embraye sur le mystère du fantôme d'Heilbronn : une même trace ADN, féminine, est découverte sur des dizaines de scènes de crimes apparemment sans lien entre eux, dans toute l'Europe. Longtemps, l'affaire rendra fous les policiers allemands avant que l'on ne s'aperçoive, seize ans plus tard, qu'il s'agissait de l'ADN d'une laborantine de l'usine de fabrication des tests, qui travaillait sans gants. Un simple problème de manipulation, pas de tueuse fantôme…

Vilain silence, mauvais whisky. Jean-François vient de faire chanceler tout ce que, dans l'enquête du Grêlé, je considérais comme fiable, acquis et démontré. J'ai l'impression de contempler le sol depuis le sommet de la tour Montparnasse, en équilibre sur le parapet. Je me lève et me mets en mouvement, en admettant que ce soit possible dans un espace aussi réduit, essayant d'organiser mes pensées. Parmi les affaires attribuées, grâce à l'ADN, au Grêlé, toutes auraient pu être rapprochées par un autre biais – mode opératoire, portrait-robot de l'agresseur ou autre. Toutes sauf une : le double meurtre du Marais. Cette dernière était si dissemblable des autres auxquelles on le raccroche qu'il n'y avait aucune chance qu'on la lui attribue instinctivement. Se peut-il qu'il y ait eu une erreur ? Mauvaise manipulation des échantillons, erreur de procédure, que sais-je ? Alors tout s'effondrerait, d'autant que les meurtres d'Irmgard M. et de Gilles P. sont ceux qui conduisent le plus naturellement à la solution : il s'agit du seul crime dont l'auteur, on le sait, connaissait une des victimes, la jeune fille au pair avec qui il avait couché la veille. Si l'on élimine cette affaire du dossier général, le flou s'épaissit encore, et inutile alors de chercher cet Élie Lauringe que tout le monde imagine coupable. Je préfère chasser cette idée de mon esprit. Je décide qu'il n'y a pas eu d'erreur, je dois avancer et je n'ai pas besoin d'une nouvelle entrave.

Jean-François se lève en titubant, se rattrape à la table, jure et prend congé.

***

Le lendemain, 8 h 50, j'allume une première cigarette à la fenêtre. En contrebas, Jean-François sort de l'immeuble en tenant son vilain fils par la main, c'est l'heure de l'école et, plus loin, à quelques centaines de mètres, j'imagine avec un pincement au cœur Céline accompagnant Lucas.

À 9 heures, je me mets au travail, concentré, déterminé. Vous saviez que Google offre 1 450 000 occurrences en réponse à la question : « Que faire en cas d'attaque de crocodile ? » À midi, je n'ai pas écrit une ligne mais je peux garantir que je sais faire la différence entre un caïman, un alligator et un gavial. Midi, riz cantonais et Coca light. Si c'est efficace contre la gastro, ça doit également fonctionner contre la gueule de bois. Dans le doute, j'ajoute deux comprimés de Doliprane 1 000. Je m'installe à nouveau à ma table en me rappelant soudain l'existence du forum consacré au Grêlé que j'ai oublié de consulter depuis des semaines. Las, je me rends compte qu'il a enflé d'au moins soixante pages et je n'ai pas le courage de m'y atteler maintenant. Du moins, pas avant d'avoir mis en pratique l'idée formidable qui vient de m'apparaître : faire une sieste. Une heure plus tard, je me félicite de cette inspiration, j'ai l'impression d'avoir effectué une mise à jour miraculeuse de mon système, sans bug apparent, et je m'attelle à ma tâche.

***

2 septembre 1987 – Sylvia P.

Quelques jours avant cette date, Sylvia P., trente-quatre ans, a affiché un petit placard au panneau de la supérette à quelques dizaines de mètres de son domicile, rue Plichon, dans le XIe arrondissement. Elle vend un meuble et, ce mercredi matin, elle est seule quand quelqu'un frappe à sa porte. Elle fait entrer un homme intéressé par l'annonce. Il n'est pas très amène, et même légèrement discourtois, mais rien ne permet à Sylvia d'envisager ce qui va suivre. Il inspecte le meuble puis la fixe du regard, tire un pistolet de son blouson et, sans un mot, visse un silencieux sur le canon. Il pointe l'arme dans la direction de sa victime, il a besoin d'argent et il l'entraîne dans sa chambre. Là, il l'attache sur le lit avec tout ce qui lui tombe sous les mains, fils du téléphone, lanières de sacs, foulards, écharpes. Taiseux jusque-là, il devient nettement plus loquace, parle de la prison dans laquelle il vient de séjourner, de tout ce qu'il a subi là-bas, Sylvia va payer pour ça. Son discours est confus, il s'agite, tremble, exalté. Brutalisée, Sylvia a peur et essaie de l'amadouer. Il consent à lui ôter son bâillon et elle lui indique où elle range son argent liquide et sa carte bleue. Il fouille l'appartement et, sous la menace de son arme, lui extorque son code.

Il l'abandonne enfin, emporte un manteau de fourrure, 400 francs et la carte de crédit avec laquelle il retirera, à un guichet du quartier, 1 400 francs, la somme maximale autorisée.

Sylvia réussit à se libérer et se réfugie chez un voisin d'où elle appelle la police.

Elle leur décrit son agresseur : type européen, environ 1,80 mètre, athlétique, une trentaine d'années, peut-être moins tant il est marqué, « on sent qu'il a traversé des épreuves… ». Cheveux bruns, courts, la raie sur le côté, il parle un français correct et sans accent, porte un blouson de cuir gris, une chemise, un jean bleu et une ceinture à poches. Sylvia sait qu'elle l'a échappé belle. Elle est sidérée par l'assurance de son assaillant : à aucun moment il n'a semblé inquiet à l'idée d'être surpris pendant son forfait.

Les enquêteurs ne trouvent pas d'ADN sur la scène de crime, mais un mois plus tard a lieu l'agression de Marianne N. Les policiers retournent voir Sylvia avec le portrait-robot réalisé à cette occasion. Elle a déménagé, mais la concierge de l'immeuble, qui a croisé l'homme dans l'escalier, est formelle : l'individu qui a violé Marianne est le même qui a agressé Sylvia. Cette dernière sera d'ailleurs retrouvée et confirmera la ressemblance, avec quelques bémols : le haut du portrait est fidèle, le bas moins, notamment au niveau des lèvres. Pour les enquêteurs, il y a une bonne chance que le Grêlé ait encore sévi. Un nouvel élément les trouble toutefois : selon la victime, ce qu'a raconté son bourreau sur sa détention ne peut être feint, elle en est sûre, il a été emprisonné. Entre mai et septembre 1987, dates des deux dernières forfaitures supposées du Grêlé, une période de plus de cent jours, il a pu passer quelques mois en cellule…

Il a fait de la taule. La fille, Sylvia, a l'air certaine de son fait, elle l'a senti, il disait la vérité. Je suis prêt à parier qu'il a passé du temps en prison. Xavier ? Dis quelque chose.

***

20 octobre 1987 – Laurie C.

Ce 20 octobre, dans le IVe arrondissement de Paris, à 9 heures, on sonne à la porte de Laurie, rédactrice de mode. Elle est à la maison avec une amie et son bébé de dix-huit mois. Un homme qui se prétend policier exhibe furtivement sa carte et entre chez elle, il a des questions à poser. Mais dès que la porte se referme, il change d'attitude, le flic est maintenant cambrioleur. Avec les fils du téléphone, il attache Laurie et son amie, avant de les bâillonner avec des serviettes découpées en lanières, un mode opératoire déjà à l'œuvre dans plusieurs autres agressions. L'amie de Laurie essaie de rassurer son bébé, tout ça n'est qu'un jeu. L'homme vole une caméra vidéo et la carte bancaire de Laurie, puis la menace de son arme pour obtenir son code.

Là encore, alors qu'il est en train d'immobiliser ses victimes, il se montre disert. Il est père de famille et a fait de la prison, Laurie note d'ailleurs que l'agresseur, qui opère mains nues, porte une alliance à l'annulaire de la main gauche. Il finit par abandonner les deux jeunes femmes et le bébé à leur sort, sans ajouter de violence à la brutalité de l'agression. Elles se libèrent assez facilement et appellent la police. Elles décriront un homme de type européen, âgé de vingt-cinq à trente ans, de 1,85 mètre environ, aux cheveux châtains et raides, une mèche sur le côté. Aucune des deux n'a noté de problème de peau.

La prison, encore. Et, nouveauté, l'homme marié et père de famille. Il le répétera en 1994, quand la petite Ingrid lui demande s'il n'a pas de « femme pour faire ça ». Pour moi, il est marié et père, sans doute de plus d'un môme. Sinon il parlerait de son fils ou de sa fille, non ? Tu ne sais pas. Je me trompe peut-être, mais pour l'alliance je n'ai aucun doute. Le type ne prend aucune précaution, il agit toujours à visage découvert, il conserve la même apparence tout en sachant que ses portraits-robots tapissent les murs de tous les commissariats de Paris, il se fiche de laisser ses empreintes sur toutes les scènes de crime. Qui pourrait imaginer qu'il porte une fausse alliance pour tromper les enquêteurs ? C'est impossible. Il a une alliance parce qu'il est marié. Tu ne dis rien ? Xavier ? On est d'accord, c'est ça ?

***

Sur le forum, je n'apprends rien de nouveau, mais cela me permet de pratiquer un petit tri entre les participants : je mets de côté les obsessionnels (qui sont persuadés de connaître l'identité du Grêlé, qui n'en démordent pas bien que les autres aient maintes fois objectivement démonté leur analyse, et qui reviennent continuellement à la charge en ressassant les mêmes arguments), ceux qui débarquent (qui ne connaissent pas le dossier et qui se le font patiemment réexpliquer par les plus assidus), ceux qui racontent n'importe quoi, ceux qui parlent d'autre chose, ceux qui font quatre fautes par mot et que l'on ne comprend pas, les vengeurs qui ne doutent de rien et qui interviennent à tout bout de champ pour dire « on va l'avoir, cet enfoiré ».

Je retiens quelques pseudonymes qui m'intéressent un peu plus : Kassandra88, qui gère le forum depuis le décès de Didier, l'ancien modérateur, et qui non seulement connaît bien le dossier mais paraît posséder une documentation encore plus fournie que la mienne, Weltgeist, qui l'assiste, Mimi, qui a manifestement accès aux articles de presse de l'époque, possède un scanner pour les numériser et suffisamment d'altruisme pour faire profiter les autres de ses découvertes, Clemal2011, une sorte de machine à synthétiser, capable de remettre la discussion sur les rails avec des notes régulières, factuelles et élaborées, et enfin Mesrine, dont les analyses sont parfois d'une fulgurante pertinence mais qui ne supporte pas les avis opposés, pratique volontiers l'insulte, éparpille ses contradicteurs avec autant de manières qu'une tractopelle et, bien entendu, se fait régulièrement bannir avant de réapparaître sporadiquement sous d'autres noms d'emprunt. Inutile de préciser qu'on le reconnaît assez vite jusqu'à sa prochaine exclusion pour non-respect du règlement.

La dernière discussion tourne en rond autour de la disparition des appareils photo dans l'affaire de la rue Sainte-Croix-de-la-Bretonnerie, et de la découverte du papier à Polaroid près de la scène de crime. Ça creuse, ça piaille et ça s'enlise. Je décide alors de participer – pourquoi pas ? d'autant que le sujet ne m'est pas tout à fait étranger. Je remplis le formulaire d'inscription en ligne, je serai donc Volk.

Il se trouve que, dans une autre vie, je m'étais occupé de la page des nouveautés d'un mensuel, qui présentait quelques gadgets plus ou moins étonnants, parfois grotesques et finalement très souvent dispensables. Je travaillais alors avec des photographes qui utilisaient le genre d'appareil volé chez Gilles P. : un Hasselblad moyen format, avec un dos Polaroid. Quelques coups de fil plus tard, j'ai récolté les informations suivantes : d'abord aucun photographe ne rangerait son matériel avec le dos Polaroid monté sur l'appareil. Le Grêlé, s'il a utilisé l'appareil, a donc dû l'installer sur l'Hasselblad, une opération fort peu intuitive, qui, si elle ne nécessite pas l'intervention d'un professionnel, est forcément l'œuvre d'un excellent connaisseur, qui a déjà procédé à cette intervention plusieurs fois.

Si, comme l'enquête semble le suggérer, le Grêlé a pris un Polaroid de la scène de crime, gardé la photo et abandonné sa partie jetable, il savait manier les appareils moyen format et connaissait très bien la photographie. Par ailleurs, pour quelle raison aurait-il pris une photo ? Garder un souvenir du meurtre ? Apporter la preuve d'un boulot parfaitement exécuté, au cas où il s'agirait d'une commande ? Xavier ?

J'essaie d'expliquer le processus d'autodéveloppement de ce genre de Polaroid sur le forum – *Volk, première intervention* – avant de recevoir, peu après, un message privé du fameux Mesrine. Intéressé, il demande des précisions que je lui offre tant bien que mal et les questions fusent. Je retranscris mes informations dans les pages générales et en privé pour Mesrine et Kassandra88 qui est également demandeuse, avec la sotte impression d'avoir fait avancer l'enquête et l'impatience idiote de celui qui attend une gratification. Je me mets alors à rafraîchir la page toutes les minutes en me demandant pourquoi personne ne me répond.

Et puis je me surprends, ayant cliqué sur une succession de liens ici et là, à écouter les neuf minutes quarante-six secondes d'un podcast intitulé « Kévin, quarante ans : je suis le plus vieux Kévin de France ». Oui, un jour, un type a eu l'idée de vérifier qu'il était bien le plus vieux Kévin de France, il n'en était pas peu fier et a décidé qu'il était absolument nécessaire que tout le monde soit au courant. Nous vivons dans un monde malade dans lequel un tueur famillicide se cache dans le tiroir d'un bureau, dans lequel un psychiatre porte des chaussettes rouges sous un pantalon trop court, dans lequel un journaliste interroge pendant dix minutes un type de quarante ans parce qu'il est le plus vieux Kévin de France, et dans lequel, enfin, une conseillère Pôle emploi s'invite en plein après-midi, en composant votre numéro de téléphone pour vous annoncer qu'elle vous est parfaitement inutile.

Je note, dépité, de rappeler Jocelyne Boulot. Aucun message sur le forum.

Comme si ça ne suffisait pas, ce SMS de Céline : *« Peux-tu récupérer Lucas à la sortie de l'école et le ramener à la maison ? J'ai un empêchement et vraiment personne d'autre vers qui me tourner. »*

Personne d'autre vers qui me tourner… Nous sommes 67 millions de Français et j'ai l'impression pénible qu'elle a posé la question aux 66 999 999 autres, avant, en désespoir de cause, de s'adresser à moi, le père de son enfant. OK, je réponds OK, un OK lapidaire contenant plusieurs kilos d'agacement et une demi-tonne d'amertume. Elle me remercie et je lui demande si elle sait que le plus vieux Kévin de France a quarante ans et vit en Normandie. Là, elle ne répond pas.

***

Posté devant l'école avec un quart d'heure d'avance, je finis par tomber sur Jean-François qui y va de ses petits commentaires.

— Le partage des tâches c'est le fondement d'un couple, tout ça va s'arranger, vous êtes sur le bon chemin.

Je pense au flingue de mon père que j'ai bien fait de laisser à la maison.

— Et ce bouquin, ça avance ?

Ça y est, j'ai envie de le buter. Lucas a un moment de surprise, puis il prend ma main et nous rentrons. Il a les clés de la maison et, une fois à l'intérieur, se débarrasse de son cartable pour se précipiter dans la cuisine se préparer un deuxième goûter. Je reste debout, planté comme un chêne, cherchant du regard les signes de présence de mon éventuel remplaçant, *une pipe dans un cendrier, une paire de lunettes abandonnée, un peignoir en satin roulé en boule*, mais rien… Je demande à Lucas si ça se passe bien tous les deux, lui, sa mère, Lucas et Céline, tous les deux, j'insiste sur le chiffre, oui, on dirait que ça va.

— Tout roule, papa.

Elle rentre une heure après, alors que nous sommes en train de calculer des temps de remplissage de baignoires à cause de putains de robinets qui fuient.

— C'est fascinant, cette obsession des instits pour la plomberie, tu ne trouves pas ?

Céline, ça a l'air de lui passer seize kilomètres au-dessus du crâne, ces histoires de tuyauterie. Préoccupée, elle l'est, par je ne sais quoi, mais elle me propose tout de même un verre avant mon départ. Je refuse poliment, je ne veux plus être dans cet endroit dont chaque meuble, chaque bibelot, chaque grain de poussière me renvoie à notre débâcle, et je regagne mon antre sous le ciel lourd d'un orage à venir, qui craque au moment où je ferme la fenêtre. Je calcule, sans poser d'opération et au jugé que, cette nuit-là, c'est la contenance de 164 baignoires qui se déverse sur mon toit.

***

Je lui dis pour Xavier. Enfin pas exactement. Sans le nommer, disons. Je lui dis qu'il m'arrive de parler à quelqu'un qui n'est pas vraiment là. Même si je pense qu'à un moment il était là. Gianluca Borgo Di Pioggio prend des notes sans lever la tête, ses petites lunettes en équilibre au bord du nez. Quelques instants plus tôt, j'avais laissé échapper le stylo que je malmenais entre mes doigts pour vérifier sa tenue sous le bureau, *pantalon trop court, chaussettes rouges*, j'en étais sûr.

— Oui voilà, une sorte d'ami imaginaire, ça doit avoir un rapport avec ma solitude.

Je dis ça parce que, comme tout le monde, j'essaie d'éviter de penser que je suis fou. Ou en train de le devenir.

— Je ne le suis pas ? Comment pouvez-vous en être sûr ? D'accord, c'est votre métier. Moi le mien c'est d'écrire, ça ne veut pas dire que j'y parviens.

Pantalon trop court, chaussettes rouges.

— Alors non, ce n'est pas le genre d'ami auquel on a envie de se confier. Fiable, ce n'est pas le mot que j'emploierais non plus. Oui je sais, c'est bizarre. En général, on construit une figure sur laquelle on peut s'appuyer, stable, recommandable, rassurante. Mais je m'en suis débarrassé, vous savez, il m'arrive de lui parler encore mais je ne le vois plus et il ne me répond pas.

Gianluca Borgo Di Pioggio réplique alternativement par « bien, bien », et « *mmmmh* », sans que je ne puisse décider si je dois m'en inquiéter ou trouver cela rassurant, *pantalon trop court, chaussettes rouges.*

Il semble heureux que mon livre avance. J'évite de lui expliquer que, pour le moment, je me contente de singer ce qui existe déjà, à ma manière, certes, mais sans apporter quoi que ce soit de fondamental, toujours dans la recherche infructueuse d'une expression singulière. Par ailleurs, Gianluca Borgo Di Pioggio considère que je devrais sortir un peu, recouvrer une vie sociale petit à petit, renouer des contacts.

— Vous aviez bien des amis avant ?

Silence.

— Quelques-uns, des collègues ou d'anciens copains de Céline et en cherchant bien, un couple ou deux que nous avons connu ensemble. Patrick et Chantelle, tiens, oui. Non je n'ai aucune envie de les revoir.

— Bon. Réfléchissez-y.

J'ai envie de partir, *pantalon trop court, chaussettes rouges*, de me réfugier sous les toits, *pantalon trop court, chaussettes rouges.*

— J'ai également commencé à correspondre avec quelqu'un, sur internet. Non, sur un forum. Un homme.

Non non, pas un ami. Je ne connais que son pseudonyme, Mesrine. Oui, comme le tueur.

Gianluca Borgo Di Pioggio fait une petite grimace et soulève les sourcils.

— Bien, bien, même heure la semaine prochaine ?

Pantalon trop court, chaussettes rouges.

Sur le forum, mon intervention à propos des appareils photographiques a suscité quelques commentaires. Rien de fulgurant cependant. Je me demande si le Grêlé, en admettant qu'il soit encore en vie, suit nos échanges, transpirant quand quelqu'un éclaire une piste qui pourrait mener à lui ou ricanant devant le jeyser continu d'imbécillités qui en jaillit… Là, les sujets s'enchaînent, l'Hasselblad volé a déjà été enseveli. Deux conversations se chevauchent à présent : les histoires de Ginette (Françoise sur le forum, avant son décès) et des petites filles du VIe arrondissement, qu'il faut que j'évoque.

***

J'hésite à écrire un article sur Ginette, peut-être devrais-je me contenter de notes, tant son témoignage est sujet à caution. Elle est apparue il y a quelques années sur le forum, sous le pseudonyme de Françoise. À la vue du premier portrait-robot dans une des nombreuses émissions sur le Grêlé, elle est stupéfaite. C'est lui. Les souvenirs d'une aventure ancienne, enfouie, commencent à affluer. Une trentaine d'années en arrière, une autre vie, une époque qu'elle a préféré occulter…

Des membres du forum l'incitent à aller raconter son histoire à la police judiciaire. Mesrine me dira qu'il a obtenu un entretien avec elle, au téléphone. Elle évoquera avec lui sa mésaventure, ce bel homme qui l'accoste gentiment dans un bar alors qu'elle fuit une situation familiale difficile, qui lui propose ensuite d'aller se remaquiller dans un appartement à côté, rue Pierre-Fontaine, à deux pas de Pigalle, qui essaie ensuite de pénétrer de force dans le logement, l'agneau devenu loup, cet homme auquel elle échappe par miracle. Et puis c'est l'oubli, des années d'amnésie, un trou noir qui a tout avalé, plus rien n'existe jusqu'à la diffusion de l'émission et du portrait-robot. C'est un choc pour Ginette, tout ce qui n'était plus est exhumé, c'est lui, un bel homme aux traits fins, bien bâti, costume-cravate, type européen, cheveux châtains, la mèche en biais… Elle se demande soudain si, effectivement, il n'avait pas la peau abîmée. Mesrine insiste. Elle se rappelle s'être dit que c'était dommage, ce derme esquinté, sur un si bel homme. Mais peut-être est-elle influencée, tout se mélange, l'actualité, les souvenirs, ce qui est vrai, ce qui est suggéré, ce qui se transforme. A-t-elle eu affaire à celui que l'on surnommera quelques années plus tard le Grêlé ? Rien de scientifique ne permet de le dire.

J'ignore s'il faut accorder du crédit à ce témoignage nébuleux et incertain qui ressemble encore à une fausse piste. Je me dois d'être prudent, d'éviter d'embrouiller un dossier déjà franchement obscur. La scène décrite par Ginette se passe en 1980 et on ne trouve trace du Grêlé qu'en 1986. Rien pendant six longues années. Qui plus est, il aurait eu moins de vingt ans à cette époque, et Ginette décrit un homme plus âgé. Je décide de laisser l'affaire Ginette de côté et je me rappelle tout à coup le message non lu datant de la veille. Jocelyne Boulot, mon petit écureuil, me donne rendez-vous le lendemain à 9 heures, pour une bonne nouvelle. Je me méfie des bonnes nouvelles de ma conseillère Pôle emploi, un peu comme quand votre proctologue appelle pour vous dire que finalement, votre cancer, ce n'est pas le pancréas, c'est le côlon. 12 % de chances de guérison en plus.

***

Il y a probablement, dans le monde, un bon millier de cimetières plus accueillants que la salle d'attente du Pôle emploi. Je suis seul, feuilletant un magazine périmé en guettant Jocelyne que j'aperçois parfois, trottinant entre deux parois vitrées, comme si son empressement allait sauver des destins du naufrage annoncé. Enfin c'est mon tour et je me lève à l'appel de mon nom, mon petit écureuil m'attend à sa porte.

— J'ai quelque chose pour vous.

Seigneur Dieu, il ne manquait plus que ça.

— Un site de news sur le football qui cherche un remplaçant pour un mois, et peut-être beaucoup plus. D'après ce que j'ai compris, il s'agit de réécrire des dépêches piquées à droite à gauche, avec, je cite, « des titres putassiers afin de générer du clic ».

J'ai beau objecter que je ne connais strictement rien au football, elle n'en démord pas.

— Vous êtes quand même capable de me citer un joueur français ?

— Français, pas franchement, j'ai bien entendu parler d'un Brésilien, grâce à mon fils, mais français, laissez-moi réfléchir…

Je tente un timide borborygme mal assuré, quelque chose qui sonne comme « âne bâté » et elle s'extasie, comme si je venais de lui offrir son poids en noisettes.

— MBappé ! Vous y étiez presque, moi je connais, je n'ai aucun mérite, mon mari ne rate pas un match, c'est pas plus mal que vous ayez un peu de distance sur le sujet, parce que franchement, ça rend pas bien malin et ça fait grossir le ventre.

Je suis pris au piège, j'ai un rendez-vous dans l'après-midi, megafoot.com, ma carrière professionnelle de journaliste ressemble à une lente descente aux enfers.

Le rédacteur en chef de megafoot.com a une vingtaine d'années au maximum, et je le plains... À son âge, je roulais des pelles à Corinne Bardoux dans une auto-tamponneuse sans me soucier du lendemain, je ne montais pas des start-up à la con. Pour être tout à fait honnête, je pense qu'il me plaint aussi. À mon âge, il s'imagine déjà oisif et multimillionnaire, propriétaire d'une île bretonne, d'un hélicoptère pour y accéder, d'un portefeuille d'actions susceptible de couvrir ses frais de caviar et géniteur d'une paire de gosses insupportables nés d'une mannequin lituanienne reconfigurée à coups de bistouri et de collagène.

Il m'explique le boulot. C'est assez simple. Bien entendu, comme c'est simple, c'est mal payé. Un agrégateur récupère des news, me les envoie par paquets, toutes les deux heures, je les remets en forme de manière subtile, de telle sorte que ça ne ressemble pas à du vol, et je les poste sur le site.

— C'est du vol.

— Oui. Mais ça fait vendre de la publicité. On arrête à minuit et on reprend à 6 heures, on n'est pas des esclavagistes non plus.

Fumier. Salaud. Connard.

— Oui, je suis d'accord pour un test.

Il demande si je suis un fin connaisseur du football, et je me vois contraint de répondre que ce n'est pas ma passion première en priant pour qu'il ne me réclame pas de détails.

— Et donc, votre passion, c'est quoi ?

— Je collectionne les slips de célébrités.

Le coup est parti sans prévenir, je ne sais pas ce qui m'a pris, le sentiment de vivre dans une farce qui n'en finit pas sans doute.

— Ah oui ? Intéressant... Je peux vous avoir celui de Neymar, si ça vous dit, on a des connaissances communes...

Message pour Céline en sortant : *« J'ai trouvé du boulot pour un mois et je vais peut-être récupérer le slip de Neymar, dis-le à Lucas. »* Elle ne répond pas, une fois de plus, peut-être à cause de ce putain de correcteur automatique qui a remplacé « récupérer » par « récurer », et je comprends avec tristesse que quelqu'un, quelque part, a décidé de reprogrammer toutes les technologies du monde dans le but de me briser et de transformer mon couple en un tas de cendres fumantes.

Après une heure de métro, quinze minutes à pied et l'ascension de quelques volées de marches pour rejoindre mon perchoir, ma boîte e-mail déborde déjà de nouvelles à traiter. Je m'y attelle sans tarder. C'est un travail suffisamment simple, technique et répétitif pour être abrutissant, et je me demande si, tout compte fait, ce que j'envisageais comme un problème ne pourrait finalement pas devenir un élément structurant de mes journées. La cheville de Marco Linguine, le salaire de Freddy Maccino, les états d'âme de Léo Fostuli ou de Jesper Rostapen, la déclaration assassine de Jean-Paul Fruchard ou le décès d'Emiliano Fostagli, je balance sans coup férir et en moins d'une heure une dizaine d'informations sur le site, avant de retourner au Grêlé.

Mon après-midi de recherches s'arrête au *ping* d'une nouvelle rafale de news à traiter, accompagnée d'un message de mon nouveau rédacteur en chef prépubère. « *Cher collaborateur, prenez dorénavant en compte que notre site n'est ni un blog littéraire, ni un défouloir. Je vous remercie par avance de bien vouloir éviter de donner votre opinion et de vous contenter des faits, de manière efficace et accessible.* » Il a manifestement peu goûté mes saillies sur la Coupe du monde au Qatar, les invraisemblables montants des chèques de fin de mois de certains et mes envolées lyriques sur les chevauchées fantastiques de Ronald Mechi. Pour la fin de soirée, je me contente de retranscrire des dépêches lénifiantes, déplaçant une phrase ici et là, utilisant sans vergogne un dictionnaire des synonymes en ligne, ni vu ni connu, je les fais nôtres, les rhabillant à ma sauce, sans esbroufe, sans esprit, sans saveur et, avouons-le, sans entrain.

***

J'ai réactivé mon compte Facebook. Mon psy va être content, c'est mon premier acte de socialisation, ou au moins ma première tentative. La seconde, c'est d'envoyer un message à Patrick, une ancienne relation plus qu'un ami, qui me répond en quelques minutes. Justement il comptait m'écrire. *Tu parles.* Il est au courant de notre séparation. *Déjà ?* Ça fait quoi, au moins deux ans qu'on ne s'est pas vus ? *Quatre.* Tu veux passer dîner à la maison ? *Pourquoi pas ?* Je m'en tiens là, attendant l'invitation formelle qui viendra ou pas, il doit probablement chercher une date convenable avec Chantelle, sa femme, et je commence à me perdre dans les méandres de Facebook, des liens de proche en proche, le clic facile, alors que j'ai une pile de dépêches à traiter et un livre à écrire. Quand je me surprends à lire un article intitulé « Nettoyage du côlon : une technique simple, efficace et peu onéreuse à base de bananes », je décide de quitter internet pour me mettre au travail.

***

Novembre 1987 – Les petites filles du VIe arrondissement

Le 26 novembre, quatre petites filles de Saint-Germain-des-Prés se rendent avec leurs parents au commissariat pour porter plainte après avoir été abordées par un homme étrange, prétendument policier. Entre 11 h 45 et 13 heures, dans le même quartier, du boulevard Saint-Germain à la rue des Saints-Pères, en passant par la rue Jacob, Aulde L., Sophie G., Marie A. et Ségolène W. croisent le même homme, qui utilise la même technique pour essayer de s'introduire chez elles à l'aide d'une carte tricolore, après les avoir approchées pour un contrôle d'identité dans les parties communes de leur immeuble. Deux d'entre elles réussiront à l'éloigner seules, les deux autres seront aidées par un membre de leur famille présent au domicile.

Les quatre enfants seront entendues par les policiers du secteur. Toutes s'accordent plus ou moins sur la description de l'intrus : type européen, entre vingt-cinq et trente ans, taille de 1,80 mètre, corpulence moyenne et athlétique, yeux marron et enfoncés, cheveux châtains ramenés sur le côté, blouson marron ou kaki, jean, chaussures de sport bleues à scratchs… Les enquêteurs font le rapprochement avec l'agresseur de Marianne N., le 27 octobre précédent. Tout correspond. Le portrait du violeur de Marianne leur est présenté et toutes le reconnaissent, à quelques détails près…

L'affaire se complique quand un autre événement, inquiétant légitimement les parents de Sophie G. et Marie A., est rapporté aux enquêteurs. Leurs filles reçoivent depuis le mois d'octobre des lettres anonymes à leur domicile, postées depuis le bureau de poste de la rue de Sèvres. Écrites à la main et truffées de fautes d'orthographe, elles sont pour partie la copie de lettres de Diderot à Adrienne Volland, dans lesquelles certains mots ont été remplacés. Dans l'une de ces lettres, la phrase « voilà qu'il me prend une bonne envie de te violer » résonne particulièrement, maintenant qu'il est quasiment établi que l'homme qui a importuné les filles est également l'agresseur de Marianne, dans le XIVe arrondissement. L'une des mamans pense à la mauvaise plaisanterie d'un élève, les policiers abondent dans ce sens mais ils ne souhaitent rien laisser au hasard.

Début décembre, Sophie et Marie reçoivent chacune une nouvelle lettre. L'auteur leur demande de lui répondre en déposant un mot au sous-sol de la librairie Le Divan, toute proche, derrière un livre de poche, *Oblomov* d'Ivan Gontcharov. Les enquêteurs y voient l'occasion de tendre un piège à l'individu, et les petites filles laissent leur réponse à l'endroit indiqué. Les lieux sont surveillés mais personne ne se présentera. Cet épisode fera naître, des années plus tard, mille suppositions. Tout d'abord, quand un internaute s'aperçoit que le prénom du héros du livre, Oblomov, est Ilya, la version russe d'Élie, puis que la signature de l'auteur, Gontcharov, se lit *Lourages* en graphie latine. *Élie Lourages, Élie Lauringe*, il n'en faut pas plus pour que cette suite de hasards connecte l'affaire des lettres à celle du Grêlé, et que le forum s'enflamme : des centaines de messages, des heures de recherche, des pages et des pages d'échange, de fausses pistes menant même jusqu'en Ukraine, avant d'apprendre que l'auteur des lettres avait été confondu depuis longtemps, et que le coupable était, comme les policiers le soupçonnaient, un élève de l'école des petites, un peu étrange et perturbé.

Les petites du VIe, c'est lui, toutes celles qui l'ont vu, filles, mères, grand-mère et femme de ménage le reconnaissent sur le portrait réalisé avec l'aide de Marianne N., un mois plus tôt. Qu'est-ce qu'il foutait là, après le XIIIe, le XIXe, le Marais ? Oui, tu as raison, Paris est tout petit. À pied c'est 2 h 30 du nord au sud, moins du double d'est en ouest. Il y a des transports en commun. Peut-être était-il motorisé ? Tu ne réponds pas mais je t'imagine acquiescer, avec ton petit sourire en coin. Et à nouveau l'utilisation de la carte de police. Vraie ou fausse, d'après toi ? Tant qu'on y est, une nouvelle question : le Grêlé a-t-il, oui ou non, un lien avec l'armée, la gendarmerie ou la police ?

L'homme est aperçu plusieurs fois équipé d'un holster dissimulant une arme sous son blouson. En enlevant Ingrid, il se fait passer pour un policier et la menotte avant de l'installer dans sa voiture. Enfin il exhibe régulièrement et de manière furtive une carte tricolore à son effigie, se faisant tantôt passer pour un policier, tantôt pour un gendarme. La grand-mère de Ségolène, lors de son interrogatoire au commissariat, ne reconnaîtra pas la carte de police qu'on lui présentera. *L'homme possède-t-il plutôt une carte de gendarme ? Ou une autre carte administrative ? Ou encore une mauvaise imitation de l'une de ces cartes ? Son arme est-elle factice ou réelle ? Que penser du fait qu'il possède des menottes ? Il semble que la piste d'un membre des forces de l'ordre n'ait pas été franchement creusée. Si l'homme fait réellement partie de la police ou de la gendarmerie, il prendrait un risque colossal à agir ainsi, à visage découvert, semant les indices sur son passage.*

Je me tiens pour l'instant à ces constatations à l'état de notes, je les mettrai peut-être en forme plus tard.

Dans l'après-midi qui suit, je me heurte quasiment à Jean-François en sortant du Franprix, il traîne par la main son enfant qui, si j'en juge sa petite tête de raton laveur écrasé, n'est pas emballé à l'idée de faire la queue à la boulangerie. Au loin, Céline et Lucas traversent la rue. Je leur adresserais volontiers un signe de la main si je n'étais pas à peu près sûr qu'ils ne sont pas en mesure de m'apercevoir, et si je ne portais pas, dans chaque main, un sac de deux kilos de bananes.

— Tu vas faire quoi avec tout ça ?

— Une réplique de la tour Eiffel au 1/50e en les collant ensemble.

— Je parlais des bananes.
— Moi aussi.
— Ah bon ?
— Non, je compte les manger, c'est excellent pour le côlon.
— Putain…
— Papaaa, on y va ?
— Oui.

***

Je lui explique que oui, j'ai fait l'effort, comme il me l'avait demandé. *Gianluca Borgo Di Pioggio, blouse blanche, mèche rabattue, pantalon trop court, chaussettes rouges.* Socialiser à nouveau, rencontrer des gens, nouer ou renouer des liens, ce qui semble naturel à tant d'autres et qui représente pour moi un Everest à gravir.
— J'ai rouvert mon profil Facebook.
— Bien, bien.
— J'ai également contacté Patrick, une vieille connaissance.
— Ah !
— Il m'a invité à dîner chez eux.
— Magnifique !
Il me demande si nous avons déjà convenu d'une date pour cette soirée.
— Le dîner a eu lieu il y a trois jours.
— Je suis content pour vous, c'est un bon début.
— Je vois plutôt ça comme une fin.
— *Mmmm*… Dites-m'en plus… Ça s'est mal passé ?
— Une catastrophe.
— Racontez-moi ça.

Alors je raconte, c'est un peu l'idée quand on est ici, déballer sans fard, contourner les barrages avec franchise et impudeur, je parle de mon régime à base de bananes, le nettoyage du côlon, comment, au beau milieu de la soirée, je devais me vider aux toilettes tous les quarts d'heure, je raconte comment j'ai fracassé la festivité attendue sur la faïence de la cuvette en un feu d'artifice de pets sonores et de mouchetis de merde, comment j'ai tenté d'en camoufler l'odeur sous des flots de bombe désodorisante, j'étais ailleurs, absent, spectateur, minable.

Je raconte comment ce couple ami me renvoie à ma faillite, je raconte comment j'essaie de révéler ce qui cloche entre eux, les questions que je pose et les réponses que je fais, j'ai envie de les voir se fendiller devant moi, observer leur jolie unité s'effriter, je veux qu'ils se disputent, qu'ils s'éloignent, qu'ils résistent mais que le temps qui passe rabote leur volonté, je veux de tonitruants tiraillements, de petites lâchetés dévoilées, des tensions exacerbées, de la violence, je veux détruire cette obscène complicité, je veux qu'ils s'entre-tuent devant moi, leur offrir le mobile, l'arme si c'est nécessaire, un couteau, j'ai un flingue également, et une abondante documentation pour couvrir son crime… « De nos jours, avec tous les nouveaux moyens d'investigation dont dispose la police, quand on commet un meurtre, l'unique moyen de s'en tirer est de faire disparaître le corps et de croiser les doigts pour que personne ne le retrouve. » Je crois qu'à un moment, j'ai prononcé cette phrase à brûle-pourpoint et j'avais noté leur surprise suivie d'un échange de regards consternés. J'avais plus ou moins éludé les questions sur mon couple, était-ce une pause salutaire ou une rupture définitive ? Comment Lucas vivait-il ça ?

— Si j'ai retrouvé quelqu'un ? Comment ça, quelqu'un ? Quelqu'un du genre que la police chercherait depuis trente-cinq ans ?

— Mais non imbécile, quelqu'un comme une nouvelle amoureuse.

— Comme si j'en avais le temps, je suis totalement débordé, Patrick, j'écris, un roman et des dépêches merdiques sur le football.

Chantelle avait alors marmonné que Céline, elle, en avait sûrement trouvé un autre, fraîche et jolie comme elle était. D'ailleurs, elle ne connaissait aucun exemple de femme quittant son conjoint pour s'empêtrer dans la solitude et l'abstinence. C'est à cet instant que, passablement ivre, j'avais explosé. Chantelle. CHANTELLE ? D'ailleurs, elle ne s'appelait pas Chantelle, son vrai prénom c'était Chantal, je l'aurais parié, Chantelle mon cul, tiens, et j'avais attrapé le sac à main qui pendouillait à un dossier de chaise et j'en avais déversé le contenu sur la table, entre les verres et le petit salé aux lentilles. J'avais chopé son passeport au milieu de ce bordel éparpillé, « Chantal Marie-Louise Lamothe ». Ha ! Je le savais. Je triomphais.

— Tu t'appelles Chantal, ton putain de prénom en réalité c'est Chantal, comme une coiffeuse de Limoges.

Un long silence avait suivi, Patrick voulait me raccompagner chez moi, ça suffisait comme ça, mais je m'étais assis à ma place, on allait tout de même terminer la bouteille que j'avais amenée, c'était la cinquième la plus chère du Franprix, merde. Patrick m'avait pris par l'épaule avec une autorité et une poigne dont je ne l'imaginais pas capable et m'avait conduit à la porte.

J'étais parti sans saluer Chantal. Sans toutefois le regretter beaucoup, je pressentais, malgré mon ivresse, que je ne la reverrais jamais et j'étais retourné dans mon perchoir à pied, trempé par la pluie qui tombait dru, dans la nuit et le froid qui me rongeait les doigts.

— *Mmmm*... Intéressant. Que faites-vous de ça ?

— Rien.

— Vous vous êtes senti honteux ?

— Même pas. À peine piteux. Je crois que Patrick et Chantal m'indiffèrent, comme beaucoup de gens. Mais je me rends bien compte à quel point je suis seul.

— Ça vous pèse ?

— Parfois, oui.

— Pourquoi « piteux », d'ailleurs ?

— Parce que je n'y arrive plus.

— Vous avez l'impression d'y être déjà arrivé ?

— Non, en fait, maintenant que vous le dites, c'est surtout Céline qui maintenait notre lien avec l'extérieur, je traînais déjà des pieds.

— Nous allons arrêter là, mais nous commencerons la prochaine séance par ça, si vous le voulez bien.

Gianluca Borgo Di Pioggio note quelques mots puis ramasse ses feuilles, les tasse pour les rassembler bord à bord en un paquet impeccable.

— Et votre livre ?

— Ça avance.

Il se lève et me tend la main en souriant, *pantalon trop court, chaussettes rouges.*

***

C'est à peu près à cette période-là que, par une intervention sibylline sur le forum, celui qui se fait appeler Mesrine va transformer mon existence morne et bancale en une aventure stupéfiante : *« J'ai trouvé un client qui pourrait être celui que tout le monde cherche mais je suis malheureusement dans le sud de la France. Est-ce que quelqu'un en région parisienne pourrait me donner un coup de main pour effectuer des recherches ? »* Bravade, lassitude, ennui ou mélange des trois, j'ignore la raison qui me pousse à répondre à l'invitation. *« Oui, je suis à Paris ou pas loin, dis-m'en plus sur ce mystérieux suspect, je veux bien apporter mon aide. »* Mesrine se méfie, il me demande mon numéro de téléphone, il préfère qu'on en parle de vive voix. Après de maigres échanges, nous découvrons que nous portons le même prénom déjà désuet, autant dire qu'à deux ou trois années près nous avons le même âge. L'ambiance se dégèle, après tout je n'ai rien à cacher et je lui parle de mon projet avant qu'il ne m'expose sa théorie.

Clemal2011 est aussi dans la confidence, quant à Kassandra88, la modératrice du forum, toujours à l'affût de nouvelles pistes, elle est intéressée et Mesrine lui dispense des informations au compte-gouttes.

Mesrine a repéré sur Facebook un homme dont le nom est très proche d'Élie Lauringe. À cinquante-neuf ans, il a plus ou moins l'âge supposé du Grêlé. Il ne vit pas à Paris mais dans le Sud-Ouest. Il a récemment affiché une photo de profil datant des années 1980, sur laquelle il pose au garde-à-vous en tenue militaire kaki, commando parachutiste, sourire en bandoulière et béret rouge en biais. Ressemble-t-il à l'idée que l'on se fait du meurtrier ? Difficile à dire – la photo a manifestement été prise une dizaine d'années avant les portraits-robots –, mais la couleur de ses yeux, l'ovale du visage, les yeux cernés et le menton proéminent pourraient correspondre. J'évite de m'emballer. La peau de l'homme n'a pas l'air grêlée, et nous en savons trop peu sur lui. Nous devons tout ratisser, méthodiquement, avec nos minuscules moyens. Je parle à Mesrine de la Bibliothèque historique des postes et télécommunications et de sa collection d'annuaires, et nous établissons une liste de vérifications à effectuer. Alors que je fais tourner entre mes doigts la carte de la BHPT, numéro de lecteur I1035, nous échangeons quelques banalités sur l'affaire. Curieusement, à des centaines de kilomètres, nous avons échafaudé sans concertation quelques hypothèses qui se rejoignent : nous pensons tous deux qu'il n'est pas de Paris, qu'il a un passé militaire ou policier, nous l'imaginons encore en vie, nous espérons reconstituer son parcours pour tenter d'expliquer ses périodes d'inactivité.

La question qui me vient maintenant, Xavier, c'est pourquoi le Grêlé a-t-il apparemment arrêté de sévir en 1994 ? J'ai besoin d'un avis extérieur. Après l'affaire du viol d'Ingrid à Saclay, il disparaît complètement des radars, plus aucune affaire n'est rapprochée de son parcours meurtrier. *Est-il mort ? A-t-il subi un accident quelconque ? Se cache-t-il, hors de Paris ou même à l'étranger ? Est-il au fait que les prélèvements génétiques l'ont rendu vulnérable ? A-t-il, en conséquence, changé de mode d'action ? Ou a-t-il simplement arrêté de lui-même parce qu'il aurait découvert un moyen de contenir ses pulsions meurtrières ?*

***

Je lui raconte mon coup de fil avec Mesrine et, de fil en aiguille, je me trouve contraint de lui dépeindre les grands traits de l'affaire.

— Qu'est-ce qui vous attire dans ces histoires ? Et dans celle-ci en particulier ?

La question me surprend, ou disons que le fait même que je ne me la sois jamais posée me déconcerte.

— Je… Je crois que je me suis toujours intéressé au mal, comme quelque chose qui m'est totalement étranger, non que je sois un saint évidemment, mais le meurtre, tout de même, ça m'intrigue autant que ça me révulse, de même que les germes du passage à l'acte. Si ça m'attire, c'est sans doute que j'ai envie d'essayer de comprendre, voyez ?

Gianluca Borgo Di Pioggio note une phrase et relève la tête.

— Est-ce que ça vous est totalement étranger ou est-ce une manière de vous tenir à distance ?

— Que voulez-vous dire ?

— Excusez-moi, je n'aurais pas dû intervenir.

— Non, continuez.

— Je voulais dire que tout le monde se pense étranger au mal, alors que quand on se penche un peu dessus, on constate la stupéfiante banalité des meurtriers, et de leurs victimes par ailleurs, des gens comme vous, comme moi, c'est peut-être ce qui nous effraie, le sidérant constat qu'on puisse être à la place de l'un ou de l'autre. Nous sommes capables de tuer, quelques barrières morales nous en empêchent mais nous savons qu'elles peuvent éclater très vite sous l'effet conjugué de différentes choses dont je vous épargne la liste. Et peut-être qu'étrangement, s'en rapprocher et en étudier les mécanismes, se placer au cœur du mal, c'est une manière de s'en tenir à distance.

— Je ne suis pas sûr de comprendre.

— Excusez-moi, c'était une parenthèse, reprenez.

— Je ne sais plus où j'en suis.

— Vous me disiez que vous alliez enquêter.

— Oui.

— Alors que vous m'aviez dit précédemment que vous vous l'interdisiez.

— En effet.

— Alors ?

Alors je ne sais pas, franchement. La tentation est trop forte, sans doute. L'envie de jouer au flic, de réussir là où les autres ont échoué. L'excitation de l'aventure, l'adrénaline du saut dans l'inconnu. La possibilité, enfin, que nous ayons raison, que le suspect de Mesrine soit le coupable.

— Nous n'avons plus de temps, nous reprendrons cela, si vous le voulez bien.

Gianluca Borgo Di Pioggio se lève soudainement, comme bousculé par son programme, l'heure c'est l'heure, au suivant, son pantalon toujours trop court sur ses chaussettes rouges, d'un rouge qu'on n'imagine pas créé pour des chaussettes, trop franc, trop lumineux. Je suis pressé aussi, j'ai rendez-vous à la BHPT, je dévale l'escalier.

C'est un homme qui me reçoit, cette fois. J'ai déjà rangé mes affaires dans un casier, en habitué, tendu ma carte, je réclame les annuaires de Paris, années 1986,

1987, 1988, ceux classés par noms et ceux classés par rues. Je me fais réexpliquer le fonctionnement des lecteurs de microfilms et de microfiches, je demande à utiliser le service payant d'imprimante, au diable l'avarice, je gagnerai du temps. Elle est en panne, évidemment, alors tant pis, je copie les adresses et prénoms de tous ceux qui portent le patronyme de notre suspect, une bonne trentaine, avant de photographier la page où sont répertoriés les habitants de la rue Rubens à cette période.

Curieusement, personne ne semble habiter au 13, seule une SARL nommée Controlsound est citée à cette adresse. J'en parle au responsable, qui semble me surveiller derrière son comptoir. Je ne comprends pas comment un ensemble immobilier aussi énorme et construit depuis plusieurs années déjà compte aussi peu d'abonnés dans les années 1990. Il s'anime soudain, intéressé, me pose des questions sur l'immeuble. D'après lui, il ne faut pas confondre adresse postale et abonnement téléphonique. Sur les grands ensembles donnant sur plusieurs rues, certains habitants, côté Rubens, peuvent avoir un abonnement sur une autre voie, et c'est le cas ici, il y a des ouvertures sur la rue Rubens, bien sûr, mais aussi sur la rue Watteau, la rue du Banquier, et peut-être même aussi sur le boulevard de l'Hôpital. Je photographie également les noms et adresses des habitants des rues adjacentes, pour obtenir un panorama complet. Deux heures plus tard, j'envoie le résultat de mes recherches à mes collègues limiers, satisfait du travail effectué tout en étant frustré par ce que j'ai lu, qui ne me semble contenir aucune révélation. Mais après tout, peut-être qu'un des noms provoquera une étincelle chez l'un d'entre eux. En attendant, je me consacre aux nouvelles footballistiques du jour, les infidélités de Paolo Tricardi, la folle épopée du FC Tripoli, la blessure idiote d'Erwin van Taplanus en promenant son chien, l'incroyable but du tibia de Séverin Masoch qui qualifie *in extremis* la Juventus de Timisoara.

***

Mesrine me rappelle plus tard dans la soirée, il va étudier la liste de noms fournie. Pour le moment, lui et Clemal2011 ont découvert une famille au suspect, une femme dont il est séparé, un fils aîné et une fille, nés respectivement en 1983 et 1986. Ils ont complété notre collection de photos balbutiante avec une série laissée par sa fille sur Instagram : sur les genoux de son père, à Noël, devant la télévision en famille, anniversaire, retrouvailles, à la montagne ou à la plage, de face, de profil, de dos… Je suis intrigué par ces exhibitions, il ne me viendrait pas à l'idée de partager ce type d'intimité avec des inconnus. Céline, Lucas, moi-même, nous, notre vie, nos élans, nos secrets, nos égarements, nos difficultés, tout cela nous appartient, il n'y a rien à voir, rien à observer, rien à disséquer, je suis d'une autre époque et d'une autre éducation, discrète et pudibonde, je suis en dehors du monde encore, une vieille chose projetée dans un futur non désiré où les murs se sont transformés en vitrine, avec des codes qui me glissent entre les doigts et des désirs qui m'échappent.

Cela dit, à cet instant précis, je remercie le ciel pour cet étalage de morceaux de vies figés que l'on nous offre sur un plateau. Nous possédons maintenant des images récentes de notre suspect, d'autres anciennes, malheureusement aucune entre 1978 et 2010, rien qui ne vienne corroborer de manière définitive l'intuition de Mesrine, rien non plus qui pourrait la réfuter. *« Pour moi, c'est lui à 100 %, et toi qu'est-ce que tu en dis ? »* Je n'en dis rien, incapable de la moindre prédiction, je n'en étais qu'à *« pourquoi pas ? »*. Physiquement, c'est peut-être lui, point. Et puis il n'a pas le visage grêlé, ce qui m'ennuie beaucoup, mais je me refuse à doucher l'enthousiasme de Mesrine, *« pourquoi pas ? »*. Pour un type comme moi qui a toujours érigé la prudence en art de vivre, c'est déjà une invitation à continuer, il faut en avoir le cœur net.

Il se produit un événement inattendu, ce samedi, vers midi, ce samedi où je reçois mon fils Lucas au déjeuner.

— C'est dur et c'est froid au milieu.

Merde, rester calme. *Tu crois peut-être que papa a le temps et la place suffisante pour cuisiner une paella alors qu'il est en train de traquer un meurtrier sur internet ? C'est froid et dur au milieu parce que c'est un surgelé acheté chez Franprix, une promotion, et parce que je ne possède qu'un four à micro-ondes à 35 euros pour le faire chauffer, une autre promotion, et qu'à ce prix-là, on ne peut pas exiger qu'il fonctionne correctement, sois content que les bords soient chauds, crois-moi, on est déjà au-delà du miracle, c'est ton père qui te le dit, ton père, un gars qui s'est déjà enfilé mille fois des quiches dont tu croques la croûte tiède avant de les terminer en léchant le centre comme un Esquimeau aux lardons, alors s'il te plaît, fais un effort, on mélange un peu en attendant que le centre fonde, et on pense aux petits Africains qui mangent rarement, toujours sous un soleil de feu, et qui seraient bien contents de pouvoir se rafraîchir avec une paella glacée, merci.* Je livre en vrac ici tout ce qui me traverse l'esprit à ce moment-là et que je ne formule évidemment pas, me contentant d'un haussement d'épaules et d'un soupir, avant de surprendre le regard fixe de Lucas, rivé à l'écran de mon ordinateur.

— C'est qui le monsieur, papa ? Un copain à toi ?

— Non, ce n'est pas un ami, c'est même à peu près le contraire d'un ami.

Je me lève pour abaisser l'écran – *concentrons-nous un peu sur ce chaud-froid de riz à l'espagnole et sa farandole de garnitures alliant terre et mer dans une impeccable harmonie de saveurs* – quand un détail me saute au visage. Sur l'une des photos découvertes la veille, l'homme, notre client, de profil, accroupi au milieu de ses compagnons en tenue militaire, a une trace sur la joue gauche. Le cœur tambourinant, *rester calme, encore*, j'agrandis l'image. Elle date de 1978, peut-être une tache, une poussière sur la vitre du scanner lors de sa numérisation, je vérifie sur les autres photos, loupe grossissante, j'augmente la luminosité, le contraste, et je dois me rendre à l'évidence : sur les anciennes comme sur les récentes, la partie gauche de son visage est barrée de petites cicatrices jusqu'au menton. Varicelle ou acné mal soignées, accident, impossible à dire, mais les faits sont là : notre suspect, contrairement à ce que je pensais, a la peau grêlée. Je dois prévenir Mesrine.

— Papa, il est presque 14 heures, tu dois m'amener à l'anniversaire de Jonathan.

Bon sang, j'avais oublié… Lucas fouille son sac à dos pour récupérer son cadeau.

— Maman a dit qu'elle l'avait acheté parce qu'il ne fallait pas compter sur toi pour ce genre de choses.

Évidemment.

— Tu ne termines pas ta paella ?

— Non, je finirai la semaine prochaine, si je reviens.

La mère de Jonathan ressemble un peu à Céline, souriante, pétillante, un peu plus fade peut-être, elle me remercie d'amener Lucas, me remercie également pour le cadeau, me propose de prendre l'apéro vers 18 heures en récupérant mon fils. Sa mère viendra le chercher, elle a l'air déçu, ou alors c'est ce que je me figure parce que j'aime bien l'idée qu'elle ait envie de me revoir. Sur le chemin du retour, coup de fil à Mesrine.

— Notre client, il est grêlé.

— Quoi ?

— Je viens de m'en apercevoir, regarde ses photos de l'armée, sa joue gauche, il y a des marques, regarde les photos récentes, encore des marques.

Un moment de silence, il va vérifier, il me rappellera.

***

Mon téléphone sonne entre la rédaction de deux nouvelles absolument essentielles à la culture des amoureux du ballon rond. C'est Mesrine. Il confirme mon observation : il est grêlé. Son assurance d'avoir le coupable sous les yeux est soudain passée de 100 à 142 %. Clemal2011, que nous tenons au courant de nos avancées, trouve que le gars commence à dessiner un suspect très intéressant. D'après moi, puisqu'ils me posent la question, c'est lui à 80 %. Mais nous devons creuser, il reste trop de trous dans ce que nous connaissons de sa vie. Ce soir-là, je décide de créer une alerte Google sur l'occurrence « le Grêlé », ce qui, sans que je m'en doute encore, me permettra d'être tenu au courant, en temps réel et en détail, de la moindre chute de grêlons sur le territoire français, ainsi que de toutes les avancées médicales sur les pathologies liées à l'intestin grêle.

***

Google Alertes • Le grêlé – Mise à jour immédiate – Actualités

« Alpes-Maritimes : Un impressionnant orage de grêle s'abat sur plusieurs communes » 20 Minutes

***

Les heures filent et l'enquête progresse, Clemal2011 fouille internet avec abnégation, Mesrine s'acharne à retracer le parcours professionnel de notre homme. Nous lui trouvons un ami Facebook dans la région parisienne, un ancien compagnon de service militaire que nous appellerons « le Péruvien », alors qu'il pourrait tout aussi bien être espagnol ou argentin. Ils sont manifestement toujours en contact et le Péruvien pourrait être le chaînon manquant reliant notre homme à la capitale, nouvelle piste à explorer.

Au bout de quelques jours, nous avons compilé les informations suivantes sur notre *grelito*, comme Mesrine a commencé à le surnommer :

– Il est né en 1960 (vingt-cinq ou vingt-six ans en 1986, l'âge correspond aux témoignages de l'époque).

– Il semble lié au Sud-Ouest depuis toujours, même si rien ne prouve formellement qu'il y a passé toute sa vie.

– Il a été militaire dans les commandos parachutistes, au moins en tant qu'appelé.

– Son premier enfant, un fils, naît en 1983 et sa fille, peu après le meurtre de Cécile B., en 1986, l'année de son mariage.

– Il exerce un métier dans le bâtiment.

– Il crée son entreprise en 1987, juste après le double meurtre du Marais, avant une succession de dépôts de bilan, déménagements, réouvertures, à partir de 1990.

– Nous pensons qu'il se sépare de la mère de ses enfants courant 1990. Il semble ne plus vivre en couple depuis.

Concernant le Péruvien, lien potentiel de notre homme à Paris :

– Il est né en 1959.

– Sa fille voit le jour en 1987, il est possible qu'il ait deux fils un peu plus tard, en 1992 et 1994.

– Il a également effectué son service militaire dans les commandos parachutistes en 1978-79. C'est là qu'il aurait connu notre *grelito*.

– Il monte une entreprise de coursiers en 1987, dans le XVIIIe arrondissement de Paris, quartier dans lequel il grenouille pendant des années avant de s'exiler en banlieue.

– Il crée et dissout ensuite plusieurs entreprises dans le bâtiment ou la rénovation, et possède des parts dans diverses SCI.

C'est curieux tout de même, qu'il tue la petite Cécile pendant que sa femme est enceinte. Peut-être se sent-il délaissé à ce moment-là ? Il se remet à commettre des crimes ensuite, après sa rupture, en 1991. On l'abandonne, il est seul et il replonge, ça s'explique. Que dire de la création de son entreprise juste après le double meurtre du Marais ? Je n'avais jamais pensé à ça, mais il se peut qu'une manne financière imprévue ait rendu la chose possible ? Il aurait trouvé de l'argent sur place ? Ou mieux, ce crime qui ne ressemble à aucune autre de ses exactions serait une mission ? Un assassinat commandité pour lequel il aurait été rémunéré ? Il faut garder cette porte ouverte, ce n'est pas si farfelu, après tout…

Je discute, je divague, je me dis que je devrais parler de tout cela à Jean-François, le regard d'un ancien de la PJ nous aiderait sans doute, et je clique presque par hasard sur la lecture d'une vieille vidéo de l'INA, l'extrait d'un reportage au journal télévisé sur les nouvelles recrues du 6e RPIMA de Mont-de-Marsan, futurs commandos parachutistes… Un troufion vingtenaire et acnéique y explique comment se débarrasser d'une sentinelle ennemie. Il plaque d'abord l'autre soldat à terre puis l'immobilise après avoir ramené ses jambes et ses bras dans son dos, en position de gondole, exactement comme on se figure, d'après les descriptions, la posture de Gilles P. avant son meurtre. Le genre de technique que l'on enseigne donc à l'armée et, je l'apprendrai plus tard, également dans les écoles de police. Une pièce de plus à apporter au dossier de notre suspect.

***

Google Alertes • Le grêlé – Mise à jour immédiate – ACTUALITÉS

« Cancer de l'intestin grêle : Les signes qui doivent alerter » Pleine Vie

***

De bon matin, Jean-François frappe à ma porte. Il a croisé Céline à l'école en déposant son fils moche. Ils se sont salués de la main et Jean-François l'a trouvée en forme, très jolie.

— Tu devrais faire quelque chose…

— Quoi ?

— Je sais pas, moi, un cadeau, un truc qui lui ferait dire que tu penses à elle…

J'installe mon hôte devant un café, j'y songerai, à cette histoire de cadeau, je l'en assure avant de lui exposer notre théorie, parce que c'est bien pour cela que je lui ai demandé de passer, pas pour recevoir des conseils conjugaux. Il commence à bien connaître l'affaire. Je fais défiler des images sur l'écran, photos en regard des portraits-robots, Jean-François plisse les yeux, fait des mouvements de lèvres, se gratte le menton, tapote des doigts sur la table et puis se lève, il doit aller travailler. Je l'interroge du regard.

— Je n'en sais rien.

C'est tout ce qu'il trouve à dire. Il brosse son pantalon d'un revers de main, l'air gêné.

— Ce ne sont que des photos, je ne sais qu'en penser…

Quand la porte claque derrière lui, je reste debout au milieu de la pièce. *T'as vu ça, Xavier ? Pas un commentaire, rien, que dalle, je lui offre un suspect comme on n'en a pas vu sur ce dossier depuis trente-cinq ans, une convergence de preuves vertigineuse, la possible résolution de la plus phénoménale énigme française de ces dernières années, et lui ne sait qu'en penser. Quel connard…*

Plus tard, un message de Mesrine m'avertit que dorénavant, une avocate pénaliste de sa connaissance sera en copie de nos échanges. Il lui a expliqué l'affaire. Pour elle, notre suspect est le Grêlé, elle n'en doute pas plus que Mesrine – je sais à quel point il sait se montrer convaincant – et nous conseille d'avertir la police judiciaire. Si nous ne le faisons pas, ajoute-t-elle, elle s'en chargera elle-même. Mesrine aimerait connaître notre opinion. La mienne est simple : même si la réaction de cette avocate est une consolation après la lâcheté imbécile de Jean-François, je trouve que c'est prématuré, nous n'avons pas réuni assez d'éléments. Il faut compléter le tableau, s'assurer de la validité de notre théorie, il y a encore trop de failles, nous les avons soigneusement évitées, trop de vides à combler, trop de blancs remplis à la hâte et peut-être même quelques pièces du puzzle que nous avons intégrées de force. Mon pragmatisme me rassure, comme si quelques bribes de conscience flottaient toujours sur l'océan de déraison qui me submerge alors.

L'après-midi même, sans surprise, Mesrine appelle le commandant de police chargé de l'affaire. L'homme se montre manifestement intéressé, il pose des questions.

— Comment avez-vous trouvé tout ça ?

— Sur internet et sur des annuaires d'époque.

— Mais monsieur, votre gars, là, il n'est pas de Paris…

— On pense justement que le coupable vient de province, s'il avait été à Paris vous l'auriez trouvé…

— Vous savez, des gens qui ont trouvé le Grêlé, j'en ai cinq au téléphone toutes les semaines, on vérifie tout, on ne peut rien laisser au hasard, mais ne vous emballez pas.

Mesrine ne se démonte pas.

— Nous avons bossé à trois, je suis sûr de moi, c'est lui, c'est le Grêlé. Vous avez des moyens que nous n'avons pas, vous allez pouvoir vérifier tout ça, il y a trop de convergences pour que ce soit fortuit.

On imagine l'homme à l'autre bout du fil en parfait fonctionnaire, droit, carré, structuré, respectueux des procédures et de la hiérarchie.

— Vous savez, monsieur, le hasard, ça existe, nous allons voir avec la juge d'instruction si ça vaut le coup de lancer des réquisitions, envoyez-nous un fax récapitulatif et reposez-vous, je sens bien à quel point vous vous impliquez, nous prenons le relais, c'est un travail de policier.

J'ai éclaté de rire. Un fax ? Et pourquoi pas un message attaché à la patte d'un pigeon voyageur ? Je visualise soudain les locaux du 36, quai des Orfèvres comme une poche de résistance au temps, des pièces figées dans la désuétude, avec des murs verdâtres et des téléphones à cadran, des bureaux métalliques, des flics à moustache prenant des notes sur des calepins, un Minitel dans un coin et des machines à écrire qui crépitent.

— T'as un fax, toi ?

— Non.

Clemal2011 n'en possède pas non plus. Nous trouvons finalement le moyen d'en envoyer un depuis un site internet, avant de comprendre que ce fax, que nous avons pris pour un archaïsme, est toujours en usage pour éviter le piratage informatique. *Alea jacta est*, notre thèse embryonnaire est aux mains des professionnels. J'imagine Xavier ricaner, Jean-François secouer la tête, déconcerté, Céline, accablée, lever les yeux au ciel. En ce qui me concerne, l'excitation des derniers jours laisse subitement place à un temps suspendu, dans l'attente fébrile d'une hypothétique résolution rapide, sûrement une question de jours ou de semaines. Il suffit, après tout, de prélever l'ADN du suspect et de le comparer à celui du meurtrier.

Et puis rien ne se passe comme prévu, les journées, les semaines s'enchaînent, et l'impatience fait place à l'ennui. J'essaie de me concentrer sur les nouvelles du football. Je suis le conseil de Jean-François et je dépose, à l'intention de Céline, un bouquet de lysianthus blancs à 12 euros sur le perron du pavillon qui abritait notre famille avant qu'elle ne se fendille. En fin de journée, je reçois un message, *« merci pour les fleurs »*, et je souris, stupide, soulagé qu'à peine rentrée, elle n'ait pas hésité à m'écrire. Qui d'autre que moi aurait pu avoir ce geste ? C'était une évidence pour Céline. *« Comment as-tu su que c'était moi ? »* J'en profite pour essayer de renouer le lien ténu qui doit, je l'espère, nous mener à la réconciliation. *« Tu as laissé tomber ta carte bleue à côté. Est-ce que tu veux passer la chercher ou préfères-tu que je la donne à Jean-François demain matin ? »* Je ferme les yeux, j'ai froid.

***

Google Alertes • Le grêlé – Mise à jour immédiate – ACTUALITÉS

« Port-Gentil : La grenade dans l'église » Gabonreview.com

Il s'agit d'un jeune compatriote, Yann Grele *Engonga Engonga, vingt-quatre ans, élève en classe de terminale. La victime a été transportée dans une clinique…*

***

Chaque alerte Google produit maintenant en moi un tressaillement empli d'espoir immanquablement prolongé d'une désillusion. Mes notes sur le Grêlé ne constituent dorénavant qu'une pile unique, sans classement, comme une archive figée pour les deux siècles à venir, une invitation lancée aux rats, aux araignées et à la poussière. Je m'ennuie, terriblement, les heures s'étirent jusqu'à peser des jours. Je me rends compte que je suis le seul à avoir complètement remis notre enquête aux mains de la police. Mesrine continue, acharné, il s'escrime, après avoir récupéré les plans d'évacuation du 116, rue Petit, à retracer le cheminement du tueur, seconde par seconde. Clemal2011, lui, essaie de retrouver les coordonnées des victimes pour les interroger, ce qui contrarie Mesrine, qui perçoit ces initiatives comme des entraves au travail des enquêteurs. De premières tensions apparaissent dans le groupe, ils me prennent à témoin comme si, formidable ironie, j'étais l'élément lucide du trio.

Je profite de cette accalmie pour mettre de l'ordre dans mon activité footballistique, j'ai laissé passer quelques informations capitales ces derniers temps : le capitaine du Sporting Club de Trévise s'est blessé à la jambe en essayant de rattraper avec le pied la bouteille de parfum qui lui avait échappé des mains, la femme de Pombolo McDermott, lequel n'est plus titulaire, vient de traiter son entraîneur de bonbonne à whisky sur Twitter, Jordi Portillo a parié contre sa propre équipe chez un bookmaker en ligne et est suspendu jusqu'à la fin de la saison. Mes articles sont truffés de fautes d'orthographe, je ne suis plus du tout concerné et l'agacement de mon employeur devient manifeste.

Alors que j'essaie tant bien que mal de me raccrocher à la réalité, une nouvelle fois, un événement impromptu me ramène à l'enquête : nous récupérons par l'intermédiaire de Kassandra, l'animatrice du forum, une série de documents que nous ne possédions pas encore et, honnêtement, auxquels nous n'aurions jamais dû avoir accès. Mesrine est furieux que nous n'ayons pu les examiner plus tôt et, comme d'habitude, l'agacement, le sentiment d'injustice, l'urgence et la colère provoquent une bordée d'injures qui lui vaut d'être à nouveau banni du forum.

Ce mercredi-là, je suis avec Lucas. La pluie tombe, dense et continue, et nous n'avons pas le temps de nous rendre au cinéma avant son cours de judo de 16 h 30.

— Qu'est-ce que tu veux faire ?

— Jouer au foot.

— Lucas, on ne peut pas sortir sous ce déluge, et tu te rends bien compte que vu la taille de ma chambre, ça ne va pas être possible ici.

Une idée saugrenue me traverse tout à coup l'esprit, et j'imprime une vingtaine de portraits-robots du Grêlé.

— Si on faisait du coloriage ?

Contre toute attente, Lucas est emballé par l'idée, d'autant que sa mère a glissé un paquet de feutres tout neufs dans son cartable. Une heure et demie plus tard, le mur au-dessus de mon bureau est tapissé : le Grêlé maquillé comme une vieille pute de Pigalle, le Grêlé en pirate des Caraïbes, le Grêlé en Bob Marley, tirant sur un gros pétard, le Grêlé en monstre de Frankenstein, etc. Nous rions beaucoup jusqu'à l'heure fatidique.

— Ça me fait trop chier le judo, papa, je préfère rester ici.

Je blêmis.

— Dis donc, qu'est-ce que c'est que ce langage ? On dit « le judo m'ennuie ! ».

Il soupire.

— N'empêche que ça m'emmerde, je préfère peindre encore avec toi la tête du monsieur.

Je ne relève pas, partagé soudain entre la satisfaction d'avoir partagé un moment de complicité avec mon fils et la crainte qu'un jour, quelqu'un s'aperçoive que la seule activité que j'aie su lui proposer était de colorier le visage d'un tueur en série.

***

Je connaissais l'existence du premier document collecté par Kassandra : un tableau synoptique réalisé par un gendarme à la suite de l'agression d'Ingrid G. Y sont répertoriées toutes les agressions sur des enfants en région parisienne, et parfois au-delà, à la même époque. Je comprends que le document provient du dossier judiciaire du Grêlé, qu'il a probablement été confié à l'avocat d'une des parties civiles, que cette dernière a été autorisée à le consulter et l'a à son tour communiqué à la profileuse belge qui enquêtait sur l'affaire, en parallèle de la police. C'est sans doute elle qui a laissé Kassandra photographier le tableau. Un long sentiment de gêne m'envahit, les noms de toutes les victimes sont cités, les lieux, les dates, les actes commis, immondes, les témoignages, la description des suspects, le véhicule utilisé… J'ai l'impression de regarder des scènes interdites par un trou de serrure, je ne devrais pas avoir le droit de lire tout cela… Je n'apprends rien, je suis incapable d'établir un lien entre ces affaires, aucun de ces crimes ne me semble être l'œuvre du Grêlé. On trouve un nombre effarant de déséquilibrés en liberté, voilà la seule réflexion que ce tableau m'inspire.

Deuxième série de documents, les comptes rendus d'auditions des petites filles du VIe arrondissement et de leurs mères. Là non plus, rien à signaler que je ne sache déjà. Le dernier dossier est plus intéressant. Il s'agit d'un rapport de synthèse sur le double meurtre d'Irmgard M. et Gilles P.

Il a été écrit à la fin de l'enquête, probablement pour la clore, faute d'arrestation ou de piste prometteuse à explorer, mais bien avant que l'ADN du Grêlé permette de rapprocher cette affaire de toutes les autres. Certains passages, rares, sont en allemand, et j'imagine qu'il s'agit d'une traduction du rapport remis par son avocat à la famille d'Irmgard M. J'y découvre la fameuse liste de noms inscrits sur le carnet de la jeune fille au pair, ainsi que les résumés des auditions des personnes identifiées. J'y trouve également diverses précisions sur la scène de crime. D'abord les brûlures de cigarette, une seule sur chaque corps, mégots écrasés au sol sur lesquels on retrouvera l'ADN du Grêlé. Le rapport confirme qu'aucune empreinte n'a été découverte sur place, tout a été nettoyé, y compris le tisonnier ayant servi à resserrer les liens de Gilles P. jusqu'à sa suffocation, une serviette noire de suie traînant en vrac dans la salle de bains en témoigne. Et enfin, le rapport signale non pas un mais deux couteaux à une place inhabituelle : « Au pied du lit, on trouva enroulé dans une serviette-éponge un morceau de ceinture et un couteau de cuisine avec une poignée en bois, de 21 centimètres de long, dont la lame était plantée dans le tissu. » Et, plus loin : « Sur un coffre, au milieu du salon, se trouvait un couteau de cuisine avec une poignée en bois, 24 centimètres de long. » Je n'en peux plus, je suffoque, j'abandonne le reste du dossier et dévale l'escalier pour aller prendre l'air.

Une seule brûlure sur chaque corps, Xavier, tu vois ce que je veux dire ? Ce n'est pas du tout un acte supplémentaire de torture comme on le pensait. L'homme est pragmatique, glacial. Une exécution professionnelle. Il a juste vérifié que les deux victimes étaient bien mortes en les brûlant. Pas de réaction : mission accomplie. Le sadique envisagé devient tueur méthodique. Et toute la perception que l'on en a a évolué. Tu ne dis rien, comme d'habitude, jamais là quand c'est nécessaire. Et les couteaux ? Pourquoi deux ? Parce qu'il n'était pas seul dans cet appartement ? Avait-il un complice, nettement plus prudent ou aguerri ? Ce nouveau postulat expliquerait notamment comment deux personnes, dont un quarantenaire en pleine forme physique, ont pu être immobilisées aussi facilement, mais aussi qu'un type qui ne prend habituellement aucune précaution, abandonne des empreintes un peu partout, devienne soudain aussi méticuleux.

Je réfléchis en marchant, un pied devant l'autre sans but, uniquement parce que le mouvement de mon corps active le flux de mon esprit. Quand je relève la tête, je fais face au petit parc que je connais si bien, imbriqué entre la route qui partage la ville et la bibliothèque municipale. C'est là que la voix de mon fils me tire de ma rêverie d'un tonitruant « papa ! ». Céline est assise plus loin, seule, sur un banc et m'adresse un signe de la main. Lucas me saute dans les bras et un autre enfant le rejoint.

— C'est ton père, ça ?

— Ouais.

— Je le vois jamais à l'école.

— C'est ma mère qui m'accompagne, lui il travaille, ils sont séparés maintenant.

— Ah ouais ? Et il fait quoi comme travail ?

— Avant il travaillait avec des camions, mais maintenant il est dans le foot.

— Ah bon ?

— Ouais, même qu'il va bientôt me ramener le slip de Neymar.

— Le vrai ?

— Ouais, pas vrai papa ?

J'avais complètement oublié cette histoire et Céline, qui est venue à notre rencontre, sourit.

— Hein, papa, que c'est vrai que tu vas me ramener le slip de Neymar ?

— Bien sûr.

— Quand ?

— La semaine prochaine.

Les yeux de l'autre enfant, dont j'apprends qu'il se prénomme Pablo, étincellent. Il envie Lucas qui, lui, est empli de fierté. Je marque des points. Nous rentrons finalement tous les trois, cinq minutes suspendues avant que nous nous arrêtions devant leur porte. Lucas fait rebondir son ballon un peu à l'écart et Céline me recommande de ne pas le décevoir. Je ne sais pas si elle parle du slip ou, plus généralement, de mon attitude.

Commençons par le slip. Une bouffée d'angoisse m'envahit à l'idée de cette fanfaronnade devenue promesse que je me dois d'honorer. Je remonte dans mon antre et, une fois de plus, internet va me sauver la mise. Je suis sûr que vous l'ignorez, mais quand on tape « Neymar en slip » dans la barre Google, on obtient environ 6,5 millions de résultats. Et des centaines de milliers de photos. Dont une, assez belle, du footballeur dans un boxer bleu pétrole, une publicité dont je me dépêche d'enregistrer l'image dans mon téléphone, avant de commander l'article sur le site de la marque Bronzino. 28,50 euros les deux, une affaire.

***

23 h 30, les yeux rivés au plafond, la couette sous le menton, j'appelle le sommeil depuis plus d'une heure. Un désordre de pensées dans le crâne, ça sort et ça revient, ça se heurte ou ça s'assemble, ça se bouscule et ça ne construit rien. Désespéré, je me rhabille et me voilà assis au bord du canal, éreinté et pitoyable, fixant nonchalamment le clapotis de l'eau. *Quel lamentable spectacle. Ta gueule, Xavier… Ça suffit, dégage, je ne veux plus jamais t'entendre !* J'ai crié en me levant du banc, en colère, le doigt tendu et menaçant. Un couple de passants sursaute, la femme s'arrête.

— Tout va bien, monsieur ?

L'homme, moins courageux, l'entraîne en pressant le pas, et je suis seul sur ce quai, sous la lumière blafarde d'un lampadaire. J'appelle Gianluca Borgo Di Pioggio, une fois, il ne répond pas mais il est tard, minuit passé, je réessaie, deux fois, trois fois et il décroche.

— Il faut que je vous voie, maintenant.

Silence.

— Il est tard, je ne reçois plus à cette heure, je vous rappelle demain, je vous trouverai un rendez-vous en urgence.

— Ne raccrochez pas, l'urgence c'est maintenant, j'ai besoin de vous, de votre avis.

Il soupire.

— Expliquez-moi ce qui ne va pas.

— Rien ne va, vous le savez.

— Allez-y.

— Est-ce qu'il est possible d'avoir des hallucinations sans être fou ? Je veux dire, de vivre des événements qui ressemblent à un épisode psychotique en étant sain d'esprit.

— Quel genre d'hallucination ?

— Je ne sais pas, par exemple voir des objets, des gens qui n'existent pas, entendre des voix, avoir des conversations avec ces gens qui ne sont pas censés être là.

— Vous parlez d'une expérience que vous vivez actuellement ?

— Non, c'est plus général.

— Bon. Effectivement c'est possible, avec un terrain favorable. Il peut y avoir mille raisons médicales à ce genre de phénomène : migraines, crises d'épilepsie, Alzheimer, maladies neurodégénératives, lésions cérébrales et j'en passe, sans même parler de schizophrénie. Je n'ai rien décelé de tout cela chez vous.

— Je ne parle pas de moi.

— Oui, j'ai entendu. Mais des hallucinations auditives ou même visuelles peuvent apparaître dans certaines circonstances, dans des moments de dépression intense, par exemple. Le manque de sommeil, l'alcool, la prise de drogue ou de certains médicaments… Ou à la suite d'un choc émotionnel : la perte d'un travail, la disparition d'un être cher, une séparation. J'ai bien compris que vous n'êtes pas le sujet de ces interrogations, vous me l'avez suffisamment dit, alors prenez ce qui suit comme un exemple : vos parents ont disparu il y a peu, vous avez perdu votre boulot, votre couple bat de l'aile, vous buvez trop et dormez peu… Et la solitude n'arrange rien. Vous cumulez les facteurs propices aux hallucinations, c'est évidemment assez rare mais si vous en étiez victime, je ne serais pas tout à fait surpris.

Je respire bruyamment.

— Et y a-t-il un moyen de s'en débarrasser ?

— Oh, vous savez, ça peut disparaître comme c'est arrivé, il suffit parfois d'un rien, un petit mouvement – arrêter l'alcool par exemple, ou retrouver le sommeil – qui en enclenche un autre, puis un autre, tout ce qui pourrait fabriquer une sérénité retrouvée, une forme d'apaisement. Nous en reparlerons si vous le voulez bien, lors de notre prochaine séance, j'espère avoir en partie répondu à vos interrogations, mais là, j'étais couché et je dois vraiment y retourner, je travaille tôt.

— D'accord… Ah, dites-moi…

— Oui ?

— Vous dormez avec vos chaussettes rouges ?

— Euh, non… En pyjama…

— Merci beaucoup, bonne nuit.

— Bonne nuit à vous également.

Je raccroche, soulagé, je crois que je peux avoir confiance en un type qui dort en pyjama.

***

Google Alertes • Le grêlé – Mise à jour immédiate –
ACTUALITÉS
« Six Nations : comment échapper à la grêle irlandaise en début de match ? » Rugbyrama.fr

***

7 heures, la sonnerie de mon téléphone m'arrache à un rêve confus et je passe du large trottoir bordant l'avenue ensoleillée d'une ville ressemblant à Los Angeles aux draps humides et aux murs gris de ma morne chambrette. Je décroche et je suis assailli par un flux de paroles ininterrompues.

— C'est lui, c'est sûr, notre client, c'est le Grêlé, j'ai fait des statistiques. En France, 30 % des hommes font plus de 1,80 mètre. Si le type a soixante ans, ça diminue beaucoup. Il est très grand pour son âge. Ajoute les caractéristiques que l'on connaît de lui, et qui correspondent à notre suspect : grandes mains, yeux marron, carrure athlétique, menton en galoche, avec un passé militaire ou policier, un nom proche d'Élie Lauringe et j'en passe… Petit à petit, c'est notre homme qui se dessine, à 99,9 %, il n'y a aucune chance d'en trouver un autre dans tout le pays qui corresponde autant au Grêlé.

Il est beaucoup trop tôt pour que j'arrive à suivre les raisonnements mathématiques de Mesrine. Je préfère éluder.

— T'as lu les documents de Kassandra ?

Je lui expose la théorie selon laquelle plusieurs personnes auraient pu être présentes sur la scène de crime de la rue Sainte-Croix-de-la-Bretonnerie. Il y a pensé également et il convient qu'il ne faut pas écarter cette hypothèse. Et puis il me parle de la fin du rapport que je n'ai fait que survoler. Le mobile de ce double meurtre est très flou. Pour la majorité de ceux qui s'intéressent à l'affaire, il est question de jalousie : le Grêlé – s'il est Élie Lauringe – a rencontré la jeune fille au pair allemande quelques mois avant le crime. Il a couché avec elle la veille. On suppose alors qu'en montant dans l'appartement pour rendre ses clés à Irmgard, il s'aperçoit qu'elle couche avec Gilles P. et décide, dans un moment de colère, de les supprimer tous les deux. L'histoire criminelle regorge de récits de ce genre, mais dans le cas qui nous occupe, tout ressemble à une exécution méthodique, planifiée, rien n'indique qu'il ait agi sous le coup d'une émotion.

L'autre motivation possible, c'est le vol. Mais là encore, et même si on peut accorder une certaine valeur au matériel disparu, comment expliquer un tel déchaînement de violence et une telle prise de risque pour deux appareils photographiques ? Mesrine s'est arrêté sur une information du document de synthèse à laquelle je n'avais pas prêté attention : « Le 10 avril 1990, cinq personnes furent arrêtées à Paris pour participation à un trafic de stupéfiants établi entre Lima (Pérou) et Paris. Dans le véhicule d'Yves L., trente-trois ans, mécanicien de bord chez Air France, à l'aéroport RCDG, on trouva 12 kilos de cocaïne qu'il avait récupérés d'un avion en provenance de Lima. Au sujet de GP/IM, Yves L. indiqua qu'il avait connu Gilles P. dans le cadre de son travail, de même que tous les auteurs du trafic de drogue. Il ne fit pas de lien entre les deux affaires. On ne put trouver effectivement aucun indice comme quoi l'origine du double meurtre pouvait avoir un lien avec un trafic de drogue. »

Mon coenquêteur bouillonne.

— On ne comprend rien à ce crime-là, rien des motivations, rien de son déroulement, il est complètement en dehors du tableau général. Mais si on ajoute de la dope – rien ne l'assure, c'est ce que tu vas me dire, et je te l'accorde –, ou même juste l'argent d'un trafic, là on a un vrai mobile. 12 kilos de cocaïne, en 1990 elle coûtait 150 euros le gramme, j'ai vérifié, c'étaient des francs à l'époque, évidemment, mais j'ai converti. Sans même la couper, c'est 1,8 million d'euros à la revente que le gars trimballait dans son coffre. On parle plus de matériel photographique à 5 000 balles là, on est dans une autre sphère.

Nous nous mettons à délirer, à échafauder de folles hypothèses. Imaginons qu'Yves L., mécanicien de bord, accompagne des vols au Pérou, se débrouille pour cacher la dope au départ de Lima, sort tranquillement avec l'équipage à l'aéroport de Roissy, avant qu'un mécanicien au sol, Gilles P. par exemple, récupère les paquets discrètement pendant ses heures de nuit, dans un hangar ou sur la piste… Et peut-être bien que dans cet appartement, au troisième étage, il y avait autre chose que deux pauvres appareils photo et une consternante affaire adultérine, soit quelques paquets de cocaïne ou l'argent de leur revente…

— Et le pote de notre *grelito*, son lien parisien, tu te souviens comment on l'a appelé ?

— Le Péruvien.

— Voilà. Tu crois que c'est un hasard ?

— Je ne sais pas.

Mesrine est dans sa voiture, enfilant les kilomètres, et parfois, le passage dans un tunnel ou une zone vierge de réseau hache la conversation. Nous la reprendrons plus tard.

***

J'enfile une veste légère, je dois filer chez Gianluca Borgo Di Pioggio, rendez-vous dans moins de trente minutes, je serai en retard mais j'ai hâte de lui confier les nouvelles pistes de notre enquête. Alors que je pousse la lourde porte d'entrée de notre immeuble, je me retrouve nez à nez avec Jean-François, aussi surpris et décontenancés l'un que l'autre.

— Je reviens de l'école.

— Tu emmenais ton fils ?

— Oui.

— Pourquoi c'est toujours toi qui l'accompagnes ? Pourquoi je vois jamais ta femme ?

— Elle est décédée.

Je suis mortifié.

— Merde… Désolé.

Quel minable…

— T'inquiète pas, c'était il y a longtemps maintenant.

Je bafouille.

— Que s'est-il passé ?

— Un cancer fulgurant.

Je suis abasourdi.

— Tu sais, je vais refaire la tapisserie de la chambre. À mes frais.

Je ne sais pas ce qui m'a pris de dire ça.

— T'es pas obligé, et ça ne la fera pas ressusciter.

J'ai parfois l'impression de me dédoubler et de m'observer à distance, consterné par mon attitude, par chaque mot qui jaillit de ma bouche.

Je sonne chez Gianluca Borgo Di Pioggio et la porte s'ouvre sur une femme à la mine défaite, les joues creusées et les yeux rougis d'avoir trop pleuré.

— Qui êtes-vous ?

— Je suis un des patients de M. Borgo Di Pioggio, j'ai rendez-vous ce matin.

Elle renifle.

— Je suis désolée, je n'ai pas pu prévenir tout le monde, il est mort, le pauvre.

— Mon Dieu, je l'ai eu au téléphone cette nuit, que s'est-il passé ?

— On ne sait pas, il est tombé dans l'escalier on dirait, il s'est brisé le cou, c'est étrange parce qu'il ne buvait pas, les flics ont dit qu'il allait y avoir une autopsie, même si ça ressemble à un accident… C'est la dame du cinquième qui l'a trouvé, il était tout tordu, en équilibre sur le palier, comme une chaise longue mal repliée, vous voyez ?

Je vois.

— Je peux entrer ?

Elle s'écarte, c'est une invitation et j'avance un peu dans le hall, la minuscule salle d'attente, puis le cabinet que je connais, sur la gauche, je m'installe sur la chaise, comme si la séance allait avoir lieu.

— Vous étiez mariés ?

Leçon de ma rencontre matinale avec Jean-François : se préoccuper des autres.

— Pas du tout, j'étais sa secrétaire, je faisais aussi le ménage. Bon, il lui arrivait tout de même de me fourrer parfois.

— Pardon ?

Je manque de tomber de la chaise.

— De me fourrer, de me niquer quoi, il me renversait sur la table ou sur son bureau, retroussait ma jupe, baissait ma culotte et *paf*.

Elle est bizarre, un peu exaltée, comme s'il fallait soudain vivre exagérément pour s'extirper de l'air de mort qui commence à imprégner les murs.

— *Paf* ?

Elle se fâche.

— Vous le faites exprès ? *Paf* il m'enfilait sa queue, ça durait le temps d'un demi-sablier…

Elle souffle, son regard se perd.

— C'était un homme très occupé, notez que moi, ça me convenait comme ça, au restaurant je prends une entrée et un café, jamais un menu complet.

Je souhaiterais à cet instant dire quelque chose sur cet homme que je ne connais pas, quelque chose qui puisse sonner comme un hommage, quelque chose qui puisse procurer un peu de réconfort à cette femme désemparée.

— Ses chaussettes rouges, ça vous perturbait pas, vous ?

Et voilà… Quel crétin. Je me déteste tellement à ce moment-là que j'ai envie de chialer. Elle répond par une grimace étrange, comme si elle se demandait soudain ce que je foutais là.

— Je suis désolé, j'ai dit ça parce que ça m'a obsédé, à chaque séance, je ne sais pas pourquoi.

Elle disparaît quelques secondes puis revient les bras chargés d'un carton.

— Prenez-les, je suis en train de tout ranger, ça va finir à la poubelle sinon.

Il y en a des dizaines, roulées en paires, toutes rouges, je bafouille un « merci », je suppose que c'est le moment de sortir, que toutes ces chaussettes sont un point final à mon analyse et à notre conversation.

Dans l'escalier, je m'arrête à l'endroit où je situe la découverte du corps, je l'imagine brisé, désarticulé comme un personnage de Schiele. *Et s'il avait été assassiné ?* J'essaie de me raisonner. Qui aurait pu lui en vouloir ? L'image du Grêlé se superpose dans mon esprit au corps disloqué de Gianluca Borgo Di Pioggio. Non. Impossible. Et pourtant, je peine à me défaire de cette idée… Je pense au nombre de fois où j'ai consulté le compte Facebook de notre suspect sans précautions. Je sais que l'algorithme du réseau, dans ces cas-là, finit par proposer une mise en relation. Est-ce que notre *grelito* est lui aussi en train de m'observer ? Est-il possible que, se sentant traqué, il ait décidé de repasser à l'attaque ? Et si ce meurtre était un avertissement ? Je tente de balayer ces pensées de mon cerveau, j'en saisis toute l'absurdité, j'en souris même un peu mais elles sont là, obsédantes. En chemin, j'aperçois le Grêlé plusieurs fois, au détour d'une rue, à la terrasse d'un bar ou à travers une vitrine et j'accélère le pas, tendu. Le soir venu, je fermerai la porte à double tour, je me relèverai au moindre grincement de parquet, au moindre bruit de pas et je ne dormirai pas.

***

Google Alertes • Le grêlé – Mise à jour immédiate – Web

« Histoire d'une famille juive en France sous l'Occupation » ddns.net

Ginette Hirtz, Les Hortillonages sous la grêle, histoire d'une famille juive sous l'Occupation, *Paris, Mercure de France, 1982, Frédéric Viey et Franck d'...*

***

« Mon psy est décédé. » « Quoi ? » Je laisse l'échange de textos avec Céline suspendu un moment, avec une pointe de satisfaction à l'idée qu'elle puisse s'inquiéter pour moi. *« Lucas me demande où tu en es du slip de Neymar. »* Ça n'aura pas duré, je préfère ne pas répondre, agacé, et je me connecte à Facebook pour vérifier les éventuelles nouvelles photos de notre suspect, sottement soulagé de n'en voir aucune devant la tour Eiffel, l'Arc de triomphe, ou n'importe quel monument qui me laisserait supposer qu'il rôde dans les parages.

C'est à ce moment-là que je renoue contact avec une ancienne relation de travail, Sandrine, qui a quitté Paris pour le Gers, le bruit, le béton, les loyers inabordables, la promiscuité et la pollution pour l'espace, la pierre blanche, les chênes truffiers, le chant du coq et la cuisine à la graisse d'oie. Nous échangeons quelques banalités et je ne résiste pas à lui parler de mon projet. Nous sommes trois, nous enquêtons, nous avons une cible en vue, sur cette affaire qui se dérobe à la police française depuis plus de trente-cinq ans, nous avançons petitement, pas à pas, avec nos moyens minuscules, tentant de resserrer l'étau autour de notre suspect, et moi j'écris, sans visibilité, sans pouvoir imaginer où tout cela mène, dans l'expectative d'une hypothétique arrestation.

« Pourquoi tu ne demandes pas à une voyante ? » Je souris, me surprenant même à balancer un *smiley* hilare, avant de me rendre compte qu'il ne s'agit pas d'un trait d'humour, me souvenant soudain de ses marottes ésotériques, notamment celle de tirer volontiers les cartes à celles et ceux de ses collègues qui, dans un moment de trouble ou d'indécision, lui en faisaient la demande. Au fil de la conversation, et bien que, vous vous en doutez, je ne donne aucun crédit à ce genre d'élucubration, l'idée fait son chemin, et j'ose lui demander si elle en serait capable… Ce serait après tout un chapitre incongru à ajouter à mon livre, une sorte de respiration occulte.

Elle accepte, a besoin d'une photo du suspect, de sa date de naissance, d'un résumé de ses exactions, du type de lieu dans lequel elles se sont produites. Rien d'autre, sauf une question précise sur laquelle elle devra se concentrer. Je m'apprête à lui envoyer toutes les informations nécessaires quand on frappe à ma porte. Jean-François, l'air circonspect, me demande si j'ai commandé des slips. Je confirme en me confondant en excuses, j'avais complètement oublié de le prévenir, comme je n'ai pas vraiment d'adresse je les avais fait livrer chez lui. Il me tend un paquet éventré.

— Désolé, je l'ai ouvert.

Je le remercie et lui claque quasiment la porte au nez, de manière tout à fait honteuse, j'en conviens, mais merde, je suis débordé. En envoyant mes notes et la photo à Sandrine, je respire les slips. Ils sentent le neuf, les plis sont marqués, j'arrache les étiquettes et je froisse le tissu entre mes mains. Dans une pharmacie, je teste quelques eaux florales biologiques en massant d'une main le caleçon dans ma poche pour tenter de lui donner la patine de l'usage et je finis par opter pour l'*Eucalyptus radiata*, qui m'apparaît à cet instant comme la quintessence de la brésilianité. J'asperge abondamment mon cadeau de parfum carioca et, lorsque je me retrouve devant ma compagne et mon fils, je l'extirpe de ma poche d'un geste auguste et triomphal. Les yeux de Lucas brillent, Céline sourit. Lucas porte le caleçon à son nez et plisse ses lèvres en une moue dégoûtée.

— Il avait mis un suppositoire avant de me donner son slip, Neymar ?

Céline éclate de rire.

— La vache, il a raison, t'es sûr que c'est son slip, pas celui d'un panda pétomane ?

Je ne me démonte pas, stoïque dans l'adversité, je leur oppose que oui, ce bout de tissu a parfaitement épousé l'intimité du footballeur, recto et verso, que j'en ai moi-même tiré deux poils pubiens dont un au moins lui appartenait, l'autre, plus clair, provenant plus sûrement de l'une de ses conquêtes. C'est fascinant, alors que j'ai été élevé dans une sainte horreur de la dissimulation, à quel point je suis devenu menteur, sans vergogne, avec un aplomb confondant et un talent de comédie que je ne soupçonnais pas.

Mon téléphone sonne au moment où je me prépare à prendre congé. C'est Mesrine.

— Tu ne réponds pas ?

— Non.

— Au fait, tu as trouvé un nouveau psy ?

Je n'y avais même pas pensé, non, je n'ai pas cherché à le remplacer, et je tends la jambe, *pantalon trop court, chaussettes rouges*, oui, je porte ses chaussettes, et la mère de mon fils prend à nouveau cet air accablé que je lui connais si bien.

En rentrant chez moi, je repense à Gianluca Borgo Di Pioggio, à sa désertion, je ne m'imagine pas repartir de zéro avec un autre, je me demande ce qui se serait produit quand je lui aurais enfin parlé de Xavier Dupont de Ligonnès, comment il avait colonisé le tiroir de mon bureau, en chair et en os, avant que je ne l'en expulse, comment sa présence avait continué à habiter mes rêves, et peut-être qu'après tout, j'aurais inventé tout un système d'évitement pour ne pas avoir à affronter cet instant, de peur d'entendre prononcer les mots « aliénation » ou « démence ».

Le téléphone sonne, Mesrine encore, ça a l'air urgent, je le rappellerai plus tard, au calme.

***

Jean-François n'a jamais refait sa vie depuis la mort de sa femme, il est très occupé, entre son boulot et son fils, sort peu, il n'a rencontré personne qu'il ait estimé à la hauteur de son amour disparu, on compare forcément, il n'est sans doute pas encore prêt, c'est ce qu'il m'explique à la terrasse du café alors que nous venons à nouveau de nous croiser par hasard. Il me demande ce que c'est ce look, les yeux perdus au-dessus de mes chaussures, *pantalon trop court, chaussettes rouges*, je n'ai pas envie de me livrer à un nouvel exposé et j'élude, l'air absent. Mon téléphone sonne encore et je décide de rentrer.

À ma table, enfin, je découvre un message de mon employeur. *« Nous nous voyons contraint de mettre fin à votre contrat de pigiste pour le site megafoot.com. Malgré nos avertissements répétés, votre propension à n'en faire qu'à votre tête en ajoutant des commentaires superflus et en ne traitant que les nouvelles que vous décidez dignes de l'être, au mépris de l'avis de votre hiérarchie, ainsi que vos retards répétés nous obligent à nous tourner vers une personne plus jeune, plus rapide, plus constante, plus au fait des nouvelles technologies et à même de comprendre et de maitriser les enjeux du journalisme tel qu'il peut être pratiqué aujourd'hui. Nous vous remercions et vous souhaitons une bonne continuation. Un solde de tout compte vous sera envoyé sous huitaine. Bien cordialement, le directeur de la publication de megafoot.com.* »

J'oscille entre soulagement et dégoût et, l'agacement aidant, je réponds : « *Dans le journalisme tel qu'il peut être pratiqué aujourd'hui, mais également demain, "contraints" sera plutôt accordé avec "nous", et le verbe "maîtriser" prendra systématiquement un accent circonflexe.* »

Autre message, de ma sorcière gersoise tireuse de cartes :

« *Le type sur la photo est capable de violence. Il y a été confronté souvent, d'ailleurs, très probablement. Je le vois à ses traits, mais pas seulement, sinon ce serait juste du délit de sale gueule… Il y a des sensations qui me submergent. Ce qui ne veut pas dire que c'est ton suspect. Tous les gens violents ne sont pas des tueurs. Je fais le tirage et je te tiens au courant, après avoir mis mes notes en forme, sans doute demain. Attention, il ne faut pas s'emballer, un bon tarologue fait environ 20 % d'erreurs, ce n'est pas une science exacte.* »

Il ne se passe tellement rien sur ce dossier que je suis saisi par une certaine fébrilité dans l'attente du résultat, alors que je n'aurais pas misé un centime sur le fait que je pourrais être un jour excité par quoi que ce soit qui relève de la magie ou de l'ésotérisme.

Quand Mesrine m'appelle à nouveau, je ne résiste pas à lui raconter que j'ai demandé l'avis d'une voyante. Un long silence s'installe. Je l'imagine sans peine consterné, lui pour qui le pragmatisme et l'analyse des faits font la base d'une enquête solide.

— C'est de la merde tout ça.

Certes, mais c'est amusant et ça nourrira mon livre, voilà tout ce que je trouve à bredouiller pour me défendre.

— Mais je t'appelle pas pour ces conneries.

Je m'en doute, il est plus sûrement là, au bout du fil, pour m'abreuver de statistiques incompréhensibles qui démontreront aussi sûrement que deux plus deux font quatre que notre suspect est le Grêlé, et qu'à trois, avec un ordinateur et un peu d'intuition, nous allons humilier l'ensemble de la police judiciaire en résolvant le plus grand mystère de ces trente dernières années. Il rit un peu.

— Non, écoute-moi bien et accroche-toi à ton siège.

Je préfère m'allonger sur le lit, face au plafond blanc constellé de moucherons.

— Tu te souviens du pote de notre client, celui qui est la seule connexion que nous lui connaissions avec Paris ?

— Oui, celui qu'on a surnommé le Péruvien.

— Exactement, celui également qui avait monté une boîte de coursiers, peu après l'assassinat D'Irmgard M. et Gilles P., domiciliée dans une petite impasse du XVIIIe arrondissement.

Jusque-là, j'arrive à le suivre.

— Alors figure-toi que j'ai relu tous les noms que tu as relevés à la BHPT. Tu me connais, quand je m'emmerde, je repasse tout en revue, pour être sûr de n'avoir rien oublié, et jusqu'ici j'avais fait chou blanc, parce que nous n'avions pas encore le rapport de synthèse du double meurtre du Marais. Maintenant, regarde la photo que tu as prise de la liste des habitants, en 1986 ou 1987, de cette fameuse petite impasse où notre Péruvien avait logé sa boîte de courses.

Je n'ose pas lui dire que je risque de la chercher pendant une heure ou deux, ma pratique du classement étant librement inspirée d'une méthode hongroise fondée sur la pile et le hasard.

— OK, ne bouge pas, je te l'envoie par e-mail.

J'attends le *ping* de réception dans ma boîte et je lis. Il y a très peu de noms, et l'un d'eux attire mon attention, sans que je sois en mesure de l'associer immédiatement à quoi que ce soit : *Yves L.*

— Oui, Yves L., le même nom que celui qui s'est fait choper deux ans après le double meurtre avec 12 kilos de cocaïne dans le coffre de la bagnole. Donc hypothèse 1, Gilles P. et Yves L., contrairement aux affirmations de ce dernier, sont associés et, à un moment, quelque chose a dérapé, la cocaïne, ou l'équivalent en billets, qui disparaît, par exemple. Deuxième hypothèse : Gilles P. ne trempe pas dans ces combines mais les découvre, donc on se débarrasse de lui. Tiens, il peut même avoir pris des photos, d'où la disparition des appareils. Tu me suis ? D'accord, j'extrapole... Mais ajoute ces ingrédients au double meurtre du Marais et avoue que ça te fabrique un mobile plus solide qu'un misérable cambriolage ou une sombre histoire de jalousie. Et à part ça, donne-moi un bon moyen de fourguer discrètement de la poudre à des particuliers dans Paris ?

Je réfléchis.

— Des coursiers ?

— Bingo.

Je vérifie rapidement sur un plan, le logement d'Yves L. se situe quasiment en face de l'entreprise de courses. C'est complètement dingue et j'éprouve immédiatement le besoin de trouver une faille dans le puzzle qui se construit sous mes yeux.

— Ton Yves L., c'est peut-être un homonyme…

Silence.

— Certes, mais j'ai vérifié, c'est un nom très peu répandu, libre à toi de retourner à la BHPT contrôler s'il y en a d'autres dans Paris à la même époque…

C'est ce que je vais faire.

— Alors voilà, maintenant, on peut encore me dire que c'est une coïncidence, mais combien y avait-il de chances de retrouver ces deux types de notre dossier dans la même rue, à 10 mètres l'un de l'autre ?

Je suis abasourdi.

— La dernière fois, tu disais que tu évaluais à 80 % la possibilité que notre client soit le Grêlé, et maintenant ?

Je ne sais plus, un peu plus sans doute, ce qui commence à faire un chiffre conséquent. Je le supplie de ne pas me submerger de nouvelles statistiques et il rit. Quant à moi, j'ai besoin de réfléchir. Mesrine ajoute qu'il va rappeler la PJ pour transmettre cette nouvelle information. Je raccroche et prends un nouveau rendez-vous pour le lendemain à la Bibliothèque historique des postes et télécommunications. *Xavier, tu en penses quoi ? C'est complètement fou, non ? Non ?*

***

Google Alertes • Le grêlé – Mise à jour immédiate – ACTUALITÉS

« Décès de Norma, le dessinateur de Capitaine Apache » Actua BD

C'est à ce moment que Roger Lécureux, le célèbre scénariste de Fils de Chine, Le Grêlé 7/13 et de Rahan, le prend en main avec une série mettant…

***

C'est encore une nouvelle personne qui me reçoit à la BHPT. Un homme petit, cubique et dégarni, aux gestes gauches et mécaniques, comme s'il avait été fabriqué en vissant la tête d'un expert-comptable sur un frigo, dans une usine de robots coréenne. Il est fort discourtois et semble agacé par mon arrivée. Je lui demande les annuaires de Paris par noms, de 1985 à 1991. J'y découvre deux choses. Tout d'abord, il n'y a qu'un seul Yves L. abonné au téléphone dans la ville dans ce laps de temps, et il disparaît à partir de 1991, au moment où il se fait arrêter avant d'être condamné à une peine de prison. Je suis sûr à 99 % qu'il s'agit de celui que nous recherchons. En revanche, il habite dans l'impasse qui nous intéresse avant le déménagement de la boîte de courses juste en face. On le trouve ensuite dans une autre rue, proche, à quelques centaines de mètres. Il n'a jamais vécu en face de l'entreprise du Péruvien, comme nous l'avions supposé.

Dix points d'excitation en moins, dix points de doute en plus, je continue d'osciller, légèrement déçu. Mesrine est moins dépité que moi. Après tout, il ne part pas très loin, quelques centaines de mètres… Yves L. et le Péruvien ont très bien pu se fréquenter tout de même, j'en conviens, même si j'ai l'impression que, chaque fois que nos certitudes vacillent, nous les raccrochons aux branches de l'enquête avec des morceaux de ficelle et des petits bouts de Scotch. De son côté, Mesrine a réussi à parler au directeur de l'enquête, à la police judiciaire. Intéressé, il a requis une nouvelle synthèse par fax. Le commandant y est évidemment allé de son petit couplet sur la nécessité de les laisser travailler. « La police a le dossier en main, faites confiance aux professionnels. »

Je sens confusément que nous sommes repartis pour un épisode de désœuvrement quand je reçois un message de Sandrine, ma sorcière gersoise. Cartes tirées, voici ce que je lis :

« Cette séance m'a donné du fil à retordre. À tel point que je me suis demandé si j'avais la bonne photo sous les yeux, ou les bonnes coordonnées.

Comme je te le disais, les sensations qui me submergent sont désagréables quand je contemple la photo. Je ressens de la violence, un problème avec l'autorité, la discipline. Un narcissisme exacerbé et un défaut de parentalité. Un problème d'imposture, de bâtardise (est-il le fils de son père légal, a-t-il vécu avec ses parents ?). Une scène de son enfance apparaît. Une ferme ou une maison de campagne. Un lieu de vacances ou un lieu de résidence ? Je ne sais pas.

Mais il y a de l'ennui, du mépris pour les adultes qui l'entourent, dans ce lieu.

Un sentiment de honte et le besoin de mentir souvent. Quelqu'un qui aurait voulu naître dans une autre famille.

Je fais un premier tirage pour savoir s'il corrobore mes sensations et je ne suis pas déçue : que des cartes inversées. Cette personne n'est ni équilibrée ni épanouie sur les plans psychique et émotionnel.

Je sors un Pape inversé, un 6 d'Épée inversé et un Chariot inversé.

C'est quelqu'un qui ne pardonne pas. Qui manque d'empathie. Le sentiment d'illégitimité revient dans ce tirage. Je l'avais déjà senti. Un personnage en conflit avec tout ce qui est institutionnel, légal. Dégoûté par l'éducation religieuse – en a-t-il reçu une ou ses parents étaient-ils croyants ? Pourtant il n'est pas sans croyance ou superstition. Il est attiré par l'occultisme.

Il n'a probablement pas fait de grandes études, ou pas celles qu'il aurait voulues.

C'est une personne plutôt sédentaire, qui ne se déplace que par nécessité. C'est quelqu'un qui se blesse facilement. A-t-il déjà eu un accident ? Paradoxalement, il est claustrophobe et ne se sent bien nulle part. Il a déjà été enfermé (prison, pension, foyer, hôpital ?).

Il éprouve facilement de la haine et n'est pas capable de sentiment amoureux.

Il a le sentiment de ne jamais gagner autant d'argent qu'il le voudrait.

C'est une personne nuisible pour son entourage et assez dépressive. Plutôt souffreteux, il a facilement des malaises et peut avoir des problèmes de peau (eczéma, zona, etc.), il a sûrement de l'arthrite ou de la goutte mais à son âge, c'est statistiquement facile de le supposer. Il va développer une maladie chronique. Je ne sais pas s'il le sait déjà.

Il est capable de s'approprier (vol, viol) le bien d'autrui et a un problème avec la sexualité. Des pulsions de mort après un désir. Il ferait en effet un bon suspect dans une enquête criminelle. Opportuniste, vantard, radin, il peut être fasciné par les armes (plutôt blanches, type couteau) et ferait un chasseur de type viandard. Qui tue des animaux pour le plaisir. Le mot "sépulture" me vient à l'esprit.

Immoral, il peut avoir une double vie ou des "vies successives". Ce n'est pas un bon père et un de ses enfants pourrait lui ressembler. Il n'a de toute façon pas une bonne image du sien.

Il a une mauvaise communication orale ou un défaut de langage.

Il peut être capable de perversion avec les jeunes.

Bref ! Tout concorderait pour dire que c'est bien la personne à laquelle tu penses.

Pourtant, il faudrait que tu me poses ta question plus précisément pour faire un nouveau tirage, car ensuite, j'ai enchaîné le Jugement inversé, le 6 de Coupe et le 10 de Bâton, qui évoquent une erreur de jugement qui viendrait du passé de cette personne, une exhumation (d'une des victimes, je suppose) et une nouvelle compilation, un nouveau classement de notes, d'étiquetage. Et donc, un changement d'orientation, l'évolution d'une situation. Bref, un risque de projet avorté.

Ce gars pourrait mériter la prison, mais ne serait pas celui auquel tu penses. Soit parce que le vrai coupable est un autre, soit parce que les infos sur lui que tu m'as communiquées sont erronées.

Voilà. Dis-moi ce que tu en penses, et si besoin, je referai un tirage. »

Comment a-t-elle su pour les problèmes de peau, alors que je ne lui en ai pas dit un mot, alors que je n'ai même pas évoqué le surnom du tueur ? A-t-elle fait des recherches ? Elle me certifie que non. Sandrine n'est pas certaine de l'implication de notre homme dans cette série de méfaits. Elle pense que les questions n'étaient peut-être pas assez précises et me propose un nouveau tirage à partir d'interrogations pointues, tranchées, recentrées. Je lui en propose deux : « A-t-il tué la petite Cécile ? Est-il l'auteur du double meurtre du Marais ? » Simple, direct, efficace. Elle accepte sans problème, rendez-vous dans quelques jours pour un compte rendu…

J'appelle Mesrine qui éclate de rire.

— D'accord, ça peut être amusant d'en tirer une scène pour un livre, mais ce sont des foutaises. Le tarot, les pendules, les boules de cristal, ça n'a jamais résolu une enquête. La réflexion, la méthode, le savoir-faire policier, si.

Je n'insiste pas.

***

Google Alertes • Le grêlé – Mise à jour immédiate – Actualités

« Drôme : trop bruyants, deux canons antigrêle interdits par la justice » France 3 Régions

Le tribunal de Valence (Drôme) ordonne l'arrêt de deux canons antigrêle installés par des agriculteurs à Mercurol-Veaunes (Drôme) pour protéger…

***

Le soir, alors que je parcours les rues de la ville au hasard pour éviter de tourner en rond dans ma minuscule chambre, je tombe sur un seau à moitié plein de peinture polyuréthane ultrarésistante de couleur « jaune, signalisation danger ». C'est un signe du destin pour occuper ma fin de semaine et mettre du soleil dans mon modeste intérieur.

Je ramène le pot, file au magasin de bricolage acheter un rouleau adapté, et j'en profite pour me rendre acquéreur, grâce aux fantastiques promotions qui longent les caisses, de trois rouleaux de Scotch marron dont un gratuit, d'un quintuple mètre à ruban avec extrémité aimantée, d'une petite lampe frontale à LED et d'un jeu complet de clés Allen, le tout pour moins de 15 euros. Aucun de ces objets ne va m'être d'une utilité quelconque dans l'immédiat, j'en suis conscient, mais tous serviront un jour, je le parierais. Je suis d'ailleurs assez satisfait d'avoir su résister à l'offre sur les allume-barbecue biologiques. Au moment de payer le trousseau de clés Allen, je me souviens que j'en ai déjà acheté plusieurs, parce que évidemment, je ne retrouve jamais celui que je possède quand j'en ai besoin, à peu près tous les deux ans. Quand je mourrai – le plus tard possible –, Lucas héritera de plusieurs dizaines de kits de ces petites clés à six pans, et se demandera d'où me vient cette obsession, comme je l'ai vécue avec les Doliprane de mon père, parce que la vie est une longue et navrante reproduction des schémas qui nous ont forgés. À son tour il léguera à sa progéniture consternée sa collection de peluches, de slips de footballeurs ou de couteaux crantés à peler les tomates.

De retour dans la chambre, je dresse le lit à la verticale, j'allume ma lampe frontale, j'ouvre le pot et j'entreprends d'étaler au rouleau la couleur visqueuse sur le mur humide. Je n'avais pas anticipé l'odeur de solvant de la peinture polyuréthane et, en quelques minutes, alors qu'un quart du gris à peine est recouvert, ma vision se voile et je suis pris de vertige. Disons-le simplement, je suis complètement défoncé et je peine à ouvrir le Velux pour aérer, quand on frappe à la porte. Jean-François entre sans que j'aie le temps de l'y inviter.

— Merde, qu'est-ce que tu fous ?

Il s'arrête devant le mur barbouillé, les mains sur les hanches.

— Ça pue le dissolvant dans tout l'immeuble. C'est quoi ce bordel ? Tu fais chier !

Je regarde mon œuvre, enivré de vapeurs chimiques et pris d'une envie de rire que je réprime péniblement. J'ai envie de lui signaler qu'à cet instant, je pourrais être en train de traquer l'un des pires meurtriers que notre pays ait connu, mais non, j'ai préféré enluminer son appartement triste et moche. Il devrait me signifier sa gratitude plutôt que de se mettre en colère.

— Maintenant que j'y suis, je termine, non ?

— Non.

Le rouleau dégoulinant pend au bout de mon bras, quel rabat-joie… Au même instant, un *ping !* retentit, sans doute un e-mail important, et le sourire idiot qui me barre le visage s'étend encore.

— Les affaires reprennent !

Il hausse les épaules, me tourne le dos, revient sur ses pas en apercevant les portraits-robots coloriés par Lucas affichés au-dessus de mon bureau. Il les inspecte en secouant la tête.

— Putain, t'es taré…

Il sort pour de bon, d'un pas décidé, et claque la porte. Je pose le rouleau sur le pot de peinture et j'éclate de rire. Je dois ressembler à un polytoxicomane en pleine montée. Le message reçu vient de Sandrine, en direct du Gers. Il évoque le nouveau tirage sur la base de mes deux questions. Concernant le meurtre dégueulasse de Cécile B., elle a l'impression que notre cible est dans le coup, elle la voit rôder dans les parages… Elle n'en a pas l'assurance, il est possible que ce soit le coupable, rien de plus. Pour le double meurtre du Marais, elle est en revanche plus circonspecte. Soit ce n'est pas lui, soit je lui ai dispensé des informations erronées.

Elle me propose de l'appeler, me redonne son numéro que je compose sans attendre, comme si les émanations avaient étourdi la réflexion au profit de l'action impulsive. Je lui explique que, grâce à l'ADN, nous savons avec une quasi-certitude que l'homme qui a assassiné Cécile B. est le même qui a couché avec Irmgard M. la veille de sa mort et que c'est encore lui qui a abandonné deux mégots de cigarette sur la scène du double crime. Elle ne sait pas, confuse, quelque chose reste obscur et ne colle pas avec le double meurtre. « Et s'il n'était pas seul ? Je veux dire, s'il avait eu un complice, ce jour-là, est-ce que ça pourrait être la raison de ton trouble sur cette affaire ? » Elle hésite et finit par admettre que c'est possible. J'ai une brusque montée d'adrénaline, mon hypothèse se vérifie, je la remercie et je raccroche.

Et puis je sors sur les trottoirs au hasard, respirant l'air de la banlieue qui ne m'a jamais semblé si pur. Je finis sur un banc, face au canal, je me dis que j'avais raison, il n'était pas seul pour tuer Gilles P. et Irmgard M. ; les deux couteaux, ça m'avait mis la puce à l'oreille, et puis éliminer à lui seul deux adultes, tu vois, je n'y croyais pas vraiment. Si Xavier était là, il répondrait : *Ça va pas, mon gars, t'es en plein délire… Tu te rends compte que tu t'accroches à une somme de phrases obscures traduites d'un tirage de cartes de tarot à mille kilomètres d'ici pour valider en force la paire d'hypothèses confuses que tu as fabriquée ? Tout cela est une construction en pâte de carton, sans aucun fondement ! Ressaisis-toi, merde.* Il aurait raison. Je passe mon temps à trier, sélectionner, prendre ou jeter, malaxer des informations pour les faire entrer dans les petites cases qui soutiennent mon argumentation. C'est au mieux l'œuvre d'un intrigant, au pire celle d'un fou.

Au moment où je pousse la porte de mon immeuble, Céline surgit, rose aux joues et souffle court, comme si elle m'avait couru après.

— Salut…

— Salut.

Silence gêné, elle me tend une enveloppe.

— C'est pour toi, je l'ai reçue hier, désolée, je l'ai ouverte machinalement, c'est une convocation de la police judiciaire, je devais te la donner rapidement, c'est pour demain, 10 heures.

Je déplie la feuille, circonspect, la lettre, format administratif, ne contient aucun motif.

— J'imagine que ça concerne ton affaire ?

— Je ne sais pas.

— Tu me laisses entrer ? Je n'ai même pas visité ton nouveau chez-toi.

Je pense au mur à moitié peint, au matelas à la verticale, au ménage approximatif, aux vêtements en boule en attente d'un voyage à la laverie, à la vaisselle dans le lavabo et je soupire.

— Non.

— Bon, une autre fois peut-être ?

— Oui, peut-être.

Elle n'a l'air ni déçu ni surpris.

Je remonte, je fais basculer le lit et je m'assois dessus, la tête entre les mains, je commence à détester cet endroit, j'ai besoin d'air, je voudrais que ces murs disparaissent, soufflés, quand j'ouvrirais les yeux, ils seraient remplacés par une plaine balayée de vents tiédis sous un soleil qui réchauffe, dans laquelle de longues herbes ploient en ondulant, avec, peut-être, là, au milieu, un petit animal à crinière multicolore, ou une cabane faite de pas grand-chose. Bien sûr, rien ne se passe de la sorte, tout est là bien à sa place, gris, sale, triste.

Alors j'essaie de ranger sans entrain, en écoutant un nouveau podcast sur le Grêlé, signalé le matin même sur le forum, une série en cinq épisodes dans laquelle je plonge d'une oreille distraite, m'imaginant qu'une fois encore, je n'en apprendrai pas plus. Pourtant, tout à coup, je tressaille. La journaliste évoque une nouvelle affaire, dont je n'avais jamais eu vent, possiblement liée à notre homme. C'est le logiciel SALVAC qui a permis d'établir une concordance avec le mode opératoire de notre homme. Il s'agit exactement du genre de nouvelle que j'espérais pour interrompre mon ménage. Je m'installe au bureau pour tenter de mettre en forme, à ma sauce, ce nouveau chapitre. Peine perdue. Je n'écris plus, je me contente d'un squelette de notes dispersées et je repousse le reste à plus tard.

Sophie N., vingt-trois ans, 4 décembre 1991. Effectue un stage professionnel dans l'immobilier. Mardi 3 décembre : rendez-vous pour faire visiter un appartement en location (22, rue Manin, 11 heures). Ne répond plus au téléphone ensuite. L'employeur, inquiet, repère son dernier rendez-vous avec un certain Dubost. Décide de se rendre sur place.

22 heures, découvre le corps sans vie de la stagiaire dans l'appartement. Scène de crime abominable, la police intervient.

Premières constatations :

– Traces de lutte.

– Forte odeur d'éther sur les lieux.

– Corps à demi dénudé (violences sexuelles supposées) allongé sur le ventre, les poignets liés. On suppose qu'elle a été bâillonnée.

– Blessure au thorax, sans doute causée par une arme blanche.

– Ceinture serrée autour du cou.

– Bijoux dérobés dans le sac. D'autres, de valeur, éparpillés au sol.

– Détail curieux : les escarpins de Sophie, au milieu de ce champ de bataille, bien rangés côte à côte contre le mur.

Intervention de l'Identité judiciaire, mise sous scellés des éléments recueillis sur place : chaussures, ceinture, traces de sperme de l'agression sexuelle…

Enquête sur le fameux Dubost. Nom d'une société qui réalisait au même moment des travaux sur l'immeuble de la rue Manin. Fausse identité, l'homme l'a possiblement improvisée en lisant le nom sur la camionnette de l'entreprise garée à proximité. Numéro de téléphone donné par le meurtrier correspond au fax d'une autre société. Cette dernière a été en lien avec un ancien petit ami de Sophie : Andres N. L'enquête le concernant ne donnera rien, nouvelle fausse piste.

Inadvertance ou incompétence ? Les scellés contenant le sperme du criminel disparaissent : aucune analyse ADN possible, affaire classée.

Dossier rouvert en 2015 (logiciel SALVAC). Liens établis avec le Grêlé : manière d'approcher la victime, utilisation de liens, de la ruse et d'une fausse identité, dimension sexuelle, position du corps, arme blanche, étranglement par ceinture, vol d'objets personnels…

Rue Manin : à proximité de la rue Petit (assassinat de Cécile B.).

Je ne sais qu'en penser… L'informatique comme prolongement en 0 et en 1 du cerveau des enquêteurs. Le logiciel analyse les affaires et les relie sur la base d'un certain nombre de points communs. *Encore un truc merdique.* Ça permet en tout cas de combler l'absence d'activité du Grêlé entre 1987 et 1994 et ça doit rassurer la police : il ne s'est pas arrêté.

***

Google Alertes • Le grêlé – Mise à jour immédiate – Web

« Au boulot ! Redressage de tôle suite orage de… »
Facebook

At work ! Straightening of sheet metal following storm in grêle *of 2020. SOSGRELE your paintless debosselage on Bordeaux and its…*

***

Le Bastion dresse ses dix étages recouverts d'écailles de verre gris ou bleu, là, au 36 de la rue du même nom. En 2017, tous les services nationaux et parisiens de la police judiciaire ont été regroupés dans ce bâtiment neuf, *exit* le fameux quai des Orfèvres, on n'a gardé que le numéro, le 36. Chemin faisant, je continue à me poser des questions. *Ils vont me parler du Grêlé, parce que, j'ai beau y réfléchir, je ne vois aucune autre raison à cette convocation. Mesrine a signé les fax à la police de nos trois noms. Ils me connaissent donc, et après tout, je suis le seul de la bande à proximité de Paris. Évident, logique. Ils vont me parler du Grêlé.*

J'entre dans l'immense hall.

— Bonjour madame, j'ai une convocation.

La femme de l'accueil fronce les sourcils, aucun motif n'est inscrit, je n'ose pas dire que c'est sûrement en rapport avec l'affaire du Grêlé. Elle imprime mon nom et le glisse dans un badge destiné aux visiteurs.

— Attendez là, on viendra vous chercher.

J'attends. Ça ne me pose pas de problème, attendre la police, c'est ce que je fais de mieux en ce moment. Je prends une photo et l'envoie à Mesrine, *« devine où je suis ? »*. Il ne répond pas. Enfin, on vient me chercher et un homme en uniforme m'abandonne dans une petite pièce blanche et impersonnelle, meublée d'une simple table et de deux chaises. Je commence à trouver le temps long, mon téléphone vibre. Mesrine a répondu d'un simple point d'interrogation. Je lui expliquerai sans doute plus tard, triomphant, que nous avions raison sur toute la ligne, et je vois d'ici les manchettes des journaux, « Trois internautes résolvent la plus grande énigme judiciaire française », il va falloir nous préparer à affronter de multiples sollicitations, je ne sais pas si j'accepterai une décoration d'ailleurs, j'espère accueillir ces lauriers avec ma modestie habituelle, « oh vous savez, c'est dû à un énorme coup de chance, même si nous avons beaucoup bossé, c'est vrai ». Bientôt un commissaire divisionnaire va entrer dans cette pièce, il me remerciera chaleureusement au nom du pays et…

En fait de commissaire, c'est un homme en blouse blanche qui débarque, il tient de petits sacs en plastique transparent, s'installe en face de moi, ouvre le premier et en extirpe un masque de papier et une paire de gants bleus qu'il enfile. Sur un autre sachet, je lis à l'envers, au-dessus d'un code-barres, les mots « prélèvement biologique, ne rien coller sur la carte ou son rabat ». Je suis ébahi.

— Qu'est-ce que c'est que ça ?

— Un prélèvement ADN.

— Quoi ? Mais pourquoi ? J'ai le droit de refuser ?

L'homme s'étonne.

— Euh, oui, vous avez le droit... Mais... On ne vous a rien dit ?

Je me lève, suffoquant de colère et d'incompréhension.

— Non, on ne m'a rien dit, je ne passerai pas une seconde de plus ici.

— Attendez, restez là, je vais chercher quelqu'un, il a dû y avoir un petit problème de communication.

Je me mets à tourner en rond, furibard, il ne manquerait plus qu'ils soient en train de s'imaginer que le Grêlé, c'est moi, et il me semble entendre Xavier ricaner dans mon dos. Un quart d'heure passe avant que l'homme revienne, accompagné d'un autre qui, à son costume impeccable et à son air décidé, me semble tout à fait proche de l'idée que l'on peut se faire d'un personnage important, une sorte de chef. Il me tend la main droite, souriant, s'excuse pour ces désagréments, ils auraient dû faire autrement, « mais vous savez ce que c'est, les effectifs réduits, les urgences à traiter, les imprévus... ». Il ne s'assoit même pas et, l'air grave, m'explique qu'un pêcheur portugais a ramené un crâne dans ses filets, au large de Madère. Mon regard se voile et des images défilent dans ma tête, en vrac : ma mère, tendre, effacée, comme une apparition translucide, et mon père, raide, droit, sévère, son pas cadencé et son froncement de sourcils qui invite au silence, une punition, un jour, la porte qui claque et mes sanglots dans la solitude d'une chambre glacée, mon père et ma mère, ensemble, moi enfant à l'arrière de la voiture en été, le bruit du moteur, on se tait et ça pue l'essence et le cuir chaud, et puis un Noël d'il y a mille ans, sous un sapin clignotant, mon premier vélo. Tout cela n'a duré que quelques secondes, le regard empreint de sollicitude, ils attendent que j'encaisse.

— Un crâne d'homme, de soixante ou soixante-dix ans.

— Mais alors, vous ne m'avez pas convoqué pour l'affaire du Grêlé ?

— Pardon ?

— Non, je… Rien…

— Nous avons été contactés par la police portugaise, il est possible que ce crâne soit celui de votre père.

Silence.

— C'est pourquoi nous vous proposons de vous soumettre à ce test ADN, rien ne vous y oblige bien entendu, mais c'est la seule manière de savoir.

Je suis déconcerté mais je me rassois, *allons-y*, le chef sort de la salle et l'homme en blouse blanche sort son matériel, frotte un long Coton-Tige à l'intérieur de ma joue.

— Nous vous tiendrons au courant, nous devrions obtenir le résultat sous une quinzaine de jours.

Je suis sorti sans un mot, tremblant comme un animal apeuré, perdu. Attendre les résultats, attendre, attendre, je passe mon temps à attendre, une vie de piquet en bordure de champ. Et s'il s'avère que c'est réellement le crâne de mon père, que va-t-il se passer ? La police portugaise va l'envoyer aux flics français par la poste ? Et ensuite ? Organisera-t-on une petite cérémonie avec Céline, Lucas et les quelques personnes qui l'ont connu, dans un minuscule cimetière de banlieue ? *Ci-gît le crâne de mon père, le reste flotte quelque part dans les eaux territoriales portugaises, en compagnie de ma mère.*

***

Et puis c'est le mois d'août, comme si juin et juillet n'avaient pas existé, comme si l'invraisemblable chaleur qui s'était abattue sur nous avait fait fondre les heures et les jours. Je ne bouge pas, Céline a fui la canicule pour un bout de plage dans le Sud, emmenant Lucas et cette information : on a peut-être retrouvé le crâne de mon père au large de Madère. Comme moi, elle n'a su que faire de cette nouvelle. On l'a mise de côté en attendant une confirmation, « on verra bien », c'est elle qui a dit ça. Jean-François aussi avait quitté la banlieue, son fils moche sous le bras, pour un peu d'ombre, de fraîcheur, d'eau salée et de seaux de Pastis glacé, mais il venait sans doute de rentrer, puisque, ce matin-là, j'avais aperçu les volets de son appartement entrouverts pour la première fois depuis trois semaines.

J'évite au maximum ma fournaise sous les toits, dès les premières heures du jour, je m'installe sur la terrasse abritée du bar de la rue qui m'offre un peu d'air en échange de quelques cafés. Là, je relis tous les documents amassés sur l'affaire, un dossier de 28 centimètres d'épaisseur, tout ce que j'ai déjà pu écrire sur le sujet et tout ce que postent les détectives en herbe sur le forum consacré au Grêlé. Tout cela me semble vain, creux, insignifiant, je vais dans le mur avec ce projet de livre, tout a déjà été dit, à moins de me mettre à relater l'enquête que nous avons menée, Clemal2011, Mesrine et moi, au risque que notre suspect ne soit pas le bon.

Tout à coup, une grosse main se pose sur le dossier de la chaise qui me fait face, Jean-François s'installe, bronzé et souriant.

— Alors, Sherlock, on en est où ?

On n'en est nulle part. Rien ne bouge, rien n'avance, calme plat. Il répond que je me perds là-dedans, que je suis en train de me rendre dingue, que j'aurais mieux fait de prendre quelques jours au vert, laisser mes notes reposer, penser à moi, respirer de l'air pur sous le soleil… Je le stoppe. Je ne peux pas m'arrêter, sans parler du fait que j'ai à peine de quoi m'offrir quelques cafés chaque jour. Je n'ai plus rien d'autre. Cette affaire, c'est ma bouée, si je me démobilise, je coule. Alors je comble le vide de mes journées, je fouille internet comme un vieux chien sans odorat, je lis, je relis, tout, à la recherche de la carte qui changerait la donne et que je pourrais avoir laissée de côté.

Jean-François plisse la bouche, il semble réfléchir.

— Bon, ça suffit, je commence à en avoir assez de t'observer t'enfoncer. Montre ce que vous avez sur votre suspect, ça nécessite un regard neuf.

C'est parti, j'explique que l'homme que nous soupçonnons d'être le Grêlé ressemble de manière troublante à certains des portraits-robots, que son nom a une consonance très proche d'« Élie Lauringe » (il est fort possible que la jeune fille au pair allemande l'ait mal orthographié quand il le lui a donné), que sa joue est marquée par des cicatrices, comme celles décrites par le demi-frère de Cécile B., qu'il a de grandes mains comme l'ont évoqué certains témoins, il exerce un métier manuel, il a un passé dans l'armée, plus précisément dans les commandos parachutistes, comme le soupçonnent les enquêteurs. Il habite dans le sud-ouest de la France, ce qui lui a potentiellement offert une retraite régulière quand tout le monde le cherchait à Paris. Il a eu des enfants, comme il l'a avoué à certains témoins, à des périodes qui pourraient correspondre à celles de son inactivité. Nous lui avons enfin découvert un lien avec la capitale : l'un de ses contacts, que nous avons nommé le Péruvien, ancien compagnon d'armes chez les parachutistes, qui est encore actif dans ses *amis* sur les réseaux sociaux. Un possible point de chute parisien, un possible complice. J'évoque pour finir notre extraordinaire dernière trouvaille : l'apparition, dans l'enquête, d'Yves L., trafiquant de cocaïne et collègue de Gilles P., ayant vécu dans la rue même où le Péruvien a installé son entreprise de coursiers.

— Bon…

Quoi, c'est tout ?

— D'accord pour les trucs à charge. Dans tout ça, qu'est-ce qui pourrait te faire penser que ce n'est pas lui ?

J'essaie de répondre le plus honnêtement possible : nous n'avons trouvé qu'une relation très ténue de l'homme avec Paris, par l'intermédiaire de celui que nous avons surnommé le Péruvien. Rien n'indique qu'ils soient vraiment encore en contact ou qu'ils l'aient été depuis leur service militaire. Le suspect semble en outre extrêmement sédentaire, à l'exception d'un possible aller-retour en Corse, toutes les activités professionnelles qu'on lui connaît sont circonscrites au Sud-Ouest. Rien de rédhibitoire pour notre hypothèse, mais ce n'est pas tout à fait le profil du routard du crime que l'on pourrait imaginer. Par ailleurs, la peau d'une partie de son visage seulement est abîmée, cela pourrait résulter d'un accident quelconque plus que d'un problème dermatologique susceptible de disparaître. Le premier portrait-robot, celui de l'affaire Cécile B., est assez éloigné des photos que l'on possède de l'homme, même si ces dernières n'ont pas été prises à la même époque. Là encore, rien de très significatif, vu les conditions dans lesquelles ont été réalisés ces dessins.

Et puis, même si c'est assez probable, nous n'avons aucune assurance sur le fait qu'Élie Lauringe soit le Grêlé. Or nous avons identifié l'homme par la similarité phonétique de son nom avec le mystérieux patronyme inscrit dans le carnet. Si celui qui s'est fait appeler Élie Lauringe n'est pas le Grêlé, notre hypothèse prend sérieusement du plomb dans l'aile. Une idée bizarre me traverse l'esprit quand, pendant ma démonstration, je fais apparaître un peu par hasard, sur l'écran de mon ordinateur, une photo de notre suspect servant du vin. Je demande au patron du bar s'il possède un mètre, et s'il pourrait mesurer une bouteille pour moi. Le type me lance un regard qui aurait signifié une semaine de camisole dans n'importe quel hôpital psychiatrique. « 29,5 centimètres. » J'ouvre l'image dans un logiciel de retouche, je sélectionne un petit rectangle de la taille exacte de la bouteille que notre homme tient dans sa main. Je copie et colle la bouteille, plusieurs fois, et réussis à en empiler six à côté de notre suspect, de ses pieds à hauteur d'œil. L'homme mesure au moins 5 centimètres de plus que six bouteilles de vin. Plus de 1,80 mètre. CQFD.

— Regarde ça, Jean-François, le gars fait plus de 1,80 mètre, comme l'en ont assuré tous les témoins !

Je triomphe comme si je venais d'apporter la preuve définitive de sa culpabilité, alors que mon ami me regarde, ébahi et légèrement consterné. Il se lève, commence à tourner en rond, au hasard, les mains dans le dos, à la manière d'un Hercule Poirot ayant réuni tous les suspects dans une pièce, faisant monter la tension, préparant ses effets avant de confondre le coupable en un coup de théâtre déroutant et ridicule. Enfin il se rassoit, nous nous resservons un verre de vin, encore, j'ai arrêté de les compter.

— Bon.

Silence.

— Tu veux mon avis ?

Je le regarde, sidéré, c'était, me semble-t-il, le but de cette discussion.

— Mon avis c'est que je ne sais pas, il y a des éléments, comment dire… Je les qualifierais de troublants. Mais moi je suis un ancien flic, j'ai toujours bossé sur des preuves, du solide, de l'irréfutable, là on est face à des spéculations, une petite construction fragile, peut-être une suite de coïncidences.

Je suis abattu.

— Je ne dis pas que tu te trompes. Je ne sais pas non plus si tu as raison. En revanche, je sens que quelque chose te bloque, tu as besoin d'une réponse pour aller de l'avant.

Oui, c'est exactement ça, j'essaie d'écrire un livre sur une histoire qui n'a pas de résolution. Si mon suspect est le coupable, je tiens quelque chose de formidable, si ce n'est pas lui, je peux me débrouiller pour fabriquer autre chose, mais sans réponse, j'ai l'impression de me trouver sur un pont suspendu, entre deux rives, perché au-dessus d'un abîme, et cette réponse tarde tant que je suis en train de m'étioler lentement.

— Moi je vois qu'une solution, récupérer l'ADN du gars et l'envoyer à un labo pour vérifier.

Je m'étouffe avec une gorgée de chablis, il garde son sérieux.

— Mais oui, bien sûr, on n'a qu'à entrer dans sa salle de bains et lui piquer discrètement sa brosse à dents !

Mon éclat de rire est immédiatement suivi d'un silence gêné.

— Tu déconnais, là ?

— Bah non, faut savoir ce que tu veux… Réfléchis-y.

Je rentre, légèrement titubant. *Il a raison, tu vas faire quoi ? Te saouler en attendant de savoir si c'est lui, le stylo posé sur la table ?* Voilà ce que me dirait Xavier, avant de me traiter de lâche.

***

9 heures, réveil embarrassé, les tempes dans un étau, le ventre vide et la sueur alcoolisée, je passe la tête sous l'eau tiède au-dessus de la vaisselle sale. Pendant la nuit, je me rends compte que j'ai écrit la phrase suivante dans mon cahier des rêves : « L'alcool est un fl », je me suis sans doute rendormi avant de la terminer. Je ne saurai jamais si l'alcool est un flocon d'avoine ou un fléau.

Café, café, je prends une décision : j'appelle la police judiciaire. Je ne trouve qu'un numéro, générique, je tombe sur un standard et je demande le commandant s'occupant de l'affaire du Grêlé. J'attends au son falot de violons ternes et une nouvelle voix masculine m'accueille. Je ne suis manifestement pas au bon endroit. « Quel service demandez-vous ? » Je répète ma requête et la musique pénible revient, presque huit minutes ininterrompues, et tout à coup, une tonalité, comme si la ligne était occupée, et ça coupe. Je réitère l'opération sans résultat avant de raccrocher. Comment diable Mesrine a-t-il réussi à parler au commandant ? Je l'appelle et j'apprends qu'il possède le numéro de sa ligne directe. Mesrine veut savoir pourquoi je veux parler à la police.

— Parce que ça a trop duré, je veux savoir où ils en sont, s'ils nous ont pris au sérieux, si notre piste est suivie ou s'ils s'en foutent complètement, ce dont j'ai peur. À mon avis, ils ont rien foutu et moi je n'en peux plus d'attendre, je veux avancer dans ce livre et j'ai besoin de réponses.

Mesrine ricane.

— Il ne te dira rien, c'est un flic, il fait son boulot. Je te le redis, c'est lui, notre *grelito*, c'est le Grêlé, j'en suis sûr à 150 %, alors avec toutes les informations qu'on lui a filées, s'ils ne font rien, c'est qu'ils sont complètement fous. C'est vrai que c'est long, je comprends ton impatience, moi-même j'en peux plus, alors OK, plusieurs mois ont passé depuis que je l'ai eu au téléphone pour la première fois, mais eux ils ont les mains liées, c'est le juge d'instruction qui donne le tempo, qui valide les demandes de réquisitions, et puis il y a les vérifications, les recoupements, les rapports à écrire, les autorisations à obtenir, rien ne doit être laissé au hasard.

Je ne suis pas d'accord avec lui.

— S'ils avaient cru à notre piste, ils se seraient débrouillés pour choper son ADN, sur une canette, une tasse de café dans un bar, juste pour vérifier. Hors procédure. Après, c'est lui ou ce n'est pas lui, mais au moins on est fixés. Là, soit ils ne font rien, soit ils bossent mollement, comme de petits fonctionnaires étriqués, et moi j'ai plus le temps.

Ma propre détermination me surprend, qui plus est un lendemain de cuite.

— Écoute, tu fais comme tu veux, mais je te le répète, il ne te dira rien.

J'essaie le numéro donné par Mesrine et, surprise, je tombe sur une personne qui transfère mon appel au commandant. Je lui explique qui je suis, mon rapport avec Mesrine, il semble parfaitement nous situer. En revanche, il n'a pas l'air d'apprécier que je l'appelle directement. Quand je lui explique que je suis en train d'écrire un livre sur le sujet, sa voix se fait franchement glaciale.

— Monsieur, je ne comprends pas le sens de votre appel, en ce qui concerne votre livre, mieux vaut vous adresser au service presse de la police, ce n'est pas mon problème.

Je prends mon élan.

— Vous vous souvenez que nous vous avons envoyé un tas de documents concernant une personne que nous soupçonnons d'être le Grêlé ? Oui ? Voilà, disons que j'arrive à un moment où la fin de mon roman dépend beaucoup de la résolution de l'enquête. Vous imaginez bien qu'elle sera différente si notre suspect est le coupable ou s'il est innocent… Donc je voudrais savoir où vous en êtes des réquisitions, des vérifications.

Quelques secondes de silence, je l'entends respirer, je perçois son agacement.

— Écoutez, monsieur, je ne peux pas vous dire où nous en sommes, c'est l'affaire de la police, sachez que nous avons pris vos informations au sérieux et que nous les avons étudiées. Tout ce que je peux vous dire actuellement, c'est que ce n'est pas une piste prioritaire.

J'en ai le souffle coupé.

— Vous voulez dire que vous avez écarté le suspect ?

Il soupire.

— Non monsieur, on ne l'écarte pas comme ça, je vous répète juste ce que je vous ai déjà dit, la piste n'est pas refermée, mais elle n'est pas prioritaire.

Il raccroche. Mesrine avait raison, il ne m'a rien dit. Quand je l'appelle pour lui raconter notre discussion, il s'en amuse.

— Pas prioritaire, mon cul, bien sûr qu'ils sont dessus, puisque c'est lui, je te le redis, c'est lui, et ces flics-là sont des pros, il t'a balancé ça pour que tu lui lâches la grappe, jamais ils n'abandonneront une piste pareille, on a fait les trois quarts de leur boulot, ils vont bientôt cueillir le mec, dans le respect de la procédure et sur commission rogatoire de la juge d'instruction, tu vas voir.

Moi qui ai érigé le doute et la fuite en art de vivre, je suis tout aussi épaté par l'assurance de mon coéquipier que je m'en méfie. Je ne verrai peut-être rien du tout, voilà ce que je me dis. On s'est possiblement trompés comme deux pauvres cons et on va tomber à la renverse de la hauteur d'un immeuble. C'est lui, pas lui, je ne sais plus.

***

Google Alertes • Le grêlé – Mise à jour immédiate – Web

JACQUARD GRÊLÉ NOIR STRETCH – Coupon de 3 mètres, My little coupon

Fabrication italienne. Quel joli tissu jacquard extensible. Manteaux, vestes, tops, laissez aller votre imagination, on a hâte de voir vos…

***

— Céline, c'était pas lui.

— De quoi tu parles ?

— Le crâne qu'ils ont retrouvé dans la mer, ils viennent de m'appeler, ils ont eu les résultats du test ADN, ce n'est pas celui de mon père.

— Ah merde, mais alors c'est celui de qui ?

Un silence, je l'imagine se mordant les lèvres comme elle le fait souvent.

— Excuse-moi, c'est débile.

Je souris.

— Figure-toi que j'ai eu la même réaction et que je leur ai posé la même question.

Elle rit et moi aussi, c'est un moment de complicité qui me réchauffe un peu.

— Ils t'ont répondu ?

— Oui, qu'ils n'avaient aucune idée de son identité, pour le moment. Cela dit, ils m'auraient donné son nom, je ne vois pas bien ce que j'en aurais fait.

Nous rions encore un peu.

Septembre maintenant, le père, la mère et le fils, pour la rentrée scolaire, marchent ensemble, Lucas semble content que nous soyons venus en famille, tenant la main droite de sa mère et ma main gauche, comme un trait d'union entre nous. Céline et moi prenons ensuite un café ensemble, au comptoir, nous devons discuter d'une organisation possible, convenable pour notre fils, quand Jean-François entre dans le bar. Son enfant moche est dans la classe du nôtre, « la maîtresse a l'air bien », c'est ce qu'il me dit avec un clin d'œil qui me laisse penser qu'il ne parle pas de sa manière d'enseigner.

Céline doit partir travailler et elle m'abandonne avec Jean-François, qui la regarde s'éloigner. Avant qu'elle ne disparaisse, je lui demande si ça ne l'ennuierait pas trop de mesurer pour moi la fissure du plafond de mon bureau – j'y pense depuis un moment –, mais, face à la stupeur qui fige son visage, je décide de ne pas insister. Jean-François me propose alors une goutte de calva pour accompagner notre deuxième café. À son grand étonnement, je refuse. J'ai cessé de boire depuis dix jours, de fumer également, davantage par nécessité que par une réelle volonté de préserver ma santé, c'était ça ou me nourrir et j'avais choisi la survie. Inutile de préciser que je souffrais le martyre et que, parfois, j'aurais échangé un rein contre une clope ou un verre de viognier, mais je tenais bon.

Dans la journée, une ancienne connaissance de travail me contacte sur Facebook. Après ma visite à la PJ, j'avais posté une photo du Bastion. Le journal dans lequel il travaille offre un poste pour la rubrique Faits divers. Il me demande si je voudrais postuler et je saute sur l'occasion. J'ai rendez-vous avec son rédacteur en chef le lendemain. Après ces mois où j'avais goûté une liberté dont je ne savais finalement que faire, je commençais à me rendre compte que j'étais ce genre d'être humain navrant incapable de se gérer et nécessitant désespérément un cadre pour éviter de s'éparpiller.

***

Google Alertes • Le grêlé – Mise à jour immédiate – Web

« Dix minutes de terreur : un bébé victime d'un énorme grêlon », Closer

Le 30 août dernier, en Espagne, un bébé âgé de seulement vingt mois a été frappé à la tête par un grêlon lorsqu'une pluie de grêle s'est…

***

Le rendez-vous au journal semble bien se passer, le rédacteur en chef, sur la foi d'anciens articles, loue mon sens de la formule. Philippe, mon ami, a l'air ravi de me retrouver et seul le chef de la rubrique Faits divers, silencieux et en retrait, paraît renfrogné. Je leur raconte notre enquête à la va-vite. Le patron est à la fois stupéfait et enthousiaste.

— Putain, si votre gars est le bon, je te file deux doubles du cahier central, on va faire un carton avec ce truc !

J'essaie de le calmer.

— Il n'y a rien de sûr.

Mais il s'emballe.

— Moi, je suis convaincu par votre exposé, pas vous les gars ?

Philippe, qui me ressemble un peu par certains côtés, préfère éviter de se prononcer. Quant à l'autre, toujours aussi bourru, il se contente de grommeler que c'est un dossier qui est en train de bouger, et qu'on allait vite savoir. Nous nous tournons tous vers lui.

— Oui, à mon avis il y a du nouveau, personne n'a voulu me dire quoi que ce soit chez les flics, mais il y en a un, proche de l'enquête, j'ai vu des éclairs dans ses yeux, ça m'a pas trompé, je les connais les gars, il se passe un truc et ça va pétarader bientôt. Après, je sais pas si ça a un rapport avec ton histoire, mon gars, je te le souhaite, mais c'est peut-être autre chose, faut voir.

Je suis abasourdi, je vais donc enfin avoir des nouvelles. En ce qui concerne mon poste, ça s'annonce plus compliqué que prévu, je n'ai aucune connexion avec la police et pour le chef de rubrique bougon, c'est ennuyeux. C'est un boulot dans lequel il est nécessaire de tisser des liens, de fréquenter les bars où les flics, les avocats ou les juges se retrouvent après le service, il faut savoir fricoter avec les limites, parfois donner pour mieux recevoir, établir des relations de confiance, connaître les codes de ces milieux et je n'ai aucune expérience. Le boss le reprend, je peux apprendre, il n'y a rien de rédhibitoire, l'autre grincheux pourra toujours m'amener avec lui au début pour me mettre au parfum, me donner quelques ficelles… Ils ont besoin de discuter, ils prendront une décision dans la semaine et me remercient.

En sortant, j'appelle Mesrine. Il jubile.

— Ça ne peut pas être un hasard, ils sont sur notre suspect et l'étau se resserre, c'est clair.

J'essaie de grader la tête froide et de ne pas m'emballer.

— Oui, ils doivent avoir un type dans le viseur… Quant à savoir si c'est le nôtre, je préfère ne pas m'avancer.

Il ricane.

— C'est fou ce que tu peux être pessimiste, quand même, on leur file une piste assez large et balisée pour que deux 35-tonnes s'y doublent et quelques mois après, alors qu'on attend une avancée depuis trente-cinq ans, l'enquête devient brûlante… Ça ne peut pas être autre chose, c'est de notre gars qu'il s'agit, ils vont le cueillir.

Je marche jusque chez moi, léger. Si Mesrine a raison, j'ai l'histoire du siècle entre les doigts et il ne me reste plus qu'à l'écrire. Léger aussi parce que – je m'en aperçois soudain – Xavier a totalement cessé de m'importuner : je ne sens plus sa présence balourde, je n'entends plus sa voix crispante. Léger encore parce que l'arrêt du tabac et de la boisson m'a revigoré. Je dors dorénavant d'une traite, sans agitation, sans réveil en sursaut et je quitte mon lit au matin empli d'une énergie que je n'ai pas connue depuis des années.

***

On frappe à ma porte et je me dresse dans mon lit, surpris au milieu d'un rêve plutôt guilleret, sans que je puisse m'en remémorer précisément les contours. Il est 5 h 30 du matin, nous sommes samedi et je me lève en caleçon, encore somnolent. Jean-François apparaît, harnaché d'une veste militaire, lunettes fumées sur le nez et sac au dos. Au bout de sa main, son fils moche, qui n'a pas l'air beaucoup plus vif que moi.

— Habille-toi et prends quelques affaires, on y va.

Je n'aime pas ce ton autoritaire.

— Où ça ?

— On va chercher l'ADN de ton gars, je t'attends en bas dans la voiture, on sera de retour demain soir.

Sans me laisser le temps de répondre, il disparaît dans l'escalier. J'entends seulement son fils se faire bizarrement confirmer qu'il va voir tata. *M'habiller.* Je veux bien, mais comment s'habille-t-on pour partir chasser un tueur en série ? Est-ce qu'il existe des livres sur le sujet, ou des tutoriels sur internet ? Je panique un peu et fourre sans réfléchir quelques fringues dans un sac de marin.

Gilet vert, bonnet, short de sport, chaussettes rouges et baskets, sac sur l'épaule, je retrouve mon compagnon de chasse dans la rue.

— Tu comptes vraiment venir comme ça ?

Je tire un peu sur mon short.

— Je me suis dit que s'il fallait tout à coup se mettre à courir, ce serait plus adapté.

Il soupire tandis qu'à l'arrière, déjà, l'enfant moche s'est endormi, la tête renversée, en mordillant une oreille de son doudou.

En route, Jean-François ne desserre les dents que pour marmonner une suite de mots proches de l'inintelligible, dans laquelle je finis par comprendre que je dois m'abstenir d'évoquer le but de mon voyage devant Marc-Antoine. Je me dis qu'il y a trop de lettres dans ce prénom – *Marc-Antoine* –, trop de choses qui se mêlent, comme il y a trop de choses dans son visage, trop de nez, trop d'œil, trop de bouche et trop de sourcil, trop de disgrâces additionnées. Je l'observe dans le rétroviseur avec l'impression que l'adolescence, cette période de bouleversements tragiques où les extrémités se mettent à pousser dans un désordre et des proportions anarchiques, l'a frappé au berceau. Après tout, peut-être que vers quatorze ans, entre deux poussées d'acné, tout rentrera dans l'ordre pour cet enfant. Je me surprends à le lui souhaiter, le pauvre…

Il y a le silence de mon compagnon, le ronronnement lancinant du moteur, la respiration saccadée du mioche derrière, il y a aussi cette route droite comme une règle que l'on avale à toute vitesse, bordée d'un paysage uniforme et plat, et je m'ennuie à crever. Je me mets alors à interroger, sur mon téléphone, cette application téléchargée la veille, un petit programme tout neuf d'intelligence artificielle qui se fait fort de répondre à toutes les questions imaginables.

Moi : comment rendre beau un enfant moche ?

IA : je suis désolé, mais il est inapproprié de parler de quelqu'un en utilisant des termes tels que « moche ». Tous les enfants méritent d'être traités avec respect et dignité, quels que soient leurs traits physiques. La beauté est subjective et il est important de se concentrer sur les qualités intérieures et les talents de chaque personne, plutôt que sur leur apparence physique. De plus, il est important de se rappeler que la beauté est temporaire et que tout le monde vieillit et change au fil du temps.

— Qu'est-ce que tu fous ?

Jean-François est décidément agacé.

— Euh, rien, je joue avec mon téléphone.

Moi : peux-tu me dire comment chasser un tueur en série ?

IA : je suis désolé, mais je ne peux pas vous donner de conseils ou de techniques pour chasser un tueur en série. Chasser un tueur en série est une tâche très complexe et dangereuse qui doit être confiée à des professionnels qualifiés et expérimentés, comme les enquêteurs de police et les agents du FBI. Je vous recommande de laisser cette tâche aux experts et de ne pas essayer de la faire vous-même. Si vous avez des informations sur un tueur en série en liberté, il est important de contacter immédiatement les autorités compétentes et de leur fournir tous les renseignements que vous avez, afin qu'elles puissent mener une enquête adéquate et mettre fin à la dangerosité de cette personne.

Moi : peux-tu m'indiquer comment récupérer l'ADN de quelqu'un ?

IA : il existe plusieurs méthodes pour obtenir l'ADN d'une personne, mais la plupart impliquent la collecte de tissus ou de fluides corporels tels que le sang, les cheveux, la salive ou l'épiderme. Voici quelques exemples de méthodes couramment utilisées pour collecter de l'ADN :

– Prélèvement de sang : on peut obtenir de l'ADN en prélevant du sang à l'aide d'une aiguille et d'une seringue.

– Prélèvement de salive : on peut obtenir de l'ADN en recueillant de la salive à l'aide d'un écouvillon buccal.

– Prélèvement de cheveux : on peut obtenir de l'ADN en prélevant des cheveux avec le bulbe pileux attaché.

– Prélèvement de peau : on peut obtenir de l'ADN en prélevant de l'épiderme, c'est-à-dire la couche supérieure de la peau.

Il est important de noter que, pour collecter de l'ADN de manière légale, il faut généralement obtenir le consentement de la personne dont on souhaite prélever l'ADN. Si vous souhaitez obtenir de l'ADN de quelqu'un dans le cadre d'une enquête criminelle ou pour d'autres raisons, il est recommandé de contacter les autorités compétentes et de suivre les procédures établies.

Voilà. J'aurais pu moi-même professer toutes ces recommandations. Cette intelligence, tout artificielle qu'elle soit, ressemble absolument à ce que j'étais jusqu'à hier. Je suis peut-être artificiel, comme si l'on avait condensé tous les êtres pour en tirer une moyenne, un homme morose, sans élan, sans passion, oblitérant le risque et évitant les excès, effaçant ce qui fait la nature de l'humanité et son sel pour fabriquer un bon soldat, indolent et docile, le rêve de tout dictateur.

Poitiers enfin, tout proche, nous sortons de l'autoroute, et tant mieux parce qu'à l'arrière, Marc-Antoine, éveillé, se met à braire un rap en français ou quelque chose d'approchant. Jean-François gare la voiture et je comprends que je ne suis pas invité à descendre. Il accompagne le môme jusqu'au perron de la petite maison. Après quelques effusions brèves et contenues avec sa sœur, je la vois se pencher pour essayer de m'apercevoir. Elle se demande avec qui son frère envisage de passer le week-end et semble déçue que je n'aie rien d'une nouvelle petite amie.

D'après le GPS, réglé sur l'adresse de notre cible, nous ne sommes plus qu'à quelques dizaines de kilomètres de la destination et nous empruntons des départementales bientôt bordées de vignes et de cyprès.

— T'as un plan ?

Jean-François prend son temps pour me répondre.

— J'en ai plusieurs. Mais d'abord, on va observer. On arrive, regarde.

Peu avant de nous garer, nous passons devant la maison carrée de plain-pied que je n'ai jusqu'alors aperçue que sur Google Street View et mon pouls s'accélère, je me répète que nous sommes dingues. Jean-François n'est pas aussi tranquille qu'il veut bien le laisser paraître, il est en mission, concentré, mains serrées sur le volant, le front plissé, les gestes lents. Il s'installe à l'arrière et glisse les jumelles dans l'interstice sous l'appuie-tête. Pour le moment, rien ne bouge, il est 10 h 30.

Une heure plus tard, nous avons vu passer quatre voitures, un vieux chien boiteux, un chat à contresens mais rien qui ressemble à un humain et encore moins à un tueur en série. Ce que j'envisageais comme une traque palpitante se transforme en un long épisode d'ennui et je me surprends à proposer à Jean-François de profiter de ma tenue, mon joli short en Lycra vermillon, pour me lancer dans un petit jogging matinal et, l'air de rien, passer devant le portail de notre suspect pour tenter de jeter un œil à l'intérieur de la propriété. Jean-François accepte tout en me recommandant de faire attention. En passant devant le portillon, je tourne la tête, les volets sont ouverts, une voiture et une camionnette stationnent dans l'allée, mais je n'observe aucune présence humaine, aucune ombre derrière les rideaux, tout semble calme et je continue mon chemin. Mon tour terminé, je m'aperçois que la voiture de Jean-François n'est plus garée dans la rue, celle du suspect a également disparu. Je ne vois qu'une explication : l'homme est sorti et mon ami l'a suivi. Le centre du village n'est qu'à une dizaine de minutes de marche, je décide de m'y rendre.

C'est jour de marché : quelques étals de fruits et légumes, de vin local bien entendu, un boucher, des vendeurs de fringues importables. J'avance lentement, sur mes gardes, dévisageant ostensiblement les passants, le cœur battant. Un sifflement et j'aperçois Jean-François attablé à la terrasse d'un bar, sirotant un café.

— Assieds-toi et arrête de faire la girouette, tu vas nous faire repérer.

Je chuchote.

— Tu l'as vu ?

— Oui, je l'ai suivi jusqu'ici.

— Bon sang. Et là il est passé où ?

— Il vient de repartir vers sa voiture, à mon avis il rentre chez lui.

— Mais raconte ! Qu'est-ce qu'il a fait ?

— Il a acheté des poivrons.

— C'est tout ?

— Non, deux tomates, des chipolatas et une bûche de chèvre, puis une paire de mugs pour le café et une bouteille de vin rouge, je ne l'ai pas lâché…

Bizarrement, la première chose qui me vient à l'esprit, c'est que ça ne ressemble pas aux courses d'un tueur en série. Ça n'a bien sûr aucun sens, je ne sais pas à quoi je m'attendais, à de la viande, un truc sanguinolent, peut-être ?

— Qu'est-ce qu'on fait maintenant ?

— On commande un croque-monsieur.
— D'accord, et ensuite ?
— Ensuite, on y retourne.

Le métier de détective est tout de même très surfait : on nous vend des émotions fortes, un palpitant affolé, des courses effrénées, fébrilité, fièvre, effervescence, action… En réalité, on se retrouve en planque dans un lotissement, à genoux, à poireauter pendant des heures à l'arrière d'une Twingo, avec une paire de jumelles et un appareil photographique. Jean-François m'a montré les quelques images volées à notre homme, souvent lointaines, il apparaît principalement de dos. Légèrement voûté et dégarni, il porte des lunettes et je le reconnais à peine. Celui que je soupçonne de crimes atroces ressemble à un petit papi taciturne de province. En revanche, j'ai noté qu'il porte un jean, un blouson de cuir et des baskets, exactement comme certains témoins ont décrit le Grêlé. Et exactement comme plusieurs millions de personnes dans ce pays…

16 h 30, rien n'a bougé, je n'en peux plus. Jean-François m'autorise à m'assoupir tandis qu'il reste aux aguets. Un coup de coude me réveillera bien plus tard, le soir est déjà là, lumière descendante et ciel rosi. Engourdi, je reprends ma position avec peine.

— Regarde.

Je sens tout à coup le sang battre à mes tempes.

— Le voilà.

Il traverse la rue lentement, portant un panier. Il franchit ensuite le petit parking vide qui fait face à la maison et dépose consciencieusement trois bouteilles dans le conteneur à verre avant de rebrousser chemin et de disparaître derrière son portail.

— Bingo !

Jean-François a repris du poil de la bête.

— Attendons la nuit.

Une heure après l'allumage de l'éclairage public, alors que le lotissement semble s'être assoupi, nous quittons la voiture discrètement. Je suis censé faire le guet au bord de la route pendant que mon coéquipier récupère les bouteilles. Le bras enfoncé jusqu'à l'épaule dans le bloc de plastique, il se met à jurer : le conteneur est à moitié vide, l'opération est un échec total. Mais il n'est pas du genre à s'avouer vaincu et part chercher une caisse à outils dans la voiture. Fasciné par son entrain à essayer d'arracher un capot de plastique sur le conteneur en faisant levier avec un tournevis, j'en oublie ma mission et je n'entends arriver la voiture de police que quand elle ralentit à notre niveau. Le flic descend du véhicule, un long moment de gêne s'installe et je décide de prendre les choses en main.

— Je suis désolé, tout est de ma faute, nous nous sommes arrêtés pour jeter une bouteille et j'ai bêtement perdu ma montre dans le conteneur. Nous tentons de la récupérer mais je me rends bien compte que le plus sage serait d'attendre le prochain passage du camion de collecte du verre. Vous avez une idée de ses horaires ?

Le policier se montre circonspect, il aimerait bien que nous le suivions au commissariat, mais il est tard et il est fatigué.

— En plus, mon ami ici présent est un ancien de la maison, de la PJ de Paris.

Jean-François blêmit, le tournevis au bout de son bras ballant. Le flic examine nos cartes d'identité, prend quelques notes et déclare que nous aurons de ses nouvelles bientôt avant de démarrer et de disparaître en direction du village. Quelque part, un chien aboie, la cloche d'une église sonne un coup, il est 23 h 30 et nous remontons en voiture.

— Tu sais, c'est pas grave si t'as jamais été flic, l'important, c'est que nous formions une bonne équipe.

Jean-François me foudroie du regard.

La nuit, nous la passons dans la Twingo. Je commence tout juste à m'endormir quand la voiture s'ébranle. Il est à peine 8 heures et c'est reparti. Nous suivons le véhicule de notre *grelito* à bonne distance, l'animal s'est levé tôt. Plus loin, dans le village, nous le dépassons alors qu'il se gare, et nous en faisons autant, discrètement, à une centaine de mètres. Jean-François m'intime l'ordre de ne pas bouger et claque la portière. L'homme s'est engouffré dans une boutique et en ressort, un journal sous le bras, avant de s'éclipser dans le bar du coin, suivi par Jean-François. Notre suspect sort un quart d'heure plus tard, se dirige vers la voiture et disparaît, je ne le reverrai plus. Quand Jean-François revient, mains gantées, il triomphe : dans la poche de sa veste militaire un petit sac en plastique scellé contient une tasse.

— Mission accomplie, on rentre.

Durant le retour, la tension est moins palpable qu'à l'aller. Avant la pause obligatoire à Poitiers pour embarquer Marc-Antoine, Jean-François m'a déjà conté ses exploits par deux fois, ses déplacements dans le bar, sa surveillance discrète, tous sens aux aguets, et surtout, cette prouesse : l'escamotage impeccable de la tasse de notre suspect sans éveiller l'attention du barman, du grand art. Il trouvera plus tard un moyen de faire analyser l'ADN sur la tasse.

— Tant que nous y sommes, puisque tu t'es posé la question hier soir, oui, j'ai été flic dans la PJ. Ensuite, il y a eu un problème et j'ai dû partir. C'est la dernière fois que je t'en parle.

Je ne réponds pas, à vrai dire je m'en fiche un peu.

***

Le 30 septembre, à 14 h 24, je reçois un message de Philippe sur Facebook. Je l'ouvre avec appréhension, ça doit être au sujet du poste de journaliste. *« J'imagine que tu es déjà au courant »*, suivi d'un lien vers le compte Twitter d'un journaliste du *Point*. Je clique dessus avec un mauvais pressentiment et c'est la douche froide. « François V., un homme venant de se suicider dans la région de Montpellier, est soupçonné d'être le fameux tueur en série surnommé "le Grêlé". »

Je relis la phrase plusieurs fois sans arriver à y croire. François V. ? Inconnu au bataillon. Dans la région montpelliéraine ? Comment c'est possible ? J'envoie le lien à Mesrine. Je suis probablement blême, je tremble, je commence à fouiller Twitter à la recherche d'informations. Rien, personne n'en parle. Quelques minutes passent et mon téléphone sonne. Mesrine est déstabilisé comme moi, il peine à l'accepter.

— Nous devons attendre les résultats des tests ADN, si c'est lui, on n'aura plus qu'à la fermer, mais je n'y crois pas. Souviens-toi quand ils ont cru arrêter Dupont de Ligonnès à l'aéroport de Glasgow, le pitoyable cirque médiatique et judiciaire qui s'est mis en branle à ce moment-là pour un pauvre gars qui n'avait rien à voir, de près ou de loin, avec cette histoire. Il faut rester calmes, ce n'est pas possible qu'on se soit fourvoyés à ce point.

Jean-François m'appelle à son tour.

— Putain, tout ça pour rien.

Je tiens dans la main le sachet contenant la tasse, avec l'envie de la fracasser contre le mur.

Je commence à décrocher du mur tous les portraits-robots peinturlurés par mon fils : le Grêlé Dracula, le Grêlé Marsupilami, le Grêlé chinois, le Grêlé Donald Trump… Une heure plus tard, Twitter s'emballe. J'apprends qu'un test ADN a été lancé et que le résultat est attendu dans la nuit, nous serons fixés sous peu, je suis étonnamment serein alors que la partie est sans doute perdue. Je comprends que l'homme soupçonné a laissé une lettre dans laquelle il s'accuse. Le lendemain, c'est l'avalanche, qui emporte tout sur son passage : nos espoirs, nos illusions, notre enquête, des centaines d'heures de notre vie, mon livre.

***

Google Alertes • Le grêlé – Mise à jour immédiate – Web

« Affaire du Grêlé : un ancien gendarme aurait avoué être le tueur en série avant de se… » Nantes ma ville – maville.com

Avant de mourir, il aurait rédigé une lettre dans laquelle il avoue être le Grêlé, un tueur en série recherché depuis trente-cinq ans…

***

Google Alertes • Le grêlé – Mise à jour immédiate – Web

« Le Grêlé, tueur en série recherché depuis trente-cinq ans, retrouvé mort au Grau-du-Roi » Info Flash

Il était recherché depuis trente-cinq ans, suspecté de viol et d'assassinat en 1986, mais aussi d'autres agressions dont plusieurs meurtres. L'homme, connu comme "le…

***

Google Alertes • Le grêlé – Mise à jour immédiate – Web

« Recherché depuis trente-cinq ans, un tueur en série appelé "le Grêlé" retrouvé mort dans le Gard » fdesouche

En écho aux informations de Midi Libre, *Aziz Zemouri, journaliste au* Point, *et* Le Parisien *ont confirmé que François V., un ancien militaire de cinquante-neuf ans…*

***

Google Alertes • Le grêlé – Mise à jour immédiate – Web

« Un homme soupçonné d'être le tueur en série "le Grêlé" retrouvé mort »

À la une – Titres presse

Paris – C'est l'un des plus vieux « cold case » qui dort dans les tiroirs de la Crim : un homme soupçonné d'être « le Grêlé », un tueur et violeur en série…

***

Google Alertes • Le grêlé – Mise à jour immédiate – Web

Montpellier – Crimes : « Le Grêlé, trahi par son ADN, était un motard de la police » jnews

Un assassin et violeur en série surnommé « le Grelé » a été trahi par son ADN, trente-cinq ans après : François Vérove, ex-gendarme à la Garde républicaine à Paris…

***

Google Alertes • Le grêlé – Mise à jour immédiate – Web

« Le Grêlé : François V., un gendarme, avoue être l'assassin de Cécile B. et trois autres… » Mondial News

Un banal fait divers pourrait s'avérer être la résolution d'une enquête. Jeudi 30 septembre 2021, Midi Libre *annonce que le cadavre d'un homme a…*

***

Google Alertes • Le grêlé – Mise à jour immédiate – Web

« Cold case : soupçonné d'être le tueur en série surnommé… » Cameroun Online

Cold case : soupçonné d'être le tueur en série surnommé « le Grêlé », un ancien gendarme s'est suicidé dans le Gard.

***

1er octobre. Le suspect, qui s'appelle François Vérove, est le Grêlé. *XY 16 17 16 17 7 9 3*, l'ADN a parlé. J'ai envie de foutre le feu à ma pile de notes, j'imagine Xavier ricaner et Mesrine, que je n'ose même pas appeler, s'étioler. Je pense à Céline, dépitée par ma nouvelle faillite, à l'investissement inutile de Jean-François, à cette tasse dérisoire dans un sachet de plastique, symbole de notre débâcle, à ce travail de journaliste qu'on m'offrait sur un plateau et qui vient probablement de me filer entre les doigts. C'est un désastre mais j'ai besoin d'en savoir plus et, justement, les journalistes commencent à distiller les nouvelles au fur et à mesure que les proches de l'enquête les leur offrent. Il semblerait que la juge d'instruction, après avoir réétudié le dossier, et sans doute sur la base de nouveaux indices, ait décidé que la piste d'un membre des forces de l'ordre n'avait pas été suffisamment exploitée. Elle n'y est pas allée par quatre chemins : 750 profils de gendarmes ou de policiers ayant exercé à Paris à l'époque du Grêlé ont été sélectionnés avant de recevoir, chacun, une convocation au commissariat le plus proche pour un test ADN concernant « une affaire ancienne ».

Une photo de François Vérove circule déjà, celle du profil de son compte Twitter. Prise en légère plongée et cadrée serré, elle présente un homme souriant, grisonnant, barbu et légèrement dégarni lançant un regard par-dessus de fines lunettes à la monture bleue. Je l'observe longuement, rien ne me renvoie à l'idée physique que je me faisais du Grêlé.

François Vérove vient du nord de la France, il n'arrive à Paris qu'en 1984, pour sa première affectation comme gendarme, dans la Garde républicaine. Il se marie en 1985 dans la banlieue de Lille, et sa femme le rejoint à la capitale. Il devient sous-officier en 1986 et il déménage avec son épouse dans un logement plus grand, à quelques pas de la caserne. Ils auront deux enfants, une fille en 1988 (qui, étrange ironie, entrera dans la police) et un garçon en 1991. En 1986, il connaît un échec professionnel majeur, lui qui se rêvait motard dans la Garde républicaine échoue à l'examen et se voit proposer un poste de coursier, faisant la navette motorisée d'une caserne à l'autre. Il décide en 1988 de quitter la gendarmerie et tente d'intégrer la police. En 1989, il est gardien de la paix et en 1992, il devient enfin motard de la Police nationale, affecté à la sécurité publique des Hauts-de-Seine.

De 1986 à 1994, il alternera les épisodes violents que l'on connaît, les périodes de travail et celles de dépression, les crises d'angoisse qui le feront hospitaliser, les accidents de moto et les *burn out.* Ce n'est qu'en 2001 qu'il échappera aux affectations de bureau qui se succèdent à Paris en se faisant muter dans le sud-est de la France, d'abord dans les Bouches-du-Rhône, puis dans l'Hérault, où il restera jusqu'à la retraite. Bien sûr, dans les médias, les témoignages de collègues ou de connaissances s'enchaînent : « Il était tellement gentil/ On n'a jamais eu de voisin aussi serviable/ Il avait beaucoup d'humour, on l'appelait Fernandel/ C'était un garçon si sérieux, si droit, si respectueux de la procédure/ C'est vrai qu'à un moment il avait des problèmes, mais jamais je n'aurais imaginé que… » Personne n'a rien vu, tout le monde est surpris, y compris sa femme.

Jocelyne Boulot m'appelle, je ne réponds pas, et c'est au tour de Jean-François, une fois, deux fois avant que je daigne enfin décrocher.

— Merde mon gars, c'est confirmé, quelle tuile !

— Comme tu dis.

— T'as des développements ?

Je lui parle des 750 policiers et gendarmes convoqués.

— Ça alors, pourquoi la juge a-t-elle fait ça ? Avec un peu de boulot, par élimination, je suis sûr qu'on pouvait réduire l'échantillon à une dizaine. Et puis les surveiller, éventuellement choper leur ADN, je ne sais pas, moi, sur une tasse dans un café, par exemple, juste pour vérifier.

Il rit un peu, jaune.

— Et ensuite, *bim*, garde à vue, interrogatoire, les preuves sous le nez jusqu'à ce qu'il avoue, enfin moi j'aurais fait comme ça…

Je lui demande ce qui va se passer au niveau judiciaire.

— Rien du tout, mon gars, on lui a laissé l'occasion de se suicider, il n'y aura pas de procès, pas de réponses, tu te rends compte du choc pour les familles des victimes ? Le type ne sera pas condamné. Pour la justice et pour la société, il reste innocent.

Jean-François, exaspéré, tourne en boucle comme un disque rayé.

— Qu'est-ce qu'il leur a pris, bordel ? Le convoquer comme ça, par lettre, trois jours plus tard… Ils imaginaient quoi ? Il y avait 99 % de chances qu'il se bute, que faire d'autre ? Il a une famille à protéger… Putain, tu te souviens de ce que je t'avais dit ? Quand j'étais flic à la PJ, on pensait tous que c'était un mec de la maison, et c'était il y a trente ans ! Quelle perte de temps…

Mon portable, haut-parleur activé, est posé sur la table. La tête entre les mains, je le laisse causer, ou plutôt penser tout haut, essayant de réfléchir au milieu de son flot de mots, et puis je dis que j'ai un truc à faire et je raccroche. Il a entièrement raison, pour une fois. Cette affaire, c'est le *zugzwang* des échecs, ce moment de la partie où, en très mauvaise position, l'un des adversaires n'a plus qu'un coup à jouer, acculé, une seule possibilité de déplacement de son roi, avant, sans doute, de connaître le mat ou d'abandonner.

Je prends quelques notes. *Pourquoi la juge d'instruction a-t-elle procédé de cette façon ? Est-ce à cause du nouveau pôle Cold Case, supposé résoudre les affaires anciennes, créé quelques mois plus tôt ? L'argent investi doit être rentabilisé. J'imagine que des résultats sont exigés. Rapides, nets, mesurables, on veut de l'efficacité. Le coupable est un membre des forces de l'ordre, jamais découvert en trente-cinq ans, un type de la maison, quel camouflet… Lui a-t-on volontairement laissé une porte de sortie, pour éviter la médiatisation d'un procès et son cortège d'interrogations sur une enquête foirée ?*

Le téléphone, maniaque, sonne à nouveau. Mesrine, désabusé mais lucide, a besoin de se rassurer.

— L'analyse était bonne, on avait raison sur le fait que le gars avait un passé de militaire ou de flic, et sur plein d'autres choses. On s'est juste trompés de suspect.

Mais franchement, avoue que le nôtre était un meilleur candidat. Tiens, les photos, tu as vu ses photos ? Rien ne colle.

Manque de bol, une nouvelle image de François Vérove vient de sortir, datée des années 1990, et là, franchement, c'est le décalque du portrait-robot réalisé après le viol de Marianne N., nous sommes obligés d'en convenir. La conversation s'enlise ensuite sur la façon d'opérer de la police, et Jean-François, Mesrine et moi sommes d'accord : nous sommes face à un dérapage colossal.

— Je donnerais cher pour savoir ce qui s'est passé sur l'affaire du Marais. On ne le saura sans doute jamais. Et *quid* d'Élie Lauringe ? Toute notre recherche reposait là-dessus, mais je ne vois aucun rapport entre le nom dans les carnets d'Irmgard et François Vérove. Est-ce encore un point qui a fait dérailler l'enquête ? Un hasard malencontreux occasionnant une erreur d'aiguillage ? On a tous cherché ce fameux Élie, qui n'avait, finalement, peut-être aucun rapport avec le Grêlé…

On se quitte là et je me dis qu'on ne se parlera peut-être plus jamais, ce qui nous liait, c'était cette quête, et le gouffre dans lequel nous avons glissé ensemble aura raison de cette relation. Je le rappelle tout de même quelques heures plus tard, j'ai appris que, dans la lettre qu'il a laissée à l'intention de sa femme, François Vérove semble signifier qu'il a cessé toute activité criminelle en 1997.

— Quoi ? Mais la dernière affaire qui lui est attribuée date de 1994 !

— Eh oui…

— Donc il y a potentiellement un espace de trois ans de crimes entièrement vierge dans le dossier. Putain, j'imagine la tête des enquêteurs, sur le lieu du suicide… Quand ils ont lu ça, ils ont dû blêmir. Tu veux que je te dise, ce truc-là c'est le pompon sur la boulette. Maintenant qu'il est mort, ça ne va pas être simple de remplir les cases vides sans pouvoir l'interroger. Bravo les gars !

Depuis, ce sont trente affaires qui ont été jointes aux autres, trente affaires dont je ne sais rien, trente nouvelles victimes potentielles. Quinze personnes ont également reconnu François Vérove comme leur agresseur, et la liste s'étend régulièrement.

La fameuse lettre d'adieu de Vérove, j'en récupérerai une copie plus tard, par l'intermédiaire du troisième larron de la troupe, Clemal2011, le plus taiseux, flegmatique et froid de la troupe. Je vous en livre ici un *verbatim*, fautes d'orthographe et de grammaire comprises, dans toute sa glaciale substance :

Page 1 (recto)

Ma chérie,
Je vais t'expliquer pourquoi j'ai dû partir.

Tu m'as connu en 1984, jeune gendarme.
Tu avais pu déjà déceler quelques difficultés que je cachais.
En fait, je traînais une rage folle qui a fait de moi un criminel. Par périodes, je n'en pouvais plus et il me fallait détruire, salir, tuer quelqu'un d'innocent.
Ces pulsions grandissantes se sont apaisées avec les arrivées successives des enfants.
Mais ce n'est qu'en 1997 que j'ai pu être libéré de ces profondes obsessions. Suite à ma dépression, j'ai été prise en

charge et ai pu bénéficier de ma psychothérapie ; cela à casser cet instinct de mort, car en tuant des innocents, c'était mes propres souffrances d'enfant que je voulais détruire inconsciemment.

Cette guérison, cela a été une Véritable délivrance, une véritable renaissance.

Mais je ne pouvais effacer le passé.

Après plus de trente ans, le système judiciaire m'a rattrapé.

Page 2 (verso)

Afin d'éviter un procès qui aura des conséquences sur vous, j'ai pris la décision de partir. Le droit français fait cesser toutes poursuites lorsque le criminel est décédé.

Je ne pourrais jamais effacer le mal que j'ai fait à ma famille ainsi qu'aux familles des Victimes.

C'est mon plus grand Regret.

Je ne sollicite aucun pardon parce que tout ceci est impardonnable.

Je vous aime plus que tout au monde et déteste ce criminel que j'ai été.

François.

Post-scriptum

Tu pourras ouvrir l'ordinateur avec le code 347174

(Je ne voulais pas que tu trouves l'adresse où je me suis suicidé)

L'homme a gagné trente-cinq ans de répit, une deuxième partie de vie somme toute paisible dans une belle maison d'architecte sous le soleil du Sud.

Et ce satané téléphone qui sonne encore avec le prénom de Céline qui s'affiche, elle a dû entendre les informations, le moment que je redoutais... Avec tout ce que cette sordide affaire a fait de moi, de nous, elle va m'enfoncer dans le cœur la lame qui achèvera de m'anéantir, je préfère prendre les devants, en finir en entretenant l'idée idiote, théâtrale et chevaleresque qu'un naufrage réussi vaut mieux qu'un triomphe bâclé.

— Oui Céline, tu as entendu les infos ? Quelle débandade, je me sens tellement minable.

Quelques secondes de blanc.

— Oui j'ai entendu, je me demandais justement... Donc le type qu'ils ont eu, ce n'était pas ton suspect ?

— Non.

Nouveau silence, j'attends la mise à mort avec effroi.

— Désolée. Bon en même temps, inutile d'en faire un drame, c'est la vie.

Putain, mais achève-moi une bonne fois pour toutes, cesse de tergiverser, vise le cœur et détruis-moi.

— Et puis tu sais quoi ? Tu peux peut-être en faire quelque chose, raconter toute l'histoire, celle d'une obsession, déraisonnable, jusqu'à la chute, c'est même peut-être plus intéressant que si vous aviez trouvé le coupable.

J'en reste coi.

— Mais enfin, Céline, des *losers* il y en a plein les bars, plein les queues aux caisses des supermarchés, plein les bureaux de compagnies d'assurances, qui peut bien avoir envie de lire un truc pareil ? Toi, tu imagines la sortie du livre de ton ex racontant l'histoire de sa propre déroute ? Quel titre je pourrais trouver d'ailleurs ? « Journal d'un perdant » ? Tu voudras m'éviter, comme notre fils, nos amis et le reste du monde, tu raconteras à Lucas que son père a disparu en tentant de traverser le Sahara sans eau et avec des Moon Boot aux pieds, ou une fable de ce genre, jusqu'à ce qu'il soit en âge de comprendre que non, je n'étais pas un héros, juste un type qui s'est trompé et qu'on a préféré oublier…

Elle choisit de m'interrompre, et elle a raison parce que tel que je suis parti, dans un de ces moments lyriques que je peine à refréner, je me prépare à raconter la fin du monde.

— C'est incroyable tout de même, tu ne comprends rien à l'humanité, à l'univers qui t'entoure, et encore moins aux femmes. C'est bien les mecs, ça, vous croyez toujours que ce dont on a besoin, c'est d'une assurance garçonne, de muscles bien rangés, d'un cadre infaillible et de succès en cascade. Moi – et beaucoup d'autres avec moi –, ce que j'aime chez l'autre, c'est la fissure dans le caillou, et qu'on la comble ensemble, ce sont les petites fragilités, les défaites dont on se rétablit et dans lesquelles on forge d'infimes victoires, on se fout des gagnants, on préfère les perdants qui se relèvent. Écris ce bouquin, il peut être formidable.

Tout ce que je trouve à répondre, c'est « Ah », ce qui me ressemble assez finalement, deux lettres qui marquent ma surprise et mon indécision. Et puis je comprends que, même si notre histoire doit se terminer, j'ai eu une chance folle de rencontrer quelqu'un comme Céline, de partager son intimité pendant quelques années et qu'elle soit encore là pour me tendre la main alors que je m'enfonce dans le trou que j'ai moi-même creusé. Alors je me dis que je n'ai pas fini, je dois raconter cette histoire et il se peut qu'en en venant à bout, je réussisse aussi à amasser ce que j'ai éparpillé depuis des mois, à tout raccommoder petit à petit. J'y vais sans peur, parce que, soudain plein de courage, je me sens de taille à transformer des Waterloo en Austerlitz.

Remerciements

Clément Amouyal, Sandy Boizard, Éric Bourge, Marie Cosnay, Stéphanie Delestré, Anna de Sandre, Marie Desmeures, Michel Embareck, Pierre Fourniaud, Sylvain Gouverneur, Joseph Jacquet, Kassandra, Charlotte Lefèvre, Renan le Tiec, Véronique Ovaldé, Éric Restout, Romain Sémédard, Olivier Tallec, Laurent Varlet, et bien sûr, Jeanne Grange et toute l'équipe de Calmann-Lévy.

Photocomposition PCA, 44400 Rezé

Achevé d'imprimer en mai 2023
par CPI BRODARD & TAUPIN (72200 La Flèche)
pour le compte des Éditions Calmann-Lévy
21, rue du Montparnasse, 75006 Paris

PAPIER CERTIFIÉ

CALMANN LEVY s'engage
pour l'environnement en réduisant
l'empreinte carbone de ses livres.
Celle de cet exemplaire est de :
900 g éq. CO_2
Rendez-vous sur
www.calmann-levy-durable.fr

N° d'éditeur : 7412581/02
N° d'imprimeur : 3053238
Dépôt légal : août 2023
Imprimé en France.